L'EXPLORATEUR

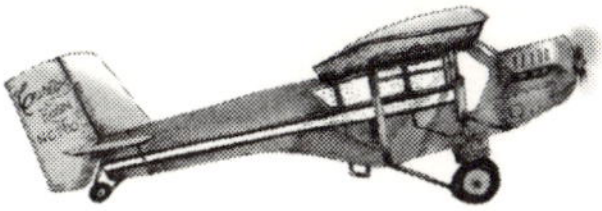

KATHERINE RUNDELL

L'EXPLORATEUR

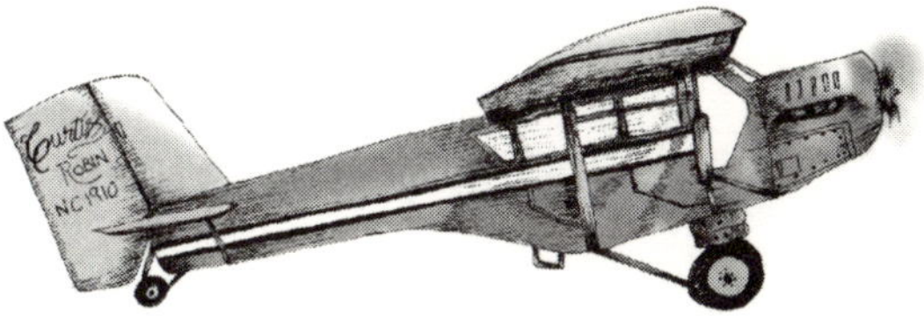

Illustré par
Hannah Horn

Traduit de l'anglais
par Alice Marchand

GALLIMARD JEUNESSE

Titre original : *The Explorer*

Édition originale publiée en Grande-Bretagne
par Bloomsbury Publishing Plc, Londres, 2017

Pour Charles

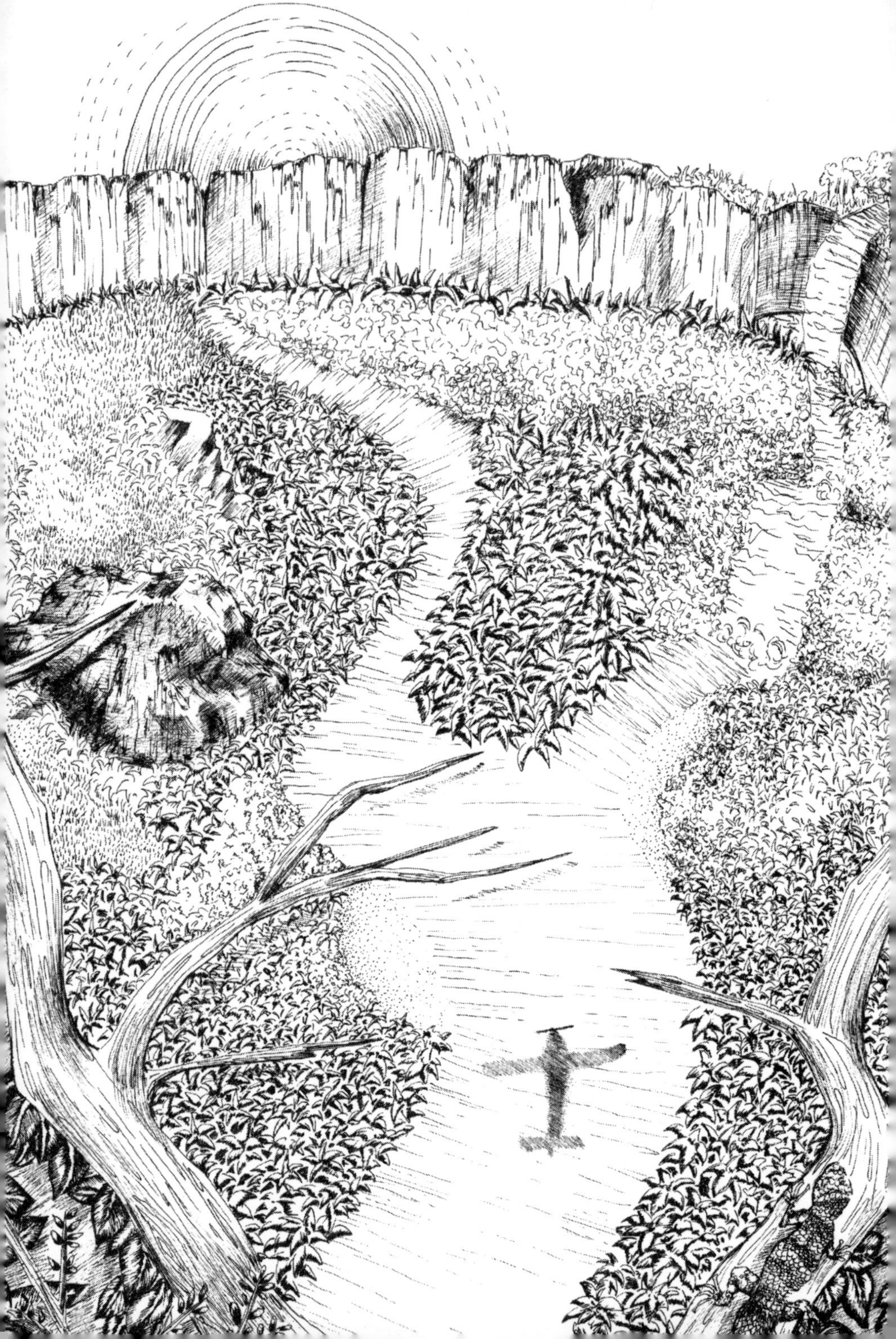

DÉCOLLAGE

L'avion décolla comme par magie, une magie créée par l'homme.

Le garçon assis dans le cockpit se cramponna à son siège et retint son souffle pendant que l'avion montait dans les bras du ciel. Concentré, Fred avait la mâchoire contractée et ses doigts s'agitaient, imitant les mouvements du pilote à côté de lui : manche, commande des gaz.

L'avion se mit à vibrer en accélérant dans la lumière du couchant, et suivit les méandres de l'Amazone, en dessous d'eux. Tandis qu'ils fonçaient vers la ville de Manaus, bâtie au bord de l'eau, Fred vit le reflet de leur avion à six places, tache noire sur cette vaste étendue bleue. Il dégagea ses cheveux de ses yeux et colla le front au hublot.

Une fille était assise derrière lui avec son petit frère. Ils avaient le teint mat, les mêmes sourcils obliques et les mêmes cils étirés. Timide, la fille était restée blottie contre ses parents jusqu'à la dernière minute, à l'aérodrome ; à présent, elle regardait fixement le fleuve en fredonnant tout bas, pendant que son frère mâchonnait sa ceinture de sécurité.

Juste derrière eux, une fille pâle, aux cheveux qui lui tombaient jusqu'à la taille, était assise toute seule. Son chemisier était orné d'une collerette qui lui arrivait au menton, et elle n'arrêtait pas de tirer dessus en grimaçant. Elle évitait résolument de regarder par le hublot.

L'aérodrome qu'ils venaient de quitter était poussiéreux et pratiquement désert – une simple bande de bitume sous le soleil implacable du Brésil. Le cousin de Fred avait insisté pour qu'il mette son uniforme scolaire et son pull de cricket ; à présent, dans cette cabine étouffante, il avait l'impression de cuire à feu doux.

Le moteur gémit, et le vieux pilote fronça les sourcils en tapotant le manche. Il avait une allure de militaire, avec ses narines poilues et sa moustache grisonnante qui semblait défier les lois de la gravité. Il abaissa la manette des gaz et l'avion s'éleva plus haut dans les nuages.

Il faisait presque nuit lorsque Fred commença à

s'inquiéter. Le pilote se mit à roter et roter encore, d'abord doucement, puis de plus en plus fort. Sa main tressauta et l'avion s'inclina brusquement sur la gauche. Derrière Fred, quelqu'un poussa un cri. L'avion s'éloigna brutalement du fleuve et revint voler au-dessus des arbres. Sous le choc, le pilote grogna et redressa la manette des gaz pour ralentir le moteur. Il se mit à tousser et parut sur le point de s'étrangler.

Fred le dévisagea : l'homme prenait la même teinte grisâtre que sa moustache.

– Ça va, monsieur ? Je peux faire quelque chose ?

Respirant avec peine, le pilote secoua la tête. Il tendit la main vers le tableau de bord et coupa le moteur. Le grondement cessa. Le nez de l'avion piqua vers le sol. Les arbres parurent monter vers eux à toute vitesse.

– Qu'est-ce qui se passe ? demanda vivement la fille blonde. Qu'est-ce qu'il fait ? Il faut qu'il arrête !

Le petit garçon du fond se mit à crier. Le pilote serra durement le poignet de Fred pendant une seconde, puis sa tête s'écroula contre le tableau de bord.

Et le ciel, qui paraissait si fiable quelques instants plus tôt, les laissa tomber.

L'OBSCURITÉ VERTE

Tout en courant, Fred se demandait s'il était mort. « Mais il y aurait sûrement moins de bruit si j'étais mort », songea-t-il. L'incendie grondait derrière lui, et les battements tonitruants de son cœur faisaient vibrer ses mains et ses pieds.

Il faisait nuit noire. Avec peine, Fred s'efforça d'inspirer pour appeler à l'aide sans cesser de courir, mais il avait la gorge trop sèche et cendreuse pour crier. Il pressa l'index sur le fond de sa langue pour faire venir de la salive.

– Il y a quelqu'un ? Au secours ! Au feu ! hurla-t-il.

Seul le feu lui répondit ; derrière lui, un arbre projeta une fontaine de flammes. Il y eut un grondement de tonnerre. Rien d'autre.

Une branche embrasée craqua, cracha une lueur

rouge et tomba dans une cascade d'étincelles. Fred s'écarta d'un bond, reculant dans l'ombre en chancelant, et se cogna la tête contre quelque chose de dur. La branche atterrit pile à l'endroit où il se trouvait quelques secondes plus tôt. Il ravala la bile qui lui était montée dans la gorge et se remit à courir plus vite, plus désespérément.

Quelque chose tomba sur son menton. Il se recroquevilla et se frappa le visage du plat de la main ; c'était juste une goutte d'eau.

La pluie se mit à tomber brusquement. Un vrai déluge. Elle transforma la suie et la sueur de ses mains en une sorte de goudron, mais elle éteignit l'incendie. Fred ralentit sa course et se mit à trottiner, puis s'arrêta. En crachotant, le souffle coupé, il regarda d'où il venait.

Leur petit avion était perché dans les arbres. Il fumait, soufflant des nuages gris et blancs dans le ciel noir.

Éperdu, Fred scruta les alentours mais ne vit rien, n'entendit rien. Il n'y avait pas âme qui vive. Rien que ces sortes de fougères qui s'enroulaient autour de ses chevilles, ces arbres qui s'élevaient à des dizaines de mètres de hauteur et les criaillements paniqués des oiseaux. Il secoua énergiquement la tête pour tenter de dissiper le vacarme du crash qui résonnait encore à ses oreilles.

Le duvet de ses bras était roussi et sentait l'œuf pourri. Fred passa une main sur son front ; ses sourcils avaient brûlé et se décomposèrent sous ses doigts. Il s'essuya sur la manche de sa chemise et s'examina.

Une jambe de son pantalon était déchirée jusqu'à la poche, mais il n'avait pas l'impression d'avoir la moindre fracture. Cela dit, une douleur atroce lui sciait le dos et la nuque. En conséquence, ses bras et ses jambes lui semblaient lointains, étrangers.

Soudain, une voix retentit dans la nuit :

– Qui est là ? Ne t'approche pas de nous !

Fred fit volte-face, les oreilles toujours bourdonnantes. Il ramassa un caillou par terre et le jeta en direction de la voix, puis sauta derrière un arbre et s'accroupit, prêt à bondir ou à filer.

Son cœur faisait autant de bruit qu'un homme-orchestre. Il retint son souffle.

La voix cria :

– Faut pas nous bombarder, bon sang !

C'était une voix féminine.

Fred regarda derrière l'arbre. La lumière de la lune baignait le sol de la forêt d'une lueur vert foncé et traçait des ombres aux doigts étirés sur les arbres. Il ne vit que deux buissons, dont l'un s'agitait.

– Qui est-ce ? Qui est là ?

La voix venait du buisson de droite.

Fred plissa les yeux dans l'obscurité. Il sentit les poils qui lui restaient sur les bras se hérisser.

– S'il te plaît, ne nous fais pas de mal, dit le buisson.

Ce n'était pas un accent anglais, mais quelque chose de plus doux. Et de toute évidence, une voix d'enfant.

– C'est toi qui nous as jeté une crotte ?

Fred baissa les yeux. En effet, il avait ramassé un morceau de crotte d'animal fossilisée depuis des années.

– Ah, fit-il. Oui.

Il commençait à s'habituer à l'obscurité et distinguait des yeux brillants qui se détachaient de la pénombre gris-vert des sous-bois.

– Tu viens de l'avion ? Tu es blessée ?

– Oui, on est blessés ! On est tombés du ciel ! cria le buisson de droite.

Mais l'autre répondit :

– Non, pas gravement.

– Vous pouvez sortir, dit Fred. Il n'y a que moi ici.

Le buisson de droite s'ouvrit en deux. Le cœur de Fred fit un bond dans sa poitrine. Le frère et la sœur étaient tous deux couverts d'égratignures, de brûlures et de cendre – qui s'étaient mélangée à la sueur et à la pluie pour former une sorte de pâte noirâtre sur leurs visages – mais ils étaient vivants. Il n'était pas seul.

– Vous avez survécu ! s'exclama-t-il.

– Ça paraît évident, dit le buisson de gauche. On serait moins bavards, sinon, tu ne crois pas ?

La fille blonde sortit sous la pluie battante. Elle considéra Fred et les deux autres sans sourire.

– Connie, se présenta-t-elle. Mon vrai nom, c'est Constantia, mais si tu m'appelles comme ça, je te tue.

Fred jeta un coup d'œil à l'autre fille. Elle lui adressa un sourire nerveux et haussa les épaules.

– Bien, fit-il. Comme tu voudras. Moi, c'est Fred.

– Et moi, Lila, dit la seconde fille.

Elle hissa son frère sur sa hanche.

– Et lui, c'est Max.

– Salut.

Fred s'efforça de sourire, mais ses coupures à la joue se mirent à tirer et à le brûler, alors il cessa de sourire et se contenta d'un rictus qui ne faisait bouger que la moitié gauche de son visage.

Max, haletant, était au bord des larmes. Il se cramponnait si fort à sa sœur qu'il lui imprimait des marques sur la peau avec ses doigts. Elle était penchée sur un côté pour le maintenir en place et tremblait sous l'effort. On aurait dit une créature à deux têtes avec les bras entremêlés, songea Fred.

– Ton frère est gravement blessé ? demanda-t-il.

Lila tapota le dos de son frère avec désespoir.

– Il refuse de parler. Il ne fait que pleurer.

Connie jeta un coup d'œil au feu, derrière eux, et frissonna. Les flammes illuminaient son visage. Elle n'était plus blonde ; le mélange de suie et de sang avait teinté ses cheveux d'un gris brunâtre, et elle avait une entaille à l'épaule qui semblait profonde.

– Et toi, ça va ? lui demanda Fred en s'essuyant les yeux sous la pluie. Cette coupure a l'air sérieuse.

– Oh oui, ça va super bien, ironisa Connie. On est perdus dans la jungle amazonienne et, statistiquement, il est probable qu'on meure.

Fred n'avait pas besoin qu'on le lui rappelle.

– Je sais. Je voulais dire...

– Donc non, continua Connie d'une petite voix qui monta dans les aigus. Je pense pouvoir affirmer sans risque que ça ne va pas, pour aucun de nous, pas du tout, mais alors vraiment pas du tout !

Les buissons frissonnèrent. La pluie martelait le visage de Fred.

– Il faut qu'on se trouve un abri, dit-il. Un gros arbre, une grotte ou un truc qui pourrait...

Soudain, Max poussa un cri trempé de salive et de terreur :

– Non !

Fred recula, les mains levées.

– Ne pleure pas ! Je pensais juste...

Puis il suivit des yeux la direction indiquée par le doigt pointé de Max.

Là, à cinq centimètres de la chaussure de Fred, il y avait un serpent.

Un serpent moucheté de noir et de brun, assorti au sol de la forêt, avec une tête grosse comme le poing. Pendant une seconde, personne ne respira. La jungle attendit. Puis Max poussa un deuxième cri qui résonna loin dans la nuit, et les quatre enfants s'enfuirent en courant.

Le sol était trempé. Ils coururent pêle-mêle, en se projetant de la boue dans les yeux et en s'égratignant les coudes contre les arbres. Fred galopait comme si son corps ne lui appartenait plus, les mains tendues devant lui. Jamais il n'avait couru aussi vite. Il trébucha sur une racine et bascula cul par-dessus tête. Mais il se remit à courir en crachant de la terre, aveuglé par la pluie. Des ombres clignotaient autour de lui dans les ténèbres.

Il y eut un cri derrière lui.

– Max, s'il te plaît ! supplia Lila.

Fred se retourna, en dérapant dans la boue.

Lila était penchée au-dessus de son frère.

– Il ne veut pas courir ! Et je ne peux pas le porter !

Le petit garçon était allongé sur le dos et pleurait, le visage vers le ciel. Il tremblait de tout son corps sous la pluie battante.

– Viens avec moi !

Fred hissa Max sur son dos. Le petit garçon était

beaucoup plus lourd qu'il ne l'avait imaginé et cria lorsque Fred le souleva, mais Fred lui tint les genoux et se mit à courir. Ça lui faisait mal partout. Il entendait les pieds de Lila marteler le sol, juste derrière eux.

Fred avait un point de côté presque insupportable lorsqu'il émergea de la forêt et débarqua brusquement dans une clairière. Il s'arrêta. Max se cogna la tête contre sa colonne vertébrale et cria. Furieux, il mordit l'omoplate de Fred.

– Arrête ça, s'il te plaît ! s'écria Fred, mais il ne prêtait guère attention au petit garçon qu'il portait sur son dos.

Il regardait devant lui avec stupeur.

Ils se tenaient à la lisière d'un grand cercle d'arbres, ouvert sur le ciel et éclairé par la grosse lune, tapissé de mousse et d'herbe verte. Les étoiles, au-dessus d'eux, formaient un amas si dense que leur lumière argentée dominait la nuit. Fred posa Max par terre et resta plié en deux, les mains sur les cuisses, pantelant.

– Le serpent nous a poursuivis ? demanda Max.

– Non, haleta Connie.

– Comment tu le sais ? gémit Max.

Lila se laissa tomber à genoux, la main crispée sur le flanc.

– Les serpents ne poursuivent pas les gens, Maxou. Tu le sais aussi bien que moi. J'ai juste...

– ... paniqué, termina Connie d'un ton amer. Voilà ce qui s'est passé. Regarde ! Tu vois : pas de serpent. On a été idiots. Maintenant, on est encore plus perdus.

Le sol de la clairière s'inclinait légèrement vers une grande flaque d'eau. Fred s'en approcha, les muscles douloureux, et renifla : ça sentait la pourriture, mais la soif le rendait fébrile. Il but une minuscule gorgée et la recracha aussitôt.

– C'est pas bon, dit-il. Ça a un goût de pied de cadavre.

– Mais j'ai soif, moi ! s'écria Max.

Fred observa la clairière, espérant trouver de l'eau avant que Max se remette à pleurer.

– Si tu essores tes cheveux, dit-il, il y aura de l'eau dedans.

Il plaqua sa frange noire sur son front et la tordit ; quelques gouttes tombèrent sur sa langue.

– C'est mieux que rien.

Max mâchonna ses cheveux une seconde, puis ferma les yeux.

– J'ai peur.

Il avait dit ça sans geindre, d'un ton parfaitement neutre. Curieusement, c'était pire que les larmes, songea Fred.

– Je sais, répondit Lila avec douceur. On a tous peur, Maxou.

Elle s'approcha de son frère et le serra contre elle. Ses petits doigts osseux se fermèrent sur une brûlure qu'elle avait au poignet, mais elle ne le repoussa pas. Elle lui chuchota quelque chose de doux à l'oreille, en portugais ; c'était presque une chanson, une berceuse. Ils tremblaient tous les deux.

Fred avala sa salive.

– Tout ça nous paraîtra moins grave demain matin, dit-il.

– Tu crois ? siffla Connie d'un ton mordant. Tu crois vraiment ?

– Ça ne peut pas nous paraître pire, affirma-t-il. Quand il fera jour, on trouvera un moyen de rentrer chez nous.

Connie le fixa durement, d'un air de défi, et Fred soutint son regard sans ciller. Elle avait un visage très géométrique : menton pointu, pommettes saillantes, regard acéré.

– Et qu'est-ce qu'on fait maintenant, alors ? demanda-t-elle.

– Papa et maman disent toujours..., commença Lila.

À l'évocation de ses parents, elle s'était décomposée, mais elle déglutit et poursuivit :

– Ils disent toujours : « La nuit porte conseil. » Ils disent que quand on est épuisé, on fait des bêtises. Et ce sont des scientifiques. Alors on devrait dormir.

Fred s'aperçut qu'il avait mal partout.

– D'accord. Très bien. Dormons.

Il s'allongea sur le côté dans l'herbe mouillée. Ses vêtements étaient trempés, mais il faisait bon. Il ferma les yeux. Peut-être se réveillerait-il dans son lit, au pensionnat, pensa-t-il, à côté des ronflements de ses camarades de chambre, Jones et Scrase. Une fourmi grimpa sur sa joue.

– Mais on n'est pas censés veiller au cas où on mourrait d'un traumatisme crânien ? demanda Connie.

– Je pense que si on avait un traumatisme crânien, on aurait des vertiges, intervint Lila.

Fred, à moitié endormi, essaya de déterminer s'il avait des vertiges. Mais le monde commençait déjà à s'effacer en tourbillonnant.

– Si on meurt tous dans la nuit, ce sera votre faute à tous les deux, déclara Connie.

C'est sur cette joyeuse pensée que Fred se sentit sombrer, sombrer dans le sommeil, loin de la jungle et de l'air épais de la nuit.

LA CABANE

Il faisait une chaleur accablante, et il était toujours en vie. Ce furent les premières pensées qui vinrent à l'esprit de Fred quand il ouvrit les yeux et se retrouva nez à nez avec le soleil du Brésil. Machinalement, il jeta un coup d'œil à sa montre, mais l'écran était fendu et l'aiguille des minutes s'était détachée.

À côté de lui, les deux filles dormaient encore. Elles étaient toutes deux couvertes de sang et de croûtes, mais elles respiraient avec facilité. Connie suçait son pouce. Une nuée de libellules dans des tons bleus et rouges lumineux dansaient autour d'eux. Il se dit qu'elles étaient peut-être attirées par le sang.

Mais il n'y avait aucune trace du petit garçon. Max avait disparu.

– Max ! appela Fred tout bas en sautant sur ses pieds.

Il n'y eut pas de réponse, pas de mouvement hormis le vrombissement des ailes de libellules.

Le cœur de Fred se mit à battre la chamade.

– Max ? appela-t-il plus fort.

Lila commença à s'agiter dans son sommeil.

Il courut jusqu'à la lisière des arbres. Il n'y avait aucun signe du petit garçon.

– Max ! hurla-t-il en regardant frénétiquement de tous les côtés.

– Quoi ?

Max leva la tête ; il était couché sur le ventre derrière des sortes de fougères, à côté de la flaque pestilentielle, et faisait clapoter ses doigts dans l'eau.

– Max !

Fred courut auprès de lui et grimaça quand une de ses côtes protesta vivement.

– Tu n'as pas bu de cette eau, j'espère ?

Max le regarda

s'approcher d'un air effaré, puis ferma les paupières de toutes ses forces et poussa un cri qui fit trembler ses joues aux rondeurs enfantines. À l'autre bout de la clairière, Lila hurla, réveillée en sursaut.

– C'est pas très flatteur, dit Fred à Max.

Mais il était possible qu'il ait une allure effrayante, couvert de sang et de suie, avec ses sourcils dégarnis.

L'enfant hurlait toujours, respirant à peine.

Lila se leva d'un bond.

– Max ! appela-t-elle. Qu'est-ce qui se passe ?

« Du sucre », songea Fred. Il savait qu'il faut donner du sucre aux personnes en état de choc.

– Tu veux un bonbon ? Arrête de crier, s'il te plaît !

Il avait des bonbons à la menthe dans sa poche. Il fouilla dedans.

Sa main ressortit mouillée ; son entaille à la cuisse avait ensanglanté sa poche. Les bonbons avaient mariné dans le sang toute la nuit. Il fit la grimace et en fourra un dans sa bouche. Le goût ne s'en trouvait pas amélioré, mais le sucre le revigora.

– Tu en veux un ? Ce sont des bonbons à la menthe.

Fred cracha sur un coin de sa chemise et en essuya un.

– Non ! Je déteste les bonbons à la menthe ! s'écria Max.

– C'est tout ce que j'ai à manger.

– Ah. Alors je vais le prendre.

Max avait dit ça d'un ton de grand seigneur qui accepte le pain d'un paysan.

– Tiens, dit Fred.

Il posa le bonbon dans la main collante du petit garçon.

– Mange-le lentement, si tu peux.

Max suçota bruyamment. Son nez se mit à couler sur sa bouche et jusqu'à son menton.

– Max ! appela Lila. Viens ici !

– Viens, renchérit Fred.

Les sourcils froncés, le petit garçon était concentré sur son bonbon. Il semblait si fragile. Fred sentit sa poitrine se serrer, mais se contenta de lui dire :

– Tu devrais te moucher.

– Je me mouche pas, déclara Max. Je fais pas ça, moi.

Ils marchèrent tous les deux vers Lila en boitillant.

– Je pense que tu devrais.

– Non !

Max lécha la morve de sa lèvre supérieure et la glissa dans sa bouche pleine de menthe.

« C'est pas facile de discuter avec les enfants de cinq ans », pensa Fred. Max avait une trace de terre séchée sur la joue, et ses sourcils en accent circonflexe lui donnaient un air malicieux.

Fred glissa un doigt sous le col de Max pour l'éloigner des ronces et de ce qui ressemblait à des crottes de lapin. Le sol était mousseux, parsemé de zones herbeuses et de plantes rampantes. Des fleurs écarlates étaient tombées d'un arbre et tapissaient de rouge le sol de la forêt.

Assises parmi les fleurs, dans la lumière blanche du soleil, Lila et Connie se disputaient.

– Hé, toi ! Le garçon, là... Machin ! Fred ! appela Connie. Viens dire à cette fille qu'elle se trompe complètement.

– Elle pense..., commença Lila, cramoisie.

– Évidemment, je pense qu'on devrait retourner attendre près de l'avion, la coupa Connie. Au cas où ils le verraient du ciel. Pour qu'ils puissent venir à notre secours.

– C'est plus logique de rester ici, affirma Lila.

Elle serra ses genoux contre son menton et ajouta :

– Si on essaie de retrouver notre chemin, on est à peu près sûrs de se perdre. Et je pense que personne ne verra l'avion. Ils ne savent pas qu'on s'est écrasés. Ils vont devoir fouiller la jungle. On est tout seuls.

Les yeux fixés sur une sorte de pissenlit, elle conclut d'un air farouche :

– On va devoir trouver un moyen de rejoindre Manaus tout seuls.

Fred l'examina avec attention. Elle avait une éraflure sur tout le côté de son visage étroit, et l'une de ses deux tresses brunes avait brûlé dans l'accident.

Elle portait une jupe vermillon et un haut rouge sang qui étaient désormais couverts de taches gris-vert. Et elle semblait avoir à peu près son âge.

Elle fusillait Connie du regard.

Le regard de Connie n'était pas plus engageant.

– C'est de la folie. Il faut qu'on reste près de l'avion et qu'on attende les sauveteurs. Ma famille a dû envoyer des dizaines d'avions à notre recherche, à présent. Une centaine d'avions, même.

– Mais l'endroit où on s'est écrasés a brûlé dans l'incendie, répliqua Lila. La moitié des arbres ont été carbonisés, alors il n'y aura pas d'animaux…

– On n'a pas besoin d'animaux de compagnie ! tempêta Connie. On n'est pas dans un conte de fées !

– … d'animaux à manger, termina Lila. Et puis là-bas, il y a…

– Quoi ? la coupa Connie.

– Il y a le pilote.

– Il est mort, souligna Connie avec une perplexité sincère. Il ne peut pas nous faire de mal.

Lila répondit tout bas, mais avec une autorité qui surprit Fred :

– On devrait installer notre camp ici.

– Non ! protesta Connie. C'est complètement illogique.

– Fred ? demanda Lila. C'est toi qui as le vote décisif.

– Non, sûrement pas ! protesta Connie. C'est pas

juste, ça ne devrait pas être une seule personne qui décide !

Elle toisa Fred de la tête aux pieds, d'un œil noir.

– Sauf s'il est d'accord avec moi.

Fred observa de nouveau la clairière. L'air était frais, ici, et le ciel était d'un bleu qui n'existe pas en Angleterre. Il s'apprêtait à répondre lorsqu'il vit qu'à l'autre bout, là où la forêt devenait dense et enchevêtrée, quatre arbres étaient tombés les uns contre les autres. Leurs cimes se rejoignaient en un point. Fred sentit le duvet de sa nuque se hérisser.

– Vous ne trouvez pas qu'elle a quelque chose de bizarre, cette clairière ?

– C'est pas une réponse à la question ! grogna Connie.

– Pourquoi ? le questionna Lila.

– Ces arbres, là-bas...

Il les montra du doigt.

– Eh bien quoi ? Ils sont tombés, dit Connie. Ça leur arrive, aux arbres.

– Mais ils n'ont pas l'air d'être tombés, d'après moi, insista Fred.

Assailli par un étrange pressentiment, il courut vers l'autre bout de la clairière. Sa curiosité l'emporta sur la peur.

Le plus gros des quatre arbres était immense ; il avait un tronc aussi épais que la colonne Nelson de

Trafalgar Square, à Londres. Trois arbres plus petits étaient appuyés contre le plus épais. Ils avaient poussé à quelques mètres l'un de l'autre, formant un carré grossier. Leurs branches s'entremêlaient, noircies par des plantes grimpantes d'un vert plus sombre.

– Laisse tomber, Fred, appela Connie. Reste à découvert !

– Il y a quelque chose de bizarre ici.

Il passa la main sur l'un des petits arbres. À son pied, il y avait un fouillis de plantes semblables à des fougères et quelques champignons. Il appuya sur les fougères et son estomac fit un bond.

Les trois petits arbres n'avaient pas de racines. C'étaient des rondins de cinq mètres de haut, posés délicatement contre l'arbre central ; il repéra l'endroit où ils avaient été coupés, avec une hache ou une machette. Les fougères avaient poussé – « ou été plantées », songea Fred – à leur pied, dissimulant l'emplacement de la coupe.

– Une cabane, souffla Fred.

– Qu'est-ce que tu dis ? cria Connie.

Fred écarta les plantes grimpantes qui s'étendaient entre les rondins.

– On dirait une tente, dit-il. Une cabane.

Il se baissa, prêt à pousser sur le feuillage pour entrer.

– Non ! N'entre pas là-dedans ! cria encore Connie.

Elle ajouta à toute vitesse :

– C'est pas que j'ai peur. Mais s'il te plaît, n'y va pas. C'est pas un risque raisonnable.

Fred la considéra avec surprise.

– Un quoi ?

Il ne s'était jamais demandé de sa vie si un risque était raisonnable ; ça ressemblait à une expression que le principal de son collège aurait pu employer.

– Il peut y avoir n'importe quoi là-dedans ! Des jaguars, des serpents ou des rats, ajouta Connie.

– Impossible de ne *pas* regarder ! objecta Fred, ahuri.

– Mais elle a peut-être raison, intervint Lila. À propos des serpents. Fais attention.

– Je vais aller voir, moi ! déclara Max, chevaleresque, en sautant sur ses pieds.

– Non, c'est hors de question ! tonna Lila en lui saisissant le poignet. Tu restes ici.

Fred écarta les plantes qui pendaient entre les rondins.

– Aïe !

Il grimaça ; certaines vrilles avaient des épines minuscules mais acérées, qui s'étaient prises dans une de ses coupures. Il repoussa une autre brassée de plantes et se figea. Son cœur, qui n'avait pas cessé de battre la chamade depuis l'accident, se mit à tambouriner trois fois plus vite encore.

Les arbres formaient une tente assez haute pour qu'un homme s'y mette à genoux et qu'un enfant de la taille de Max y tienne debout. L'air sentait la verdure. Il y avait une toile d'araignée dans un coin et, en dessous, un tas de feuilles de bananier empilées par dizaines pour constituer une paillasse. Elles avaient été presque entièrement dévorées par des fourmis.

Les yeux écarquillés, Fred leva le nez.

– Venez voir !

Quelque temps plus tôt, l'espace entre les quatre troncs d'arbres avait été recouvert d'un toit de palmes tressées. Fred tendit la main pour les toucher. Les palmes étaient à moitié pourries, grêlées de trous, et la lumière passait à travers, mais il voyait qu'elles avaient été tissées serré.

Il rampa lentement dans la cabane pour s'y enfoncer davantage, en guettant les éventuels serpents dans la lumière verte. Le sol boueux lui collait aux mains. Dans un coin, il y avait une calebasse pourrie, rongée par l'humidité. Fred la tâta timidement ; elle était toute ramollie. Il la retourna en plissant le nez, gêné par l'odeur. Une cascade de silex s'en déversa. La moitié avaient été taillés en forme de flèche ; d'autres étaient plats et carrés, aussi grands que le poing.

– Hé, vous deux !

Il recula et passa la tête à travers le rideau de plantes.

– Entrez ! Vite, il faut que vous voyiez ça ! Quelqu'un est venu ici !

– T'es cinglé ! cracha Connie. Si quelqu'un était

venu ici, il ne voudrait pas qu'on s'introduise chez lui. J'en ai assez.

Elle se détourna et repartit d'un pas décidé dans la forêt.

– Attends ! Connie ! On n'a pas intérêt à se séparer, lança Fred.

Excédé, il sortit précipitamment de la cabane et s'élança à sa poursuite. Elle se tourna vers lui.

– Elle est à qui, cette maison ?

Fred sursauta : elle avait les larmes aux yeux.

– Tu n'en sais rien, pas vrai ? ajouta-t-elle.

– Bien sûr que non, dit Fred, mais je pense juste...

– Et s'il revenait ? J'ai lu des trucs là-dessus dans...

Connie hésita, cherchant une idée.

– ... dans *Boucle d'Or*. Je sais comment ça se termine. Je ne veux pas me faire dévorer !

– Je suis à peu près certain que cette cabane n'a pas été construite par des ours, répliqua Fred.

– Ça pourrait être des cannibales !

– Les cannibales, c'est surtout une légende, déclara Lila.

– D'après qui ?

– Tout le monde ! Les scientifiques. Nos parents.

– Comment ils le savent ?

– Ma mère a grandi dans la jungle, près du fleuve Solimões. Et c'est une scientifique. Une botaniste.

– Une botte-les-fesses ! dit Max.

Connie, si tendue que son visage tressautait, lui jeta un regard noir :

– Tu surestimes la drôlerie du mot « fesses ».

Lila passa un bras protecteur sur les épaules de son petit frère et continua comme si personne ne l'avait interrompue :

– Et notre père est anglais, il étudie les plantes de la jungle. Dans un but médical. Et notre grand-mère était l'assistante d'un scientifique ; on partait lui rendre visite en Angleterre. On allait prendre le bateau à Manaus. Elle voulait nous rencontrer avant de mourir. Elle voulait voir à quoi Max ressemble.

Connie ricana.

– C'est peut-être aussi bien qu'on se soit écrasés.

Lila ignora sa plaisanterie.

– Écoute, celui qui vit ici – s'il revient – pourra peut-être nous emmener à Manaus.

– Ou *nous manger pour son dîner*, répliqua Connie.

Furieuse et paniquée, elle dévisagea alternativement Lila et Fred.

– Allez, entre, insista Fred. Tu verras. Personne n'est venu depuis bien longtemps.

À contrecœur, très lentement, Connie se retourna. Elle se baissa et se glissa dans le refuge. Lila et Max la suivirent.

Fred tira sur les feuilles pourries qui garnissaient le toit.

– On pourrait tisser de nouvelles palmes pour le plafond, dit-il, et fabriquer de nouveaux lits. Ça sentirait moins la vieille chaussette.

Il commença à rassembler des brassées de feuillage à moitié décomposé et à les pousser dehors. En dessous, la terre était molle et poussiéreuse ; elle répandait l'odeur de milliers de journées de chaleur entassées les unes sur les autres.

Lila apporta une brassée de feuilles aussi grosses que des taies d'oreiller et entreprit de les étaler pour faire des lits.

– On pourrait aussi accrocher d'autres plantes grimpantes devant la cabane, ajouta Fred, pour que personne ne puisse voir à l'intérieur.

Connie s'accroupit dans le refuge, les bras croisés.

– Depuis quand t'es le chef, toi ?

– Je ne prétends pas être le chef ! répondit Fred en se tournant vers elle, décontenancé. Mais si on doit dormir ici, autant éviter que ça prenne l'eau.

– Je ne dormirai pas ici ! déclara Connie. Quelqu'un pourrait revenir d'une seconde à l'autre.

– Mais ça n'arrivera pas, assura Fred. Tu vois ces pierres ?

– Oui, et alors ?

– Elles sont couvertes de mousse.

– OK, elles sont sales. Très bien. En quoi c'est censé me rassurer ?

– Il veut dire qu'elles sont vieilles, intervint Lila. C'est une cabane abandonnée.

– Mais pourquoi vous tenez à prendre ce risque ? demanda Connie. Et s'ils revenaient et nous prenaient pour des intrus ?

– Mais peut-être qu'ils ne reviendront jamais et qu'ils ont abandonné cet abri. Alors quoi ? jeta Lila.

Elle n'avait pas haussé le ton, mais sa voix dénotait une certaine dureté.

– Si quelqu'un est venu ici, ça veut dire qu'on n'est pas les seuls à penser que c'est un bon endroit pour se reposer. Ça veut dire que c'est sans danger.

– Mais tu ne peux pas en être *sûre*.

– On n'est jamais sûr de rien ! s'impatienta Fred. Lila a raison. Dès qu'on aura trouvé comment s'en aller d'ici, on s'en ira. En attendant, c'est logique de s'abriter dans un endroit que d'autres gens ont utilisé.

– À moins qu'ils NOUS MANGENT ! gronda Connie.

– Moi, je reste ici, déclara Max. Je veux vivre dans le tipi en arbres. Et si tu essaies de me forcer à partir, je te ferai pipi dessus.

– Ça, ça m'étonnerait !

Connie recula et se cogna la tête contre un tronc d'arbre.

– C'est vrai qu'il fait ça, parfois, l'informa Lila.

Pour le moment, du moins, cela régla cette question.

LA RIVIÈRE

Ils mirent un certain temps à trouver des feuilles assez larges et solides pour le toit. La première fournée que Fred testa se déchira entre ses mains ; la deuxième contenait quelque chose qui lui donna des rougeurs et des démangeaisons ; mais le troisième arbre avait des feuilles charnues, longues comme le bras. Lila et lui les déchirèrent en bandelettes qu'ils tissèrent pour former de grands carrés, qu'ils calèrent entre les branches des poteaux. Connie s'assit dans l'herbe devant la cabane et creusa un petit trou dans le sol avec une brindille.

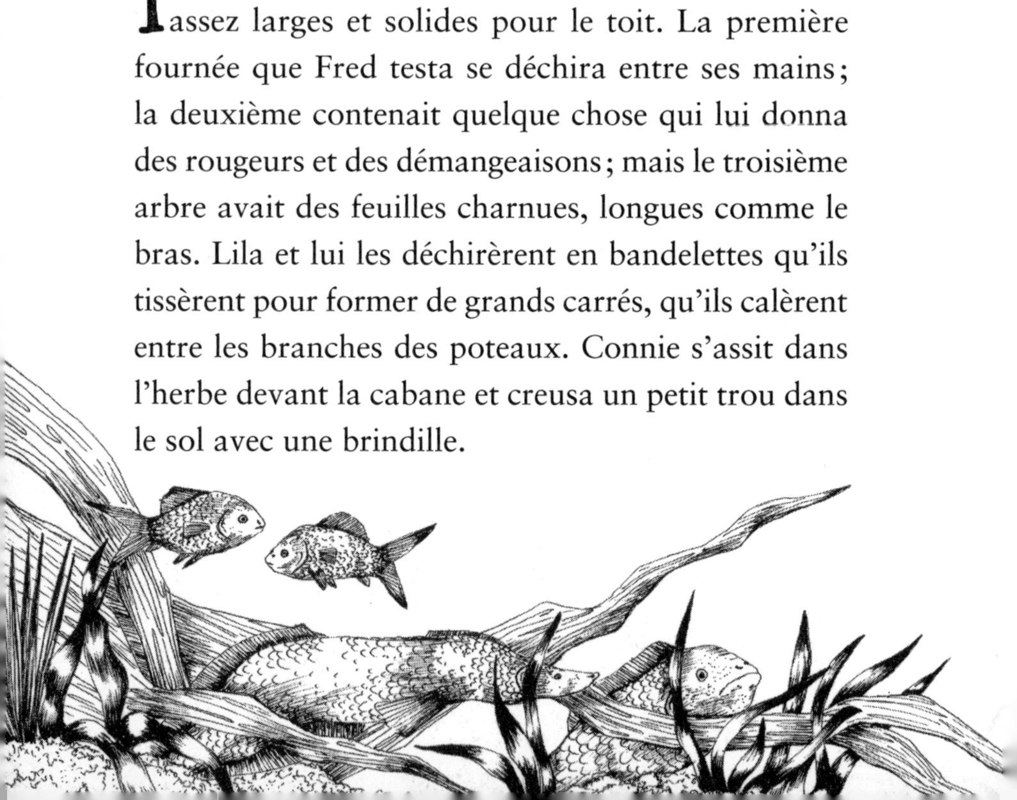

Fred rampa dans l'abri et regarda en l'air. Le soleil ne passait plus par mille trous de fourmis. À l'intérieur, la lumière était vert foncé – c'était une couleur de fond marin, de trésor englouti. À sa grande surprise, il fut assailli par un sentiment de triomphe.

– C'est bon ! s'exclama-t-il. On voit à peine les interstices.

Il entendit Lila pousser un cri de victoire.

Il sortit de la cabane à reculons et se redressa trop vite. Soudain pris de vertiges, il vit des taches colorées tourbillonner devant ses yeux. Ses poumons se contractèrent.

– Ça va ? lui demanda Lila.

– Très bien, assura-t-il d'un ton qu'il n'avait pas voulu aussi brusque.

Depuis sa pneumonie, il avait horreur qu'on lui demande si ça allait. Il s'efforça de sourire et ajouta :

– Merci.

Fred avait été envoyé au Brésil chez une cousine éloignée pendant sa convalescence. Elle ne proposait rien de plus amusant qu'une partie de bridge dans un salon obscur. Il avait imaginé mieux. Mais c'était la seule possibilité envisageable, d'après son père.

– Je ne peux pas rester à la maison pour veiller sur toi, avait-il expliqué. L'entreprise a besoin de moi.

– Je peux me débrouiller tout seul, avait affirmé Fred, la respiration sifflante.

– Ce n'est pas possible, avait rétorqué son père d'un ton bourru.

Son père avait toujours travaillé des heures et des heures, un peu plus chaque année. Fred ne se rappelait pas le visage de sa mère, sauf dans son sommeil.

Il n'avait jamais vu son père habillé autrement qu'en costume et, avec le temps, ses costumes avaient semblé fusionner avec sa peau. On avait presque l'impression que sa voix portait une cravate.

– Tu me traites comme un bébé, avait protesté Fred.

– Ne dis pas de bêtises. Allons, tu es un garçon raisonnable.

Les bulletins de notes que Fred recevait du pensionnat indiquaient toujours ce mot : *raisonnable. Présence discrète en classe.* Quelquefois, quand ils n'avaient rien trouvé d'autre pour le différencier de ses camarades, ils ajoutaient : *De plus en plus grand.*

Fred savait qu'il n'était rien de tout ça. Enfin, si : il était grand, en effet. Personne n'aurait pu nier qu'il devenait si rapidement trop grand pour ses vêtements qu'il avait froid aux chevilles en permanence.

Mais il ne se trouvait ni discret ni raisonnable.

En son for intérieur, Fred n'était que soif, espoir et force. C'est juste qu'il n'avait encore jamais eu l'occasion de le prouver : son père insistait toujours avec une telle fermeté pour qu'il ait des chaussures propres et un regard docile. Mais Fred avait l'esprit vif et pénétrant. Il attendait davantage du monde que ce qu'il en avait reçu pour le moment.

Il s'efforça de sourire à Lila.

– Je suis juste déshydraté. Il faut qu'on trouve quelque chose à boire. On peut vivre longtemps sans manger…

– Nan, c'est pas vrai du tout, l'interrompit Max, indigné.

– … mais on ne peut pas vivre longtemps sans eau.

– Tu penses qu'on peut boire l'eau de…

Lila hésita, cherchant le mot juste.

– … du petit bourbier, là ?

Fred regarda la flaque d'eau.

– On *pourrait*, mais je pense qu'on ne vivra pas longtemps si on la boit. Cela dit, on est près du fleuve. Forcément.

– Il était sur notre gauche quand on s'est écrasés, ajouta Lila, excitée.

– Dans quelle direction on a couru ? demanda Connie.

– Eh bien, le soleil se lève à l'est. Donc, quand on

regarde par là, le nord-est est à notre gauche, dit Fred.

– En quoi ça nous aide, si on ne sait pas dans quelle direction on a couru ? s'énerva Connie.

Elle était pâle et cernée, comme si quelqu'un avait pressé sous ses yeux un pouce enduit de peinture.

– Ça ne nous aide pas tellement, avoua Fred.

Mais l'Angleterre se trouvait au nord-est. Le martèlement ralentit un petit peu dans sa poitrine ; le nord-est menait vers sa chambre, à la maison ; vers sa bibliothèque, et sa batte de cricket appuyée contre le mur. Il menait à son père.

Connie redressa les épaules comme si elle se préparait à se battre.

– On va essayer de deviner, alors ?

– Il paraît que si on suit des fourmis, elles peuvent nous conduire jusqu'à un point d'eau, dit Fred.

– Des fourmis ! répéta Connie. On va s'orienter grâce à des *fourmis* ?

Lila braqua sur elle un regard dur, puis baissa les yeux pour scruter les feuilles.

– Tu as autre chose à proposer ?

Connie soupira et se baissa pour regarder sous une bûche.

Le premier groupe de fourmis fut une déception. Max trouva une cohorte de minuscules fourmis rouges et se pencha pour les toucher.

– Regardez ! Elles brillent !

– Touche pas ! s'écria Lila en le tirant vers elle. Il y a des fourmis dangereuses ici.

– Lesquelles ? demanda Connie en reculant d'un pas.

– Je ne sais pas, c'est ça le problème ! Celles qui sont dangereuses s'appellent les « fourmis balles de fusil », mais je ne sais pas à quoi elles ressemblent.

– À des balles de fusil, j'imagine, dit Connie.

– Pas forcément, argumenta Lila. Le poisson-chien ne ressemble pas à un chien. Je me rappelle que j'étais hyper déçue.

– Celles-ci, elles ressemblent juste à des fourmis, commenta Max.

– Tu n'as quand même pas le droit d'y toucher, dit Lila. Alors n'essaie pas.

Ils se postèrent à une certaine distance, le menton appuyé contre la poitrine, le long d'une rangée d'arbres sinueuse. Les fourmis les conduisirent à un gros tas de feuilles.

– Ah.

Fred remua les feuilles avec un bâton au cas où il y aurait de l'eau dessous. Il sursauta. Les fourmis grouillaient sur une carcasse d'oiseau. Un vautour, manifestement. À présent, il n'en restait que les os et la puanteur en quantités égales.

– Ce n'est pas exactement ce que j'espérais.

« Les fourmis n'ont pas le sens des priorités », se dit-il.

– Bon, alors qu'est-ce qu'on fait maintenant ? demanda Connie en croisant les bras.

– Réessayons, dit Lila. Peut-être que ce n'était pas la bonne sorte de fourmis, celle-là.

Ce fut elle qui découvrit une colonne de fourmis plus grosses, avec des têtes comme des roulements à billes. Ils s'enfoncèrent profondément dans la forêt en suivant leur piste, Lila en tête. Fred l'observa. Elle était petite et se déplaçait avec les muscles tendus, tel un animal – un cerf ou un lémur –, comme si elle entendait des choses que personne d'autre ne percevait.

– Je n'arrive pas à croire qu'on fait confiance à des fourmis, grommela Connie en chassant une toile d'araignée de ses cheveux et en se baissant pour passer sous une branche. Même dans les contes de fées, c'est un hibou savant ou un truc de ce genre-là. Personne ne se fait aider par des fichues fourmis.

Elle défia Fred du regard en disant le mot « fichues ». Ensuite, une épine se planta au-dessus de son sourcil et elle s'écria :

– Je *déteste* cet endroit !

Fred se retourna et s'aperçut, le ventre noué, que la clairière avait totalement disparu.

– Par où on retourne d'où on vient ? demanda-t-il.

Le vert de la forêt semblait vibrer autour d'eux.

– À gauche, près de cet arbre qui était couvert de champignons, puis à droite au buisson avec des épines vertes, répondit Connie sans le regarder.

Elle ne vit donc pas sa surprise, qu'il s'efforça aussitôt de dissimuler.

– On devrait laisser des marques pour retrouver notre chemin, proposa-t-il.

– Très bien, dit Connie. Sauf si tu veux demander son avis à... chais pas, un asticot de passage ?

Fred essaya de sourire.

– Bah, les asticots se déplacent beaucoup plus lentement que les fourmis, ils font de très mauvais guides.

Elle ne lui rendit pas son sourire.

Fred se glissa à la fin de la procession. Tous les trois ou quatre arbres, il cassa une branche et planta une feuille sur l'articulation ainsi formée.

Connie secoua la tête.

– Ça ne servira à rien. Il te faut quelque chose de plus grand.

Elle arracha l'un des volants de son chemisier, qui avait été blanc, et l'attacha à un arbre.

– Voilà.

Fred se tourna vers elle, qui était accroupie dans la lumière mouchetée. Elle se déplaçait avec raideur, comme si elle n'avait pas l'habitude de se mouvoir toute seule. Et ses vêtements semblaient l'entraver comme un piège à ours. Certaines tenues ont l'air de suggérer que leur propriétaire doit rester assis tranquille et sourire poliment. Connie portait ce genre de tenue avant que l'accident ne la colore de marron, de vert et de rouge.

– Une chance que tu aies tous ces volants, lança-t-il avec un sourire.

Connie le regarda comme on donne un coup de poing dans la figure.

– Ferme-la, toi, avec ton pull de cricket.

Fred recula.

– Je voulais juste dire… C'est utile, finalement, les froufrous. Il n'y en a pas sur les vêtements de garçon.

– OK. Laisse tomber. Pas la peine d'essayer d'être gentil avec moi, tu sais.

– Hein ?

Fred la considéra avec effarement.

– Tout ce que je veux, c'est sortir de cet enfer et retourner à l'école. Je ne cherche pas à être impolie, mais ça ne m'intéresse pas de me faire des amis. Surtout si c'est des gamins.

Lila les avait entendus.

– Je ne suis pas une gamine, murmura-t-elle sans détacher les yeux des fourmis. Je suis juste petite pour mon âge.

– Tu as quel âge, toi ? demanda Connie à Fred.

Fred lui répondit.

– Mais tu es à peine plus vieux que moi ! s'étonna Connie.

– Et moi, renchérit Lila.

– Je te croyais beaucoup plus âgé ! continua Connie.

Fred haussa les épaules.

– Je suis grand, c'est tout.

– Mais ça veut dire qu'il n'y a pas d'adulte ! Ni même d'adolescent. Juste quatre enfants. Dans la forêt amazonienne.

– Je crois que tu as raison, dit Fred.

– Malheureusement, ajouta Lila.

– Mal... heureusement, répéta Max.

Il s'éloigna en soufflant des bulles de morve avec ses narines. Lila lui courut après et l'empoigna par la manche.

– Reste près de nous !

Ses yeux lui mangeaient le visage. On n'y voyait plus que sa nervosité et son ossature.

Pendant qu'ils marchaient, une odeur parvint jusqu'à Fred, quelque chose de piquant et de frais, quelque chose qui évoquait plus du bleu que du vert.

– C'est le fleuve ? Je crois que je sens son odeur, dit-il.

– Ne sois pas ridicule, jeta Connie. L'eau n'a pas d'odeur...

Mais elle s'interrompit. À travers l'épaisse rangée d'arbres, Fred distinguait quelque chose de mouvant.

– Venez ! s'écria Connie. J'ai trouvé le fleuve !

Ils restèrent à l'endroit où le sol s'inclinait pour rejoindre le fleuve. L'eau était d'un bleu vif, lumineux.

– Vous pensez qu'il y a des caïmans ? demanda Lila.

Malgré la chaleur du soleil qui cognait sur leurs têtes, elle frissonna.

Durant le long hiver de sa maladie, Fred avait lu des tonnes de livres sur des explorateurs qui s'aventuraient dans la nature armés seulement d'un casque colonial et d'un canif. Il en avait tout un rayonnage. Ils étaient tous cornés, tachés de nourriture, et ils parlaient tous longuement des caïmans.

Il décida d'être honnête.

– Sans doute, mais je ne vois pas comment récupérer de l'eau autrement.

– C'est quoi, les caïmans ? demanda Connie.

– C'est comme des alligators. Des crocodiles. Mais avec un museau plus allongé.

– Sauf qu'ils sont plus petits, ajouta Lila. Sans doute.

– *Sans doute ?* répéta Connie. Ah, parfait.

– Les caïmans préfèrent le côté ensoleillé de la

rivière, précisa Lila. Et on est à l'ombre, ici. Alors il n'y a *sans doute* pas de problème.

– *Tout* est potentiellement dangereux, ici, trancha Fred. Moi, j'y vais.

Il parcourut la berge du regard. Le duvet de ses bras était comme au garde-à-vous.

Il retira sa chemise, puis la remit. Il venait de se rappeler qu'elle avait autant besoin que lui d'être lavée.

Il descendit vers l'eau. La boue faisait des bruits de succion sous ses pieds. Il plongea la tête la première.

Ce fleuve, c'était un vrai cadeau. Il apaisa la sensation de brûlure de ses écorchures et ses douleurs dans les pieds. Fred remua les jambes pour rester à la surface, puis s'enfonça dans la fraîcheur et avala une gorgée d'eau.

Elle avait un goût de boue et une algue s'enroula autour de sa langue, mais, en cet instant, c'était la boisson la plus délicieuse qu'il ait jamais bue – c'était mieux que le chocolat chaud à Noël ou la citronnade glacée en été.

– Venez ! appela-t-il.

Lila plongea à son tour, avec Max sur les épaules. Connie hésita sur le bord, l'air anxieux.

– On ne faisait pas de natation au collège, dit-elle. Juste des danses de salon.

Elle entra lentement dans l'eau et fit nerveusement

la nage du petit chien, le menton dressé au-dessus de la surface.

Fred se frotta les bras et les jambes. Ses coupures le piquèrent quand il les débarrassa de leur crasse. Puis il replongea, les yeux ouverts dans l'eau sombre. Un banc de poissons miniatures passa près de lui, suivi d'un poisson solitaire, plus gros. Fred remonta à la surface pour respirer.

– Il y a des poissons ! lança-t-il.

– Essaie d'en attraper un ! cria Connie.

Fred replongea. Les petits poissons s'égaillèrent quand il tendit les mains vers eux. Le poisson plus gros l'ignora complètement, mais il avait une forme étrange – presque circulaire, comme une assiette qui nage. Le poisson pivota et montra les dents.

Fred avala une goulée d'eau du fleuve et remonta vivement à la surface en toussant.

– Des piranhas ! hurla-t-il. Sortez !

Max flottait près de lui. Fred l'empoigna et fonça vers la berge. La peur palpitait dans ses jambes.

– C'est quoi, des piranhas ? demanda Connie.

– Des poissons avec des dents !

Connie poussa un juron qu'elle n'aurait pas dû connaître, d'après Fred, puis but la tasse et disparut sous l'eau.

Lila, paniquée, la saisit par les épaules.

– Ne t'agite pas comme ça ! Allez, respire.

Elle lui enroula un bras autour de la taille et battit des pieds pour regagner le bord.

Fred et Max déboulèrent précipitamment sur la berge, Connie et Lila sur les talons. Ils s'allongèrent, haletants, sur la terre chaude.

Connie grogna et recracha une bouchée d'algues.

– Des poissons ! Des poissons avec des dents ! Tout est dangereux, ici. Même les poissons risquent de vous manger. Il y a quoi d'autre encore ? Des pigeons avec des crocs ? Des singes avec des fusils ?

– J'ai lu qu'ils ne mordent que lorsqu'ils ont très faim, précisa Fred, haletant.

– En général, ils mangent des petites choses – des oiseaux et des grenouilles, vous voyez, renchérit Lila en essorant ses cheveux.

Ils étaient couverts de limon d'un brun rougeâtre.

– J'ai l'impression… qu'il n'allait pas nous attaquer. En fait, il était assez beau. Argenté, avec un ventre rouge.

Fred inspira profondément et sentit les battements de son cœur s'apaiser.

– Beau ?

Connie le considérait d'un air incrédule.

– Du moment qu'on ne saigne pas dans l'eau, on ne les attirera pas, déclara Lila. Je le savais, mais j'ai paniqué. Ce n'est pas dangereux de se baigner ici. Je pense qu'ils vont nous ignorer.

– Tu le *penses* ! Tu penses, tu penses, tu *penses* !

Avec ses traits anguleux et ses joues cramoisies, Connie avait un air féroce.

– C'est des poissons avec des dents ! Des piranhas ! Tu ne peux pas les *psychanalyser* !

Lila la regarda avec une expression indéchiffrable.

– Il me semble qu'au pluriel on ne dit pas « C'est des poissons », mais « Ce sont des poissons ».

– Ah, merci, grinça Connie. C'est toujours mieux de ne pas faire de fautes de grammaire pendant qu'on se fait bouffer.

Trempés, ils retournèrent d'un pas lourd vers la clairière. Sur le chemin, Lila se servit de sa chemise mouillée pour essuyer le visage boueux de Max. Leurs corps dégageaient de la vapeur au soleil, en séchant.

Curieusement, le retour à la clairière leur fit l'effet d'un retour à la maison. Un perroquet rouge vif se posa sur une branche au-dessus de la tête de Fred, croassa de surprise en voyant la petite bande d'enfants dégoulinants et s'envola.

Fred choisit le silex le plus tranchant et tailla le bas de son pantalon gris d'uniforme scolaire pour en faire un short aux bords effilochés. La jambe gauche était plus longue que la droite, mais il décida que ça n'avait pas d'importance. Sa coupure à la jambe formait déjà une belle croûte. Il ôta son pull de cricket et l'essora.

Quelque chose commençait à irradier en lui sous ce soleil, au milieu des cris d'oiseaux, dans cette vaste étendue de verdure éclatante qui les entourait. C'était énorme, étourdissant.

Ça ressemblait à de l'espoir.

« Ou alors c'est un traumatisme crânien », pensa-t-il.

DE QUOI (PRESQUE) MANGER

Bien que Fred ait bu tant d'eau qu'il avait la peau du ventre toute tendue, il avait toujours affreusement faim. Ses entrailles douloureuses émettaient des gargouillis sonores. Connie gloussa. Fred se tapota le ventre du poing. Il avait l'impression que son corps était en berne : malingre et faible.

Il n'avait rien mangé depuis la pomme qu'il avait croquée avant d'embarquer dans l'avion. Il n'aurait su dire combien de temps ça faisait – un jour et demi ? Il réfléchit : le vol était un samedi, c'était donc sans

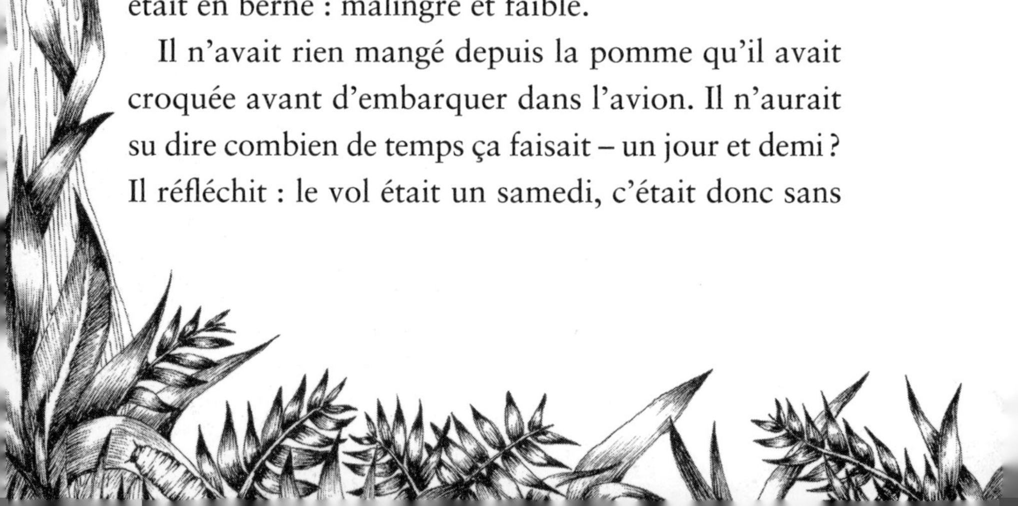

doute dimanche, aujourd'hui… à moins qu'ils soient tous restés longtemps sans connaissance.

Fred frissonna et secoua la tête, tâchant désespérément de chasser l'image de l'avion en flammes qui flottait devant ses yeux.

– Je crois qu'il y a des insectes qu'on peut manger, lâcha-t-il, plus pour se changer les idées qu'autre chose.

Sa remarque fut accueillie par un silence si réticent qu'il semblait chargé d'une odeur particulière.

– Et puis on peut trouver des fruits, ajouta-t-il. C'est sûr. Il y a des singes, et les singes sont bien obligés de manger quelque chose. Des bananes, peut-être. Il y avait des feuilles de bananier dans la cabane. Ou encore des baies.

– Comment savoir si ce sont des baies comestibles ? dit Connie.

– Je vais les tester, proposa Fred.

– Et si tu meurs ?

– Peut-être qu'on devrait tous les tester, si on en trouve, suggéra Lila. Sauf Max.

– Pourquoi pas Max ? demanda Connie.

Si on risque notre vie, il n'y a pas de raison qu'il n'en fasse pas autant…

– Si ! Il est trop jeune ! tonna Lila. Et il a des allergies.

– C'est pas juste ! tempêta Connie.

Elle cogna une petite pierre contre une grosse, et Max sursauta.

Fred sentait l'irritation le gagner, lui aussi ; la chaleur était accablante et son estomac le brûlait.

– Connie, fit-il. Allons.

– Tu ne me connais pas assez bien pour me dire « Allons ». Personne n'a voté pour t'élire chef.

Fred se mordit la langue, les narines dilatées de colère.

– Je n'ai pas dit que j'étais le chef !

– Arrêtez !

Lila s'était décomposée. Elle ravala un bruit qui aurait pu être un début de sanglot, ou de cri, et tenta de changer de sujet :

– Qu'est-ce que tu disais sur les insectes ?

– Un de mes livres disait qu'on peut manger les insectes qui se nourrissent des fèves de cacao.

– Quel livre ?

– Oh, juste un livre sur les explorateurs.

Il s'agissait d'un ouvrage de Percy Fawcett, un homme venu en Amazonie en quête de cités d'or. C'était le genre de lecture qui vous laissait pantelant, les yeux écarquillés.

– Et ils ressemblaient à quoi, ces insectes, d'après ton *livre* ? demanda Connie en prononçant ce dernier mot avec méfiance.

– Ils sont petits, répondit Fred. Ça disait de ne pas manger d'insecte trop gros pour rentrer dans votre narine.

– Et il y avait d'autres précisions sur ce sujet ?

La question de Connie dégoulinait de sarcasme.

– Non.

Fred regretta que la plupart de ses livres n'aient pas comporté d'illustrations, et ce n'était pas la première fois.

– Lila doit le savoir, déclara Max avec fierté. Lila sait tout sur les animaux. Elle a failli se faire renvoyer parce qu'elle essayait de garder un écureuil dans son pupitre.

Il sourit.

– Maman était furax.

– Silence, Max !

Lila fusillait son petit frère du regard.

– Eh bien, les insectes, c'est pas des animaux ! affirma Connie. Alors ça ne nous sert à rien, tout ça.

– Tu t'y connais vraiment ? demanda Fred à Lila.

Une étincelle s'était allumée dans ses yeux.

– Je n'en suis pas sûre, dit-elle, mais, en fait…

Elle sauta sur ses pieds.

– Reste ici, Max. Je reviens tout de suite.

– Quoi ? Non !

Max reposa la feuille qu'il était en train de mâchonner et son visage se plissa de colère.

– Attends !

Mais Lila avait quitté la clairière en courant. Ses tresses à demi brûlées sautillaient dans son dos.

Le quart d'heure qui suivit ne fut guère paisible. Max essaya de suivre Lila, qui avait disparu dans les broussailles et demeura introuvable. Fred le prit dans ses bras pour l'empêcher de se sauver dans cette forêt dense, dénuée de points de repère. Max lui mordit le dos de la main ; Connie le traita de sale morveux ; Max la mordit au tibia.

Avant que Connie ait pu le mordre à son tour, Lila déboula de la forêt. Elle avait l'air incroyablement soulagée.

– Ouf ! J'ai cru que je m'étais perdue ! J'ai raté un tournant quelque part, dit-elle, le souffle court et le front luisant de sueur.

Elle avait fabriqué une sorte de sac avec son pull, qu'elle tenait dans les bras.

– Tu as trouvé à manger ? demanda Connie.

– Oui, dit Lila.

Son honnêteté reprenant le dessus, elle ajouta :

– Presque.

Elle ouvrit son balluchon improvisé et déversa des dizaines de fèves de cacao dans l'herbe.

– Elles n'ont pas toutes des trous de larves. Et je me suis dit qu'on pouvait manger les fèves aussi.

Elle entreprit de les ouvrir avec les ongles.

Fred en prit une ; il y avait deux trous sur le dessus.

– Il y a quelque chose dans celle-ci.

Il essaya de l'extraire de la fève en la secouant, mais ça ne vint pas. Il tritura le trou avec une brindille et secoua de nouveau la fève. Un petit asticot dodu de deux centimètres de long tomba dans sa paume ouverte.

– Voilà ! s'écria Lila. C'est cet asticot ! Tu peux le manger !

– Ah, chouette, mentit Fred.

Dans sa main, l'asticot ne bougeait pas, mais il semblait palpiter doucement. Fred le renifla.

– Vas-y, dit Connie. C'était ton idée.

– Beurk !

Fred se pinça le nez, prit son courage à deux mains et croqua une moitié de l'asticot. C'était moelleux, mais l'intérieur était granuleux, et le crissement des grains contre ses dents le fit frémir. Il l'avala avec difficulté.

– Ça a un léger goût de chocolat, commenta-t-il.

– *Vraiment ?* fit Connie.

Son visage et même ses oreilles exprimaient un grand scepticisme. Ce n'est pas facile d'exprimer une émotion avec les oreilles, mais Connie y parvenait.

– Mais ça a surtout un goût de terre, avoua Fred. De cacahuète et de terre.

Les larves furent bientôt entreposées telle une pyramide rose et frétillante. Fred essaya de se réjouir qu'ils aient à manger. En vain. Lila prit les trois plus grasses et les tendit à Max, paume vers le ciel.

– Non ! Ça se mange pas, ça. Max ne mange que de la vraie nourriture. Maman dit qu'il ne faut pas manger les insectes.

Lila soupira.

– Il parle de lui à la troisième personne quand il est nerveux.

– Max n'est pas nerveux, répliqua Max. Maxou est bien sage, c'est tout.

Il frotta une coupure sur son genou et fut pris de hoquets.

– Je veux rentrer à la maison !

– Je sais, dit Lila.

Elle le tira vers elle.

– Mais on n'a que ça. Je ne sais pas quoi faire d'autre, Maxou.

– Maman saurait, elle !

Il la repoussa. Son ongle se prit dans la coupure qu'elle avait à la joue.

– Aïe ! Mais maman n'est pas là.

Elle cligna vivement des paupières et s'essuya le nez avec le poignet.

– Et si on les faisait frire ? suggéra Fred. Pour en faire une sorte de crêpe ?

– Et dans quoi tu veux les frire ? On n'a pas de poêle, rétorqua Connie.

– Mais on a des pierres, rappela Lila.

Elle se frotta le visage avec sa chemise et s'efforça de prendre un ton guilleret :

– On pourrait faire des sortes de crêpes au chocolat. Plus ou moins.

– Ouais, plus ou moins, dit Connie. Et plutôt *moins* que plus.

UN FEU

Les larves, une fois mêlées avec les fèves de cacao et écrasées avec un bâton propre, formèrent une pâte qui ressemblait, si on plissait les paupières et qu'on était d'un tempérament optimiste, à de la farine mélangée à de l'eau.

– Maintenant, on n'a plus qu'à faire un feu pour les cuire, lança Fred.

– Oui, *plus* que ça, dit Connie.

– On a besoin d'un silex, dit Fred.

– On a besoin de petit bois, dit Lila.

– Et d'*allumettes*, dit Connie.

– Je m'occupe du petit bois, dit Fred.

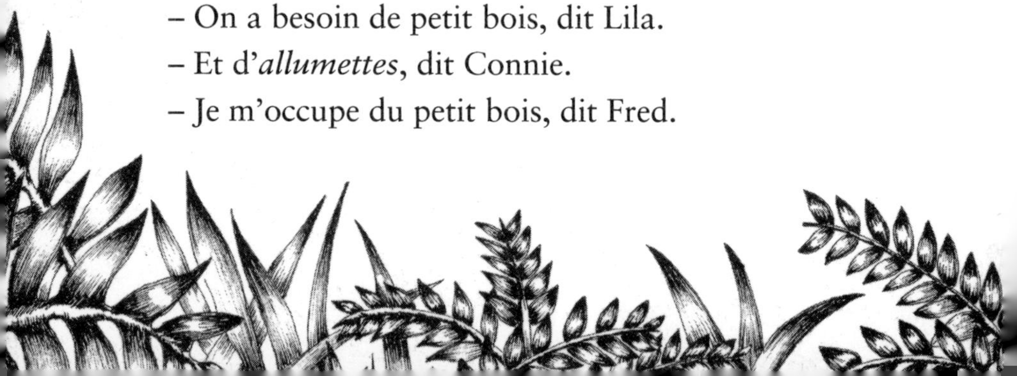

Presque tout le bois qui se trouvait autour d'eux avait séché depuis la pluie de la nuit précédente. Il prit le bas de son pull de cricket entre ses dents, formant un hamac pour le bois. La nuit dans la jungle n'avait pas arrangé le goût de la laine.

Il retourna dans la clairière et versa le bois en tas, à quelques pas de la cabane.

– Il y avait des silex, là-dedans, rappela Lila. On pourrait gratter la mousse et les utiliser pour faire une étincelle. Les silex, ça ne s'use pas.

– Les silex ne vont pas suffire, dit Fred. J'ai essayé. Il faut un bout de métal.

Lila se glissa dans la cabane pour aller chercher des silex. Connie scrutait la montre de Fred.

– C'est fait en quoi, ça ?

Fred regarda sa montre et la couvrit d'une main protectrice.

– En verre.

– Et ?

– Et en métal. C'est mon père qui me l'a donnée, quand je suis parti en pension.

– Mais elle est cassée, souligna Connie.

– Je sais.

– Alors, si elle est cassée, ce n'est plus vraiment une montre, pas vrai ? En revanche, c'est un tas de métal.

Fred retira brusquement sa main. Son père ne lui faisait jamais de cadeaux pour son anniversaire ; il chargeait sa secrétaire d'amener Fred chez Harrods pour choisir quelque chose de raisonnable. D'aussi loin que remontent ses souvenirs, c'était l'unique cadeau que son père ait choisi lui-même. Il y avait fait graver les initiales de Fred.

Lila hocha la tête.

– C'est peut-être le seul moyen, dit-elle d'une voix où perçait de la compassion mais aussi de la détermination.

– Très bien ! dit Fred. Très bien ! On va l'utiliser.

Il éprouvait une absurde, une inexplicable envie de pleurer.

– Je peux essayer en premier ? demanda Connie.

– C'est *ma* montre !

– Je sais. Mais je n'ai encore jamais allumé de feu. Même pas chez moi, dans une des cheminées.

– Même pas le soir de la Saint-Jean ?

– Pas le droit.

Il y avait de la nostalgie et une sorte d'avidité dans ses yeux. Elle détourna la tête et se mit à tourner et retourner le silex entre ses mains comme s'il s'agissait d'une pierre précieuse. Il y avait quelque chose d'écrit sur son visage, songea Fred, quelque chose de codé qu'il ne savait pas déchiffrer.

– Tiens.

Lentement, il détacha le bracelet. Il serra la montre dans son poing et caressa discrètement l'inscription du dos avec le pouce. Connie le regarda faire en silence. Il posa la montre dans sa main.

– Je passe en deuxième.

Lila fit un tas de feuilles déchirées et d'herbe sèche.

– Fais-le au-dessus de ça, dit-elle, pour que l'étincelle ait quelque chose à embraser.

Connie frappa le dos de la montre contre la pierre. Fred grimaça. Elle dérapa et le silex s'enfonça dans sa paume. Elle ne dit rien et réessaya. Elle se mordit la langue, concentrée, les sourcils tellement froncés qu'ils recouvraient carrément ses cils, et elle frappa, frappa et frappa encore jusqu'à ce qu'elle ait mal aux doigts.

Soudain, le silex et l'acier projetèrent une minuscule étincelle. Connie fut si surprise qu'elle lâcha le caillou.

– Encore ! piailla Max. Encore, encore !

Elle produisit une nouvelle étincelle, une brève lueur qui éclaira le monde avant de disparaître comme elle était venue.

– Il faut qu'elle soit plus bas, plus près du petit bois, dit Lila.

Connie frappa encore, et encore ; l'étincelle embrasa un brin d'herbe, qui en embrasa un autre. Le cœur battant, Fred se coucha sur le ventre et souffla sur l'embryon de feu, terrifié à l'idée de l'éteindre. Les flammes vacillèrent.

– Non ! Non, non, ne meurs pas ! dit Connie.

Lila ajouta une poignée de mousse séchée. Fred souffla encore. Le feu eut l'air d'inspirer, puis cracha de nouvelles flammes. Max poussa un cri de joie. Lila tendit un bouquet de brindilles. Le feu les gagna, produisant cinq doigts rouges, et les dévora tout entières. Il se dressa vers le ciel.

– Encore ! dit Max.

Il dansait autour du feu en se frappant les côtes.

– Donnez-lui encore à manger !

Fred ajouta une poignée de feuilles desséchées, puis une autre, et encore une autre. Le feu pétillait comme des idées naissantes, crépitait comme l'espoir. Il projeta une colonne de flammes.

Les quatre enfants échangèrent des sourires en se balançant sur leurs talons.

– On pourrait dormir à tour de rôle, suggéra Connie, pour se relayer et l'empêcher de s'éteindre.

Elle regarda le feu avec un orgueil de propriétaire.

– C'est nous qui l'avons allumé. On a fait ça tout seuls !

Fred remit tranquillement la montre dans sa poche.

Elle était éraflée, à présent, et profondément cabossée, mais il la serra si fort dans sa poche qu'elle imprima une marque circulaire dans sa paume.

– C'est le plus beau feu que j'aie jamais vu, dit Lila.

– Oui, l'approuva Connie. De loin.

Max mordit légèrement le bras de sa sœur.

– On peut manger, maintenant ? Je vais mourir, tellement j'ai faim.

Fred gratta la terre avec les ongles jusqu'à ce qu'il trouve une pierre plate et la posa en équilibre précaire sur quatre bâtons de bois vert, au milieu des flammes. Lila divisa la pâte d'asticots en quatre boules qu'elle étala sur la pierre.

Enfin, les crêpes se mirent à former des bulles. Lila les piqueta.

– Elles durcissent, dit-elle.

– Et elles sentent la vieille chaussure, ajouta Connie. Ça veut sûrement dire qu'elles sont cuites.

Un des arbres voisins de la cabane avait de grandes feuilles charnues de la taille d'une assiette. Fred en arracha quatre et déposa une crêpe aux asticots dans chacune. Les crêpes étaient chaudes et gluantes.

– Elles sont sans doute meilleures quand elles sont trop chaudes pour qu'on sente le goût, dit Fred.

Il croqua la moitié de sa crêpe et s'efforça de ne pas trop mastiquer. Elle avait un goût déconcertant ; un goût animal. C'était un peu comme manger de la bouillie d'avoine mélangée à de la crasse récupérée sous les ongles, mais c'était mieux – infiniment mieux – que rien.

Connie grignota un coin de la sienne. Elle grimaça, mais ne la recracha pas.

– Pour être honnête, c'est pas tellement pire que la cantine de l'école, dit-elle avec un demi-sourire.

Max gardait son repas serré dans son poing pour le protéger des autres.

– J'aime pas partager.

Sa crêpe dégoulinait entre ses doigts.

La clairière s'assombrissait de minute en minute. Connie se leva.

– Je vais aux...

Elle hésita et rougit.

– ... aux toilettes, alors ne venez pas là-bas. Et ne regardez pas. Sinon je vous donne un coup de poing.

Elle s'interrompit un instant avant d'ajouter :

– S'il vous plaît.

– On pourrait choisir un endroit, dit Fred. Assez éloigné. Et puis marquer un chemin... pour que personne ne se perde.

Ils se levèrent tous les quatre, rapprochés les uns des autres dans la nuit tombante, et se mirent à chercher un arbre assez grand et assez loin de leur feu, mais pas assez loin pour risquer de se perdre.

– Celui-là, il est gros, dit Fred.

– Celui-là aussi, dit Connie.

Les arbres étaient immenses. Ils s'élevaient au moins aussi haut qu'une église.

– On pourrait dire que celui-ci, c'est les toilettes des garçons, et celui-là, celles des filles, proposa Connie.

Soudain, Lila afficha un immense sourire ; un sourire révélant qu'une de ses dents était de travers et qu'elle avait une fossette à la joue.

– On pourrait les appeler les « cac'arbres ».

Ce n'était pas follement drôle, mais une fois lancé, Fred ne parvint plus à s'arrêter de rire. Connie crachotait et dut se mordre le poing. Le rire de Max projeta un filet de morve à travers la clairière. Ils rirent si fort qu'ils effrayèrent les oiseaux et que les singes lointains poussèrent des cris de colère depuis leurs perchoirs de nuit dans les arbres.

LE RADEAU

C'est Fred qui eut l'idée de construire un radeau. Il savait que ce n'était pas, même avec beaucoup d'imagination, ce que Connie appellerait un « risque raisonnable », mais il ne voyait pas d'autre moyen de rentrer à la maison qu'en suivant la rivière. Elle était rapide, et ses bruits d'écume et d'éclaboussures retentissaient comme un appel dans toute la jungle.

– Un radeau ? répéta Lila. Avec quoi ?

Ils étaient assis dans la clairière, sous le soleil du matin, moites de sommeil et de rosée. Ils avaient dormi dans la cabane, prenant des quarts pour surveiller le feu à tour de rôle. Ça n'avait pas été une bonne nuit. Il avait fait froid, et les pieds de Max, qui avaient commencé la nuit au bon endroit, avaient fini dans l'oreille gauche de Fred. Le cerveau de Fred avait réveillé les craintes qu'il refoulait pendant la journée et les avait recrachées dans son sommeil. Il s'était réveillé en hurlant, à l'aube.

– On va le construire avec du bois, dit Fred.

Il récolta un peu de rosée dans l'herbe autour de lui et se frotta le visage avec.

– Il y a plein de bois à notre disposition.

– Tu sais comment t'y prendre ?

– J'ai lu des tas de livres là-dessus.

Dans ses livres, les explorateurs descendaient des rivières en rafting, en criant des choses comme « Taïaut ! », mais il supposait que ce n'était pas obligatoire. Et il avait lu un article à la une du *Times* au sujet d'un certain Christopher Maclaren qui avait vécu des mois sur un radeau, en se nourrissant de poissons et en buvant l'eau de la rivière. Il en parlait comme si c'était facile.

– Pourquoi il nous faudrait un radeau ? demanda Connie.

– Ça nous permettrait de partir d'ici.

– Pour aller en Angleterre ?

– Pour aller à Manaus. Et là-bas, il y aura des gens pour nous ramener chez nous.

– Sur un radeau ? Jusqu'à Manaus ? reprit Connie, incrédule.

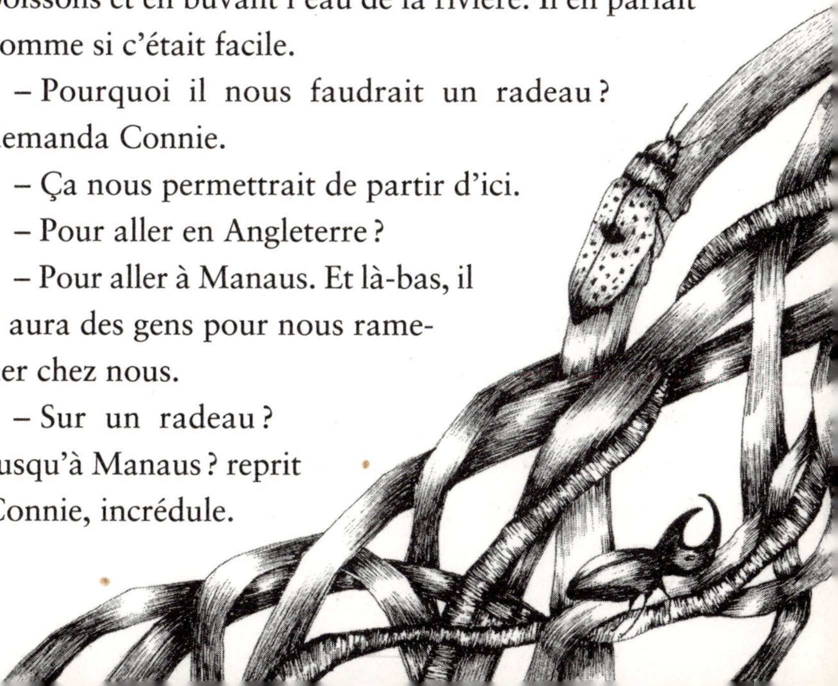

– Il y a bien des gens qui ont traversé l'Atlantique en radeau, dit Fred.

– C'étaient des *adultes*.

– Rien ne dit qu'il n'y a que les adultes qui peuvent fabriquer des radeaux, dit Fred, exaspéré. On n'a pas besoin de permis.

– Fred a raison. On devrait essayer, conclut Lila. Je pense que c'est une bonne idée.

– Je savais que tu dirais ça ! tempêta Connie. Je savais que tu serais d'accord avec lui !

Lila eut l'air troublée.

– Mais tu ne veux pas rentrer chez toi ? Tu ne veux pas revoir ta mère ?

– Bien sûr que si ! cracha Connie.

Fred baissa les yeux. Il avait entendu Connie pleurer, cette nuit, appeler à l'aide dans son sommeil.

– Si on se contente d'attendre ici, reprit Lila, on peut attendre jusqu'à notre mort !

– Des gens vont nous chercher ! On devrait simplement rester ici et ils vont venir, dit Connie.

Lila secoua la tête.

– La jungle est immense, et nous, on est petits.

– Pas moi, répliqua vivement Max.

– Tu es petit à côté d'une forêt tropicale de milliers de kilomètres carrés, Max.

– On peut faire des signaux de fumée, proposa Connie. On a déjà un feu, autant s'en servir.

– Il faudrait brûler la moitié de la jungle pour que notre feu monte si haut, objecta Lila.

– Et un si grand feu nous tuerait au lieu d'attirer des secours, renchérit Fred.

Connie devenait cramoisie.

– Je ne veux pas, OK ? Je ne veux vraiment, vraiment pas monter sur un radeau et risquer ma vie parce que quelqu'un d'autre pense que c'est une bonne idée.

– Ce n'est peut-être pas une bonne idée, dit Lila, mais c'est la seule qu'on ait.

La peau de Fred commençait à le tirailler, et son ventre à se nouer. Ça lui faisait toujours ça quand des gens se disputaient. Il se leva.

– Je vais fabriquer un radeau. Tu n'es pas obligée de m'aider si tu ne veux pas.

Le radeau demanda plus de temps et suscita plus d'ampoules que Fred ne l'aurait imaginé. Mais ça apaisa les rugissements de la peur sous ses côtes, de faire quelque chose.

– Ça ne va pas marcher, dit Connie, les bras croisés si fermement autour de sa poitrine que ses doigts se touchaient presque dans son dos.

Sa coupure à l'épaule était toujours à vif.

– Et puis on ne devrait pas se creuser l'appétit et se fatiguer alors que la seule chose qu'on puisse manger, c'est des larves.

Fred ne dit rien et continua à arracher d'immenses branches dans les arbres. La plupart étaient trop solidement attachées pour servir à quelque chose, mais il avait découvert que s'il s'y pendait de tout son poids et remuait les jambes, de temps en temps l'une d'elles se cassait avec un « crac ! » délicieusement satisfaisant. Il travailla de plus en plus vite, en écartant les feuilles et les insectes qui lui tombaient dans les yeux.

Une fois qu'il eut amassé assez de bois, Lila transporta les branches jusqu'au feu. Elle en posa une en travers des flammes. Quand le milieu se fut consumé, ils se retrouvèrent avec deux morceaux de longueur à peu près égale, aussi grands qu'elle.

– Je vais enlever les bouts brûlés, dit-elle. Autant que ce soit propre.

Elle scia les extrémités calcinées avec un silex et finit couverte de suie.

– Je veux aider ! s'écria Max.

Il allait et venait dans la clairière, le torse bombé, tirant des lianes vers le sol pour en faire un tas.

– Même que j'aide trop bien.

Il s'assit et se mit à faire parler les lianes entre elles.

Après quelques heures, Connie, roulée en boule furieuse, se déplia. Sans un mot, elle s'approcha de Max. Elle prit une de ses lianes, puis un silex, et entreprit d'arracher l'écorce rugueuse de la liane pour dévoiler le cœur plus tendre, aussi épais qu'une corde et presque aussi souple. Elle couvrit son visage avec ses cheveux pendant qu'elle travaillait et refusa de croiser le regard de quiconque.

Fred l'observa du coin de l'œil. Connie était différente quand elle travaillait. Avant, elle semblait hérissée de coudes et de griffes, avec son air hostile et ses sourcils revêches. Mais à présent, elle paraissait absorbée, penchée au-dessus des lianes, respirant à peine.

Rien n'avait jamais procuré autant de fierté à Fred que ce radeau. Et cela lui faisait oublier les martèlements de la faim dans son ventre et dans sa tête. Il traîna les branches au bord de l'eau, une dans chaque main, deux par deux, et ses allers-retours tracèrent un chemin entre le fleuve et leur clairière.

Connie lui tendit une poignée de lianes.

– Tiens. Pour faire des cordes. Peut-être. Je ne sais pas.

– On pourrait les tremper dans l'eau pour les ramollir, suggéra Lila.

– Merci, dit Fred. Ce sera parfait pour attacher les coins.

Connie acquiesça sans sourire.

Fred mouilla les lianes et les enroula autour de son poing pour les assouplir. Ses mains finirent hérissées d'échardes qu'il arracha avec les dents. Il transpirait tellement que sa chemise s'était transformée en mare portative.

En guise de déjeuner, ils mangèrent des fèves de cacao crues. Elles n'étaient pas délicieuses.

– J'ai l'impression qu'on insulte le chocolat en mangeant ça, commenta Connie.

Pour essayer de se remplir l'estomac, ils mastiquèrent la chair blanche qui tapissait les cosses. Elle avait exactement le même goût que ces gommes qu'on trouve au bout des crayons.

– Ça ne se mange pas, ça, dit Max.

Son menton et sa lèvre inférieure tremblotaient.

– Il faut que tu la manges, Max, insista Lila. Il n'y a rien d'autre.

– Ça a mauvais goût.

Max enfonça les poings dans ses yeux et tira sur ses sourcils.

– Je veux rentrer à la maison !

– Je sais, dit Fred. Moi aussi.

Il décida qu'il ne pourrait pas supporter d'avaler d'autres asticots ce jour-là et mit de côté les dernières larves de cacaoyer. Il se tourna de nouveau vers la branche qu'il était en train de couper en deux avec une pierre dentelée.

– On fait ce qu'on peut.

Au coucher du soleil, Lila, Fred et Connie se mirent

en chasse, traînant un Max gémissant derrière eux. Connie trouva des baies pourpres qui poussaient en énormes cascades dans un arbre.

– Ce sont des açaïs ! dit Lila. Il y a des gens qui en mangent, chez nous. Quoique...

Elle fronça les sourcils en regardant le tas.

– ... peut-être qu'on est censé en faire des tisanes ?

Fred en goûta une.

– Elles ont un peu un goût de mûre, dit-il. De mûre qui te voudrait du mal.

Mais c'était un soulagement d'avoir quelque chose à se mettre sous la dent.

Connie en goûta une et soupira.

– La cantine me manque..., dit-elle.

– Elles seraient peut-être meilleures grillées ? suggéra Lila.

Elles n'étaient pas meilleures grillées, non, mais ils les mangèrent quand même. Fred s'accroupit près du feu et en enfourna des poignées dans un effort désespéré pour remplir le trou bouillonnant qui avait pris la place de son estomac.

Cette nuit-là, il se réveilla avec le besoin soudain et atrocement douloureux de courir au cac'arbre. Quelques minutes après, Lila se réveilla avec le même problème, suivie de Connie et d'un Max qui sautillait en gémissant.

Dans l'ensemble, ce ne fut pas une nuit facile. Fred

traversa laborieusement son lac de rêves jusqu'au matin et se réveilla avec l'impression d'avoir reçu un coup de pied dans le ventre. Il se tourna sur le côté en grognant et jeta un coup d'œil, par un trou dans le mur vert de la cabane, au tas de lianes qu'ils avaient préparées la veille. Il se redressa vivement. « Le radeau ! » songea-t-il. Il devrait arriver à le terminer ce jour-là.

Les autres dormaient, étalés sur le ventre dans la chaleur de la cabane. Il se traîna dehors et courut au fleuve, auprès duquel ils avaient entassé le bois. Le soleil était chaud et l'air pur ; sa peau brûlée était déjà rouge vif, mais il le sentait à peine lorsqu'il s'agenouilla près du tas de branches.

Il les attacha toutes ensemble avec des lianes, en formant des huit. Il fit tellement de tours que le radeau devint vert foncé ; chaque centimètre de l'embarcation était orné de lianes. Fred travailla vite, en se mordant le poignet et en jurant tout bas quand il se plantait une épine dans le pouce.

Il fit quatre carrés d'environ deux mètres sur deux mètres chacun. Puis il les entassa pour former deux carrés plus épais qu'il attacha ensemble, en serrant les nœuds avec les dents.

– Beurk !

Il recracha un scarabée. Puis il recula. Le radeau avait des bords irréguliers et il était taché de suie, mais ce plancher de bois de deux mètres sur quatre, en double épaisseur, était solide.

Fred le traîna tout au bord de l'eau. Des gouttes de sueur tombaient de son nez et coulaient dans sa bouche. Il aurait tant aimé prendre une photo ; il voyait d'ici son père hausser les sourcils de plaisir et d'étonnement. À contrecœur, il regagna la clairière.

VOYAGE INAUGURAL

Lila attendait devant la cabane. Elle serrait ses genoux entre ses bras et elle le fusillait du regard.

– Toi ! J'ai cru que tu étais mort !

– J'étais au fleuve.

– Trace un message dans la terre, la prochaine fois !

– Oui, bien sûr. Désolé.

Mais Fred avait du mal à se concentrer sur ce qu'elle disait.

– Le radeau est prêt ! Vous voulez venir l'essayer ?

– Il faut d'abord que Max se brosse les dents. Il a une haleine répugnante. Ça fait peur aux libellules.

Lila ramassa quatre brindilles et en effilocha une extrémité avec les ongles pour façonner des sortes de pinceaux.

– Tiens.

Elle en tendit une à Fred.

– Si nos dents tombent, tout sera encore pire.

C'était un soulagement, en effet, de se nettoyer un peu les dents, dut admettre Fred. Mais il bouillait d'impatience. Il donna trois coups de brosse et lâcha sa brindille.

– Venez ! dit-il dès que Connie eut craché, très convenablement, dans la flaque d'eau stagnante.

Fred les conduisit au pas de course à la rivière. Ils s'immobilisèrent, haletants, pendant qu'il leur montrait qu'il avait doublé le ficelage et rajouté des branches tout autour.

– Qu'est-ce que tu veux qu'on fasse ? siffla Connie. Qu'on applaudisse ?

En secret, Fred aurait bien aimé, oui, mais il se contenta de sourire.

– Non, je veux que vous montiez dessus.

Il tira son œuvre sur la berge. Le radeau glissa dans la boue, atterrit sur l'eau avec un bruit de clapot, s'inclina vers la droite – Fred retint son souffle – et se redressa. Il dansait sur l'eau, aussi stable qu'un navire de guerre ; il était plus beau qu'un yacht de millionnaire, pensa Fred. Il tenait fermement la liane attachée au coin droit.

– Il flotte ! s'écria Max.

– Bien sûr qu'il flotte, dit Connie. C'est du bois.

Fred entra dans l'eau, croisa les doigts et se hissa dessus. Le radeau tangua et tourna sous son poids quand le garçon s'y installa, puis se stabilisa, secoué par le courant. Fred s'aida d'une perche pour l'approcher de la berge.

– Montez !

– Max, attends..., dit Lila.

Avant que quiconque ait pu l'arrêter, Max était descendu sur la berge en courant et s'était jeté la tête la première dans la rivière. Il refit surface en crachant de la boue.

– Hisse-moi dessus ! demanda-t-il.

Fred le souleva par les aisselles. Connie et Lila suivirent plus lentement, en scrutant l'eau pour voir s'il y avait des piranhas. Fred leur tendit une main à chacune. Lila la prit, Connie non. Le radeau trembla quand elles y montèrent, mais elles furent bientôt accroupies sur le bois et les lianes qui montaient et descendaient au gré des vagues.

– Ça marche ! déclara Max.

– Pour le moment, précisa Connie d'une voix sombre.

– Descendons le fleuve ! lança Fred.

– Pourquoi ? demanda Connie d'un ton impérieux. On sait que ça flotte quand on est dessus. C'est ce que tu voulais.

– On n'est pas obligés d'aller loin. Juste pour le tester, d'accord ?

Ici, à l'abri des arbres, le courant était faible, mais, au milieu de la rivière, l'eau filait à toute allure, crachotante et bouillonnante. Fred avait des frissons à l'idée d'envoyer le radeau dans ces rapides.

– Essayons, dit Lila.

Les articulations de ses doigts, cramponnés aux bords du radeau, avaient blanchi, mais on lisait une curiosité insatiable dans ses yeux.

– Si on doit naviguer jusqu'à Manaus, il faut d'abord le tester.

Fred saisit la perche qu'il avait fabriquée ; il avait lissé l'écorce avec le bord d'un silex, et elle était deux fois plus haute que lui. Le radeau se cabra sous leurs pieds. Fred sentit son cœur se cabrer en écho.

– Attention ! dit Connie.

Autour de son nez et de ses lèvres, sa peau était d'un gris verdâtre.

– Ne va pas trop vite. Il faut qu'on arrive à revenir.

Mais le courant emporta le radeau et les fit tourbillonner en les poussant vivement vers l'aval. Ils s'enfoncèrent légèrement dans l'eau, mais restèrent d'aplomb. Fred se baissa quand une branche basse menaça de lui fouetter l'œil.

– C'est un caïman, ça ? demanda Connie en désignant l'autre rive.

Max ouvrit des yeux ronds.

– Faites-le partir !

– Non ! Bien sûr que non. C'est juste un tronc d'arbre, assura Lila en prenant le poignet de son frère dans sa main.

Mais, au-dessus de sa tête, elle croisa le regard de Connie et chuchota :

– Peut-être.

Le cœur battant, Fred les rapprocha de la berge.

Ils filaient dans le couloir vert. Fred s'efforça de maintenir le cap avec sa perche. Des arbres s'inclinaient vers l'eau de part et d'autre comme des rideaux de théâtre, songea Fred, l'eau étant la scène. Deux oiseaux aux couleurs vives, avec un ventre jaune, battirent des ailes au-dessus de leurs têtes.

– Des aras bleus ! s'exclama Lila. J'ai fait tout ce

que j'ai pu pour que maman accepte que j'en apprivoise un, mais elle a dit que Max faisait assez de bruit comme ça et qu'on n'avait pas besoin d'un perroquet en plus.

– C'est drôle, commenta Connie, je n'avais jamais tellement fait attention aux oiseaux, avant. À côté de ceux d'ici, les oiseaux d'Angleterre ont l'air habillés pour un entretien d'embauche.

Le soleil cognait fort sur la rivière, leur projetant des reflets verts et argentés dans les yeux. Fred suivit le courant vers l'aval. Ils parvinrent à un croisement.

– Il faut que quelqu'un se rappelle de quel côté on vient, dit-il, sinon on va se perdre.

Il y eut un silence. Puis Connie déclara :

– Je m'en souviendrai, si tu veux.

Fred se tourna vers elle, surpris, parce que Connie ne semblait pas être du genre à se porter volontaire pour quoi que ce soit.

– J'ai... J'ai une mémoire photographique, en fait, ajouta-t-elle.

– Ah oui ? fit Lila, fascinée. Tu veux dire, tu visualises des images ? Tu mémorises tout de cette façon, ou seulement certaines choses ?

– Surtout des cartes, des formules et des plans. J'aimais bien les sortir pour les regarder pendant la pause-déjeuner, à l'école. Dans ma tête, je veux dire. Les autres me trouvaient bizarre.

– Dans ce cas, c'étaient des imbéciles, déclara Lila d'un ton ferme. J'adorerais savoir faire ça.

Le radeau suivit un tournant abrupt. Fred plantait sa perche avec énergie.

– On a tourné à gauche en quittant le carrefour, alors le dernier virage pour rentrer chez nous, ce sera vers la droite, annonça Lila.

– Bien, bien, dit Connie.

Elle sourit. Son sourire modifia totalement la forme de son visage : ses joues se soulevèrent, étirant ses yeux en petits plis, et sa bouche remonta jusqu'à ses oreilles ; son air revêche disparut.

– Si tu nous dictes l'itinéraire, on peut le faire ensemble. Si tu veux.

Fred continua de planter sa perche. La branche formait des ampoules grosses comme des pièces de monnaie sur les parties charnues de ses mains, mais il ne ralentit pas. Il avait découvert qu'en tournant la perche d'une certaine manière ils accéléraient. La vitesse faisait remonter la morve de Max en un long filet sur son visage. Le soleil tapait fort ici. L'air avait un arôme nouveau.

– Plus vite ! s'égosilla Max.

Il se balançait d'avant en arrière sur ses talons.

Ils n'avaient pas fait beaucoup de chemin quand il y eut un nouveau croisement ; l'un des bras semblait encombré d'algues, alors Fred choisit l'autre.

– Gauche ! lança Lila.

– Gauche, répéta Connie en hochant la tête.

Le virage à gauche les entraîna sur une rivière plus étroite, qui coulait plus lentement parmi des arbres rapprochés. Fred sortit sa perche et laissa le radeau dériver tandis qu'il scrutait l'eau. Un banc de poissons nageait pêle-mêle sous le radeau. Max se pencha dangereusement par-dessus bord, laissant pendre ses doigts dans le courant.

Soudain, Connie sursauta. Le duvet blond de ses bras s'était hérissé.

– C'est quoi, ça ?

– Quoi ?

– Un truc, là. Un truc argenté. Là ! Un piranha !

Elle ajouta d'une voix faible, suraiguë :

– Max, sors tes mains de l'eau !

Ils scrutèrent tous l'eau. Quelque chose de petit et d'argenté était piégé dans les algues.

– Ça ne bouge pas, constata Fred.

– C'est quoi ? demanda Connie.

– Je… Je ne pense pas que ce soit vivant, dit Lila.

– Un piranha mort ? suggéra Connie.

– C'est… une boîte en argent ? fit Lila. Difficile à dire. C'est sans doute juste un reflet.

– Je vais aller voir, dit Fred. Vite fait.

– Non, n'y va pas ! s'écria Connie.

Tout doucement, Lila prit le poignet de Fred.

– Ne fais pas ça, murmura-t-elle. Ce ne serait pas malin.

– Mais c'est peut-être un couteau ! protesta Fred. Ça semble avoir été fabriqué par l'homme. S'il te plaît, retiens le radeau. Il faut que j'aille voir. Je plonge et je ressors tout de suite : facile.

– Fred ! gémit Connie.

Il retira sa chemise, esquiva Max, qui essaya de lui attraper la cheville, et sauta du radeau.

L'eau était calme, ici, sans le courant et sa fraîcheur. Fred battit des pieds pour descendre vers le fond. Des algues s'enroulèrent autour de sa cheville alors qu'il s'enfonçait. Ses poumons se mirent à le brûler. L'objet argenté était un tout petit peu plus loin… Il l'effleura du bout des doigts, donna un dernier battement de pieds désespéré et l'attrapa. Ça lui piqua les doigts.

Il fusa vers la surface.

– Je l'ai !

Il leva le poing pour leur montrer, en remuant les jambes pour flotter.

Mais les deux filles ne le regardaient pas. Elles avaient les yeux fixés sur l'eau, à quelques mètres du radeau.

– C'est quoi, ça ? souffla Lila.

Fred jeta un coup d'œil vers le fond. Quelque chose de noir, dans l'eau, ondulait dans sa direction.

Il hoqueta, but la tasse et crachota.

– Une anguille ! s'écria Max gaiement.

– Une anguille électrique ! précisa Lila.

– Viens vite ! hurla Connie.

Elle s'empara de la perche pour approcher le radeau de Fred. Lila lui tendit la main.

Il parcourut à toute vitesse la distance qui le séparait de l'embarcation ; jamais de sa vie il n'avait nagé, ni peut-être même couru, aussi vite. Il se hissa à bord. Le radeau s'inclina dangereusement sous son poids. Connie se précipita de l'autre côté pour l'empêcher de se retourner, et les mains de Lila empoignèrent le garçon ; elles étaient petites, mais elles le soulevèrent avec une force surprenante.

Fred resta allongé sur le ventre, le souffle court, les yeux fixés sur l'eau.

L'anguille était gigantesque. On aurait dit un serpent, gris foncé, aussi long qu'un homme adulte ; elle ondulait dans les algues.

Lila inspira une grande goulée d'air, ainsi que quelques mèches de ses cheveux.

– Waouh, souffla-t-elle.

Il n'y avait pas que de la peur dans sa voix, il y perçait aussi de la fascination.

– C'est dangereux, les anguilles ? demanda Connie.

– Je ne sais pas, répondit Fred, mais quand on dit que quelqu'un se faufile comme une anguille…

Il toussa. Son cœur semblait vouloir s'échapper de sa cage thoracique. Il déglutit.

– … c'est pas un compliment. Alors peut-être.

– Oui, c'est dangereux. Très, les informa Lila. Elles envoient une décharge électrique dans l'eau pour immobiliser leur proie, puis elles la mangent. Elles ne pourraient sans doute pas tuer un garçon de la taille de Fred, mais pour Max, ce serait différent.

Elle tremblait. Elle reprit la perche et, très lentement, pour ne pas courir le risque de les faire chavirer, elle commença à les éloigner – de l'anguille et du couvert des arbres.

– C'était quoi, ce qui était sous l'eau, alors ? demanda Connie.

– Voilà.

Fred ouvrit le poing. C'était un rectangle de métal, rouillé et argenté, qui portait une inscription en lettres bleues.

– C'est une boîte de sardines vide ! dit Connie, déçue. C'est tout.

– Oui, confirma Fred.

Il frotta la rouille et referma vigoureusement les doigts sur les bords dentelés. Une boîte de sardines dans le lieu le plus sauvage du monde.

– C'est tout.

SARDINES

Il fallut plus de temps pour ramener le radeau vers l'amont. Lila les entraîna près de la berge et ils avancèrent en s'aidant des branches qui pendaient au-dessus de l'eau quand la perche ne suffisait pas. Les branches étaient basses et les quatre enfants étaient couverts de fourmis et de toiles d'araignées quand ils atteignirent leur coin de la rivière, avec de nouvelles égratignures aux mains.

– C'est là, dit Connie. Je reconnais la façon dont ces lianes sont enroulées autour de cette branche.

La branche s'étirait au-dessus de l'eau. Elle se présentait à la perfection pour s'y amarrer

commodément, le long d'une berge de terre noire, typique de l'Amazonie.

Fred se redressa en faisant vaciller dangereusement le radeau.

– Attention ! s'écria Connie.

La branche était juste au-dessus de sa tête ; elle était couverte de vrilles à l'endroit où elle s'attachait à l'arbre, et le soleil la teintait d'une lueur verte. Il la saisit, fit une boucle au bout de sa corde en liane et l'accrocha dessus.

– C'est parfait ! déclara Lila. On dirait un portemanteau pour notre bateau.

– Oui, c'est parfait.

Toujours debout, Fred regardait la branche qu'il tenait dans sa main. Il l'examina de plus près.

– C'est parfait parce que quelqu'un l'a rendue parfaite.

Il y eut un instant de silence. Puis :

– Qu'est-ce que tu veux dire ? demanda Connie dans un souffle.

Fred ne répondit pas. Il déplaça la branche d'un côté et de l'autre dans son manteau de lianes. Elle grinça dans sa main. Les lianes étaient enroulées tout autour comme une corde, formant des huit répétés à l'infini.

– Elle n'a pas poussé ici. Elle a été accrochée.

Max le fixait avec effarement, bouche bée.

– Qui a fait ça ? Toi ?

– Non, Maxou, répondit doucement Lila. Pas lui. Quelqu'un d'autre.

Fred jeta un coup d'œil derrière lui. Une rafale s'abattit sur un tas de feuilles mortes et les fit tourbillonner sur le sol de la forêt. Sa nuque se mit à le picoter.

Il se rappela que les arbres n'ont pas de secret.

Ils retournèrent en file indienne dans la clairière. Fred fermait la marche. Il se retournait à chaque pas. Un bruissement dans les buissons semblait les suivre, mais c'était juste le vent, se dit-il.

Le vent est farceur. Il fait des ravages sur votre courage.

Il y avait encore des braises chaudes dans leur braséro de fortune. Fred s'allongea sur le ventre dans l'herbe et souffla dessus, le menton à quelques centimètres du feu. Il avait les yeux rougis par la fumée quand il l'eut enfin ranimé. Le soulagement l'envahit quand le feu se mit à crépiter. C'était ce qu'ils avaient de plus proche d'une arme. Sa chaleur était sécurisante.

Lila disposait leurs chaussures, qui avaient été mouillées sur le radeau, en cercle autour des braises.

– Je peux voir le truc que tu as trouvé dans l'eau ?

Fred le lui tendit. La majeure partie des inscriptions était couverte de rouille, mais on lisait encore les ingrédients sur le fond.

– Regarde en dessous. Il est écrit « Mis en conserve à Plymouth ».

Lila le regarda sans comprendre.

– Plymouth est en Angleterre, précisa Fred. Dans le Sud, au bord de la mer.

– Je ne savais pas qu'il y avait du poisson en Angleterre ! dit Max.

– Bien sûr qu'on a du poisson. Tu t'imagines qu'on mange quoi ? intervint Connie.

– Des *crumpets**, dit Max. Et des cigares.

– Mais si cette boîte vient d'Angleterre..., commença Lila.

– Elle a dû arriver avec celui qui a construit notre cabane, continua Fred. Un explorateur, peut-être.

– Qui part en exploration avec des sardines ? lança Connie.

– Autrefois, les gens venaient ici avec toutes sortes de choses. Des pianos et des bibelots en porcelaine. Des sardines, ça paraît plutôt normal, à côté, dit Fred.

---

* Sorte de crêpes épaisses et spongieuses (N.d.T.).

Il sentit une vague de chaleur monter dans sa poitrine. Si celui qui avait construit leur cabane était anglais, c'était peut-être l'un des explorateurs mentionnés dans les journaux que Fred avait lus ; un de ces explorateurs qui n'étaient jamais revenus : Percy Fawcett, Simon Murphy et Christopher Maclaren.

– J'avais un livre sur un type qui s'appelait Hiram Bingham, reprit-il. Il faisait de l'alpinisme et il est tombé sur toute une cité bâtie par les Incas. Il ne l'a pas exactement découverte, parce que des Péruviens la connaissaient, mais personne d'autre. Vous imaginez ? Ce serait un peu comme découvrir les ruines de Birmingham dans un millier d'années.

Lila se rapprocha. Elle avait des yeux écartés ; des yeux qui semblaient animés de plusieurs choses à la fois. À présent, ils brillaient de curiosité.

– J'en ai entendu parler. Elle s'appelle Machu Picchu.

– Oui ! C'est ça. Mais, en général, les explorateurs ne font que disparaître.

– Comme nous ? fit Max.

– Plus ou moins, répondit Fred. Sauf qu'en général c'est parce qu'ils sont morts. Ce qui n'est pas notre cas.

– *Pas encore*, souligna Connie d'une voix sombre.

Fred l'ignora.

– Il y avait aussi ce type appelé Percy Fawcett. Il

cherchait une ville en ruine. Il l'appelait la « cité Z ». Et puis, il n'y a pas si longtemps (c'était en 1925, je crois), il a tout simplement disparu. Un autre homme, Christopher Maclaren, est parti en expédition pour voir si le rêve de Fawcett était fondé. C'est mon préféré, celui-là ; il écrivait des lettres dans lesquelles il racontait qu'à son réveil il trouvait des asticots qui étaient nés dans le creux de son coude.

– C'est charmant, siffla Connie. Ce sont les asticots qui l'ont tué ?

– Personne ne le sait. Il a envoyé un télégramme, et puis il a disparu.

Fred hésita.

– Je l'ai appris par cœur, en fait.

– Ça disait quoi ? demanda Lila.

Fred s'éclaircit la gorge.

– *Juste une ligne, depuis ce dernier bastion de la civilisation, pour vous prévenir que je n'aurai bientôt plus de moyens de communication. Je suis en forme, ma santé est bonne, et j'ai lieu d'espérer que cette expédition soit couronnée de succès, si dangereuse soit-elle par certains aspects.*

Connie haussa un sourcil.

– Il a l'air rigolo.

– Les journaux veulent que les gens écrivent de cette manière. Comme s'ils portaient toujours des chaussures bien cirées. Mais je sais qu'il n'était pas comme ça. Les autres disent qu'il était le plus fou et le plus courageux d'une génération d'hommes fous et courageux.

– Mais pourquoi tu l'as appris par cœur ?

Fred souffla de nouveau sur le feu pour qu'elles ne le voient pas rougir.

– L'idée qu'il reste encore des lieux inconnus me plaisait, c'est tout. À l'école, c'est pareil tous les jours. J'aimais bien croire à des choses énormes, à des choses insensées.

Leur expédition en radeau leur avait pris toute la matinée, mais l'après-midi s'étendait encore devant eux, épaisse, verte et vibrante de chaleur.

– Il nous faut plus de bois, dit Fred.

Ils auraient brûlé tout ce qu'ils avaient d'ici la nuit. Ils avaient besoin de tant de choses, songea-t-il : de la nourriture et un plan, ou une carte, ou un navire de passage – mais le bois, au moins, il savait où en trouver.

Quand il se leva, le paysage vacilla devant ses yeux : il s'affaiblissait et son sang lui paraissait plus dilué dans ses veines.

Au début, Fred alla vite, tête baissée, repérant les arbres d'un X gravé dans l'écorce, veillant sur ses pieds au milieu des racines et des branches tombées.

Mais il ne tarda pas à ralentir le rythme. Il y avait

tant de choses à voir ; tant de choses étranges ; tant de choses nouvelles, immenses et tellement vivantes.

Les branches, chargées de feuilles assez larges pour en faire des pantalons, étaient tombantes. Il passa devant un arbre entouré d'un énorme nid de termites, aussi grand qu'une baignoire. Il le contourna de loin.

La verdure, qui avait l'allure d'un mur de couleur hostile, n'était pas verte du tout, vue de près, constata-t-il. Elle comportait mille couleurs différentes : vert citron, émeraude, vert mousse, jade et un vert foncé, presque noir, qui le faisait penser à des bateaux qui auraient sombré.

Fred huma l'air. Il avait eu tort de trouver cette odeur épaisse ; elle était subtile et complexe. C'était une tapisserie d'air.

Plus il avançait, plus les arbres se resserraient les uns contre les autres. La lumière baissait, mais il était certain qu'on était encore en milieu d'après-midi. Un vert sombre filtrait à travers le toit de feuilles et de lianes. Il entendit quelque chose se déplacer dans l'un des buissons verts qui s'amassaient autour de lui.

– Il y a quelqu'un ? appela-t-il.

Il recula.

– Ohé !

Pendant qu'il criait, quelque chose de pointu lui érafla le bras.

Il sursauta et fit un bond de côté en jurant, et sentit

le goût de la peur emplir sa bouche : un goût de bile et de métal. Mais ce n'était pas un serpent, ni même une araignée.

– Je suis bête, marmonna Fred.

C'était juste un buisson.

Ou peut-être que ce n'était même pas un buisson. Il se pencha. C'était un amas de fruits piquants.

– Un ananas, chuchota-t-il tout haut.

Excité par sa découverte, il sentit des picotements au bout de ses doigts. Voilà ce que Christophe Colomb avait dû ressentir, songea-t-il.

Il tendit la main pour arracher le fruit de son trône de feuilles – puis la recula vivement en voyant du sang perler d'une entaille en dents de scie sur son pouce.

– Aïe ! murmura-t-il.

Il prit son courage à deux mains, arracha les cinq plus gros ananas et partit en courant – une course légèrement hésitante, en regardant tous les arbres en quête du X et en revenant trois fois sur ses pas. Enfin, il déboula à la lisière de la clairière.

Il fut accueilli par un hurlement.

– Arrière !

Lila était debout devant Max. Elle le protégeait d'un bras tout en brandissant un bâton vers la gorge de Fred. Connie se tenait derrière elle, le poing levé.

– J'apporte des ananas ! lança Fred, haletant.

Puis, lentement, il prit conscience de la scène. Il sourit.

– Vous aviez l'intention de me tuer ?

– On t'a pris pour une bête sauvage, expliqua Connie en devenant cramoisie. Appelle-nous, la prochaine fois que tu déboules comme ça !

Max fut le premier à remarquer les ananas. Il poussa un cri de joie qui fit trembler le feu, et s'assit, la bouche ouverte, prêt à mordre. Il tendit les deux mains.

– Pour moi, pour moi, pour moi !

Fred tourna l'ananas entre ses mains, cherchant un point d'entrée. Timidement, il croqua dans l'écorce du fruit. Un piquant se planta dans son nez, et un autre dans sa gencive, mais le jus était la chose la plus sublime qu'il ait jamais goûtée. Il était tiède et sucré, et il lui fit crépiter la langue.

– C'est fabuleux ! dit-il. C'est comme manger de l'électricité.

Connie croqua dans le sien.

– Ça demande trop de d'efforts, pour un dessert, répliqua-t-elle.

Fred se servit de ses ongles pour détacher l'écorce et arracha une poignée de chair qu'il tendit à Max.

– Tiens. Tu vas aimer.

Lila était penchée au-dessus de son fruit. Ses tresses pendaient sur ses genoux. Elle leva la tête et sourit.

– Tu es sûr que tu ne veux pas de silex ?

Elle avait découpé son ananas avec une des pointes de flèches et taillé des morceaux de la taille d'une main. Elle les aligna par terre.

– Ah. Ce serait peut-être mieux, admit Fred.

Il avait réussi à se mettre du jus dans l'oreille. Connie s'esclaffa. Lila découpa le cinquième ananas en quartiers.

– Pour le petit déjeuner, dit-elle.

Elle enveloppa chaque morceau dans une grande feuille et les empila devant la cabane.

ABACAXI

Le lendemain matin, Fred se réveilla en sursaut avec une poignée d'herbe et de mousse dans chaque main. Ses cauchemars étaient de pire en pire. Il regarda autour de lui en clignant des yeux. Il n'était pas dans la cabane, mais allongé dans la clairière, près de la flaque. Il avait rêvé qu'il entendait son père pleurer, ce qui était ridicule ; son père n'avait jamais pleuré de sa vie. Il avait rêvé qu'il rentrait chez lui en courant. Profondément endormi, il avait dû se traîner dans la clairière. Il y avait des mottes d'herbe arrachées autour de lui.

Il essuya son visage maculé de boue et rampa vers la cabane. Lila et Connie dormaient, leurs chevelures

mêlées. Mais l'ananas avait disparu.
De même que Max.

Fred mit un moment à se rendre compte qu'il ne dormait plus. Puis il se leva d'un bond en chuchotant :

– Je vous en prie, non. Non, non, non.

Cependant, il n'y avait ni os ni sang. Un jaguar aurait sans doute laissé des os ?

Fred secoua Lila pour la réveiller.

– Max a disparu !

– Kesketuveux ? marmonna-t-elle.

Elle remonta ses genoux contre son menton et le repoussa d'une tape.

– Mmm ! Je dors.

– Max n'est plus là !

– Quoi ?

Lila se redressa brusquement. Une lueur de panique brillait dans ses yeux endormis.

– Max ? appela-t-elle.

Elle sauta sur ses pieds et sortit précipitamment de la cabane en s'égratignant sur les épines.

– Max !

Elle scruta la clairière et se mit à hurler :

– Maxou ! Où es-tu ?

Connie déboula en trombe de la cabane.

– Qu'est-ce qui se passe ? Ça va ?

Elle n'eut pas besoin de regarder longtemps le visage affolé de Lila.

– Max ? appela-t-elle. Quel imbécile, ce môme ! Et si quelque chose l'avait bouff...

– Tais-toi ! rugit Lila en se tournant vivement vers elle. Ne dis pas ça. Tu n'as pas intérêt !

Puis elle cria plus fort, d'une voix qui déchira l'air :

– Max ! MAX !

– Il est peut-être au bord de la rivière ? suggéra Fred.

– Séparons-nous, dit Lila. Si je descends à la rivière, vous voulez bien retourner vers l'avion ?

Elle s'avança en titubant, étourdie par la panique.

– Max !

Un arbre gloussa.

Max sortit de sa cachette derrière un cèdre en bordure de la clairière.

– Bouh !

Il agita les bras et les jambes, et leur tira la langue.

– Je suis réveillé depuis des heures ! Je m'ennuie.

– Max !

Lila avait un regard dur, féroce.

– Sale petit morveux ! Si tu refais ça, je le dirai à papa quand on rentrera à la maison et il te battra avec sa chaussure.

Le visage de Max se décomposa.

– Il ne ferait pas ça. Il ne me frappe jamais !

– Il te frappera si je lui dis ce que tu as fait !

Elle s'approcha de lui en plissant les yeux.

– Tu étais où ?

– C'est un secret !

– Et tu as mangé l'ananas ?

– C'est un secret, répéta Max en s'essuyant la joue d'un air coupable.

Lila serra les poings.

– Max ! Max, si tu as mangé toutes nos provisions, je me fiche de ce que dirait maman, je vais te gifler tellement fort que...

Max pinça les lèvres et secoua la tête.

– Prends-moi dans tes bras, Lila.

– Dis-nous, Max ! Tu étais où ?

– Dans tes bras ! gémit-il, les larmes aux yeux. Je te le dirai si tu me prends dans tes bras !

Il se mit à trembler, secoué d'énormes sanglots.

Lila émit un sifflement de fureur. Elle le prit dans ses bras. Les sanglots cessèrent aussitôt.

– Tu ne peux pas obtenir tout ce que tu veux en pleurant ! dit Connie, le visage crispé.

Il lui sourit. Il n'avait pas de larmes sur les joues.

– Si, je peux.

– Maintenant, dis-moi, reprit Lila en lui soulevant le menton. Tu étais où ? Où est l'ananas ? Tu l'as volé ? Tu as tout mangé ?

– Non ! Je voulais le partager avec l'animal.

– Quel animal ?

– L'espèce de singe.

– Où ça ?

– Près du cac'arbre.

Max faisait la moue.

– Je n'ai rien fait de mal. Il avait faim. J'ai été gentil.

Lila le reposa par terre. Il commença par gémir mais, en voyant sa tête, il arrêta.

– Montre-moi, dit-elle. Sinon, je ne te croirai pas.

Une excitation inattendue s'empara de Fred. Lila se mit à courir, suivie des trois autres, sur le sentier qu'ils avaient dégagé, en direction du bosquet d'arbres entourant le tronc du cac'arbre des garçons.

Max, traîné par la main, devait courir deux fois plus vite sur ses petites jambes pour ne pas se laisser distancer.

– Doucement ! se lamenta-t-il.

Ils dépassèrent le cac'arbre et débarquèrent dans l'ombre des grands arbres.

Soudain, Max s'immobilisa.

– Il est là !

Il désignait une branche basse.

– Vous voyez ? Je ne mentais *pas* !

Un immense arbre couvert de fleurs blanches se dressait au-dessus de leurs têtes. Un petit animal qui ne ressemblait à rien de ce que Fred avait pu voir auparavant était accroché à ses branches. Il observait avec des yeux écarquillés un vautour perché un peu plus haut.

Au sol, en dessous, il y avait trois morceaux d'ananas intacts. Et, à une certaine distance, deux autres vautours étaient penchés sur le cadavre d'un plus grand spécimen de la même espèce.

– Fichez le camp ! hurla Lila.

Elle s'élança vers les oiseaux en donnant des coups de pied.

– Éloignez-vous de ça !

Les deux vautours du sol s'envolèrent, surpris, mais celui de l'arbre se contenta de hérisser son plumage. Il était énorme, aussi large qu'un labrador au niveau du ventre, et guettait avidement le petit animal.

Celui-ci poussa un miaulement de chat. Il était brun-gris, avec un visage couleur crème, un museau de chien et d'immenses yeux noirs. Il avait de longs bras, fins comme des os de poulet et terminés par des griffes incurvées. Il était si petit qu'on aurait pu le tenir tout entier dans les mains.

Lila courut au pied de l'arbre, attrapa la branche la plus basse et cala ses pieds autour du tronc pour l'escalader. Le vautour, sentant l'arbre osciller, battit des ailes, criailla et disparut. Lila se hissa dans les branches. Elle avait les genoux tremblants et respirait plus fort que d'habitude.

Elle s'assit sur la même branche que l'animal et se glissa vers lui, en se tenant fermement. Avec des doigts frémissants, elle décrocha ses pattes de la branche et les enroula autour de son bras. La créature émit à nouveau une sorte de miaulement.

Lila se mit à reculer sur la branche. Fred l'entendait murmurer des prières entre ses dents.

Elle vacilla en atterrissant sur le sol et faillit tomber, mais veilla à garder le bras qui tenait l'animal loin au-dessus de sa tête.

Max courut vers elle.

– C'est quoi ? Fais voir !

– C'est un paresseux, répondit Lila dans un chuchotement ébahi. Un bébé paresseux.

Fred s'approcha. C'était l'une des choses les plus extraordinaires qu'il ait jamais vues. Il était à la fois très laid et magnifique. Il avait encore un pelage duveteux de bébé.

– Faisons-le jouer ! s'écria Max en empoignant le bras de Lila.

– Non !

Lila lui saisit le poignet en serrant le paresseux contre sa poitrine.

– N’y touche pas ! Tu vas lui faire mal !

Frère et sœur se fusillèrent du regard.

– Mais non ! Je vais être doux.

– Maxou, il ne faut pas. Il est terrifié. Il n’a plus de maman pour le protéger. Tu vois, il tremble.

– Mais je l’*adore* !

Max semblait dangereusement près de pleurer.

– Il n’a pas besoin de ton amour, ça pourrait le tuer. Il a besoin qu’on aille lentement, chuchota Lila. Allez, Maxou, rapportons-le au camp. Tu peux prendre l’ananas.

De retour dans la clairière, Lila fabriqua un lit d’herbe moelleux pour le paresseux. Elle le posa sur le ventre. Il resta comme ça, frissonnant. Elle lui tendit l’ananas.

– Je veux le toucher ! dit Max.

– Non, répliqua Lila en s’asseyant. Laissons-le reprendre son souffle.

Le paresseux tremblait. Lila tremblait. La nostalgie la faisait vibrer de tout son être. Il valait sans doute mieux laisser les gens seuls dans ces moments pareils, songea Fred. Les gens soudain rongés par une passion étaient imprévisibles. Ils risquaient de mordre, ou de pleurer. Il recula pour lui laisser de la place.

Très lentement, le paresseux sortit de son lit et s’approcha de Lila. Il atteignit sa chaussure et se traîna – si lentement que Fred aurait juré entendre ses muscles s'étirer et se contracter sous ses poils – sur les genoux de Lila. Avec une grâce particulière, tressautante, le paresseux tendit la patte et prit l'ananas entre ses griffes.

Lila n'avait pas l'air de respirer. Mais on aurait dit qu'une lumière émanait d'elle ; elle semblait irradier la forêt.

Le paresseux peina à retourner le fruit pour pouvoir croquer dedans, mais Lila ne fit pas le moindre geste. Elle resta assise, parfaitement immobile, et le regarda s'étaler plus confortablement sur ses genoux. Il se déplaçait comme un cheval à bascule qui aurait besoin d'être huilé, pensa Fred.

Lila leva les yeux et vit les autres.

– Je n'en avais jamais vu en vrai, souffla-t-elle. Les gens m'ont toujours dit que les paresseux étaicnt stupides sous prétexte qu'il sont lents. Mais pour moi, leur lenteur à quelque chose d'une danse.

Très, très doucement, elle posa un doigt sur la poitrine de l'animal.

– Je sens son cœur. Il bat vite. Ce n'est pas le même rythme.

Le paresseux termina de mâcher l'ananas. Il remonta le bras de Lila et s'agrippa à elle, près de son épaule, la tête posée juste en dessous de son oreille droite. Il poussa un petit grognement et les cheveux de Lila voletèrent.

– Il lui faudrait un nom, dit Connie.

– Je n'ai jamais donné de nom à quoi que ce soit, raconta Lila, la tête tournée pour regarder le paresseux.

Il essayait, très lentement, de lui grignoter le lobe de l'oreille.

– Tu n'as pas d'animaux chez toi ? demanda Fred.

Ça paraissait étonnant, pour une fille qui était clairement faite pour vivre parmi des êtres vivants.

– Je n'ai jamais eu le droit d'en avoir. J'ai supplié et supplié, mais mes parents se déplacent beaucoup pour leur travail et ils ont dit que ce ne serait pas juste.

Lila étudia attentivement le paresseux. Elle plissa les yeux. Ses lèvres formèrent un mot.

– Comment il s'appelle ? voulut savoir Max. Tu dois nous le dire ! Ça ne peut pas être un secret !

– Abacaxi, dit-elle.

– Oui, déclara Max avec autorité. C'est bien, ça.

– Répète ? demanda Connie.

– Abacaxi. Ça veut dire « ananas » en portugais, expliqua Lila. On peut le surnommer Baca.

LES SINGES ET LES ABEILLES

Fred découvrit que les jungles étaient pleines de recoins cachés ; elles recelaient des secrets. Mais les secrets émergeaient de manière inattendue. Fred était certain qu'ils n'auraient jamais trouvé ce bout de papier qui allait tout changer sans les efforts conjugués des singes, des fourmis et des abeilles.

Max fut le premier à les voir, cette après-midi-là. Il était allongé sur le dos à regarder le ciel, pendant que Lila, Connie et Fred, assis autour du feu, tentaient d'élaborer un plan.

Le problème était que, bien qu'on lui ait répété avec fermeté de rester tranquille, Max n'arrêtait pas d'essayer de partir en exploration ; et c'était un

petit garçon de cinq ans dans une jungle immense.

– Tu es sûr que le radeau va tenir le coup ? demanda Lila.

Fred réfléchit. Le radeau était large et solide, et il l'avait enroulé dans une telle épaisseur de lianes que l'embarcation était plus verte que brune ; on aurait dit un pan de terrain de cricket flottant. Mais le pilote était sans doute sûr de son avion, lui aussi, songea-t-il.

– À peu près sûr, dit-il. Presque certain. Et ça prendrait des semaines d'y aller à pied. On sait que Manaus est sur l'Amazone. Alors, si on descend vers l'aval, on devrait y arriver !

Max s'approcha et s'assit sur les pieds de Lila. Il tira sur la chaussette de sa sœur.

– Lila !

Il récupéra une boule de morve dans son nez et l'essuya dans l'herbe.

– Sauf qu'on ne sait pas si Manaus est en amont ou en aval d'ici, objecta Connie. Alors on a cinquante pour cent de chances de mourir.

– Lila ! s'écria Max. Écoute-moi !

– Mais on a aussi cinquante pour cent de chances de survivre ! répliqua Fred.

Connie ricana. Il résista à la tentation de lui envoyer la morve de Max d'une chiquenaude.

– Non mais tu t'entends ? jeta-t-elle. Tu te rends compte à quel point ça paraît cinglé ?

Max tira plus fort sur la chaussette de sa sœur.

– Lila ! Tu as vu ? Tu as vu comment les singes ont chassé les abeilles ?

– Qu'est-ce que tu veux dire ? demanda Lila.

Baca s'était drapé sur ses épaules, les pattes arrière calées sous son aisselle. On aurait dit les épaulettes du vieil uniforme de soldat de son père, songea Fred.

– Les singes ont gagné ! continua Max. Je les ai suivis !

– Max ! De quoi tu parles ?

Lila le prit dans ses bras et tint son visage tout près du sien. Elle le toisait avec colère.

– Je croyais que tu étais dans la cabane ! Tu sais que tu n'as pas le droit de t'éloigner ! Je te l'ai *dit* ! Si je ne peux pas te faire confiance, je vais t'attacher à moi.

Max fit la moue.

– Je ne suis pas allé loin ! Je me suis éloigné parce que j'aime pas les abeilles.

– Maxou, ne mens pas. Il n'y a pas d'abeilles,

grogna Lila. J'ai vu des bêtes volantes de toutes sortes, des fourmis ailées, des scarabées et des moustiques, mais pas d'abeilles.

– C'était là-bas ! dit Max en désignant l'autre bout de la clairière, au milieu de grands arbres à caoutchouc. En haut.

Au-dessus de la tête de Max, Lila haussa les sourcils.

– C'était un rêve, Max, ou c'était dans la vraie vie ?

– C'était dans la vraie vie.

– Je ne te crois pas.

– Mais si, c'est vrai !

Max avait l'air furieux.

– C'est vrai ! Les singes se sont lavé les mains avec les fourmis, et après ils se sont bagarrés avec les abeilles.

– Je ne comprends rien à ce que tu essaies de décrire, intervint Connie, mais ça m'a l'air terrifiant.

Max se leva, rugit, tapa des pieds et piétina accidentellement les doigts de Connie. La jeune fille hurla et lui donna une tape sur la cheville.

– Tu m'as fait mal ! dit-elle.

– Ne le frappe pas ! rugit Lila.

– Vous n'avez rien compris ! s'énerva Max. Écoutez-moi.

Fred le regarda ; le petit garçon avait des yeux malheureux et déterminés.

– On t'écoute, Max, dit-il.

– Non ! Venez !

Max prit la main de Connie, la tira sur ses pieds et l'entraîna vers les arbres. Ses petits pieds tambourinaient la terre avec détermination.

Connie, surprise, se laissa entraîner, en trottinant à côté de lui. Elle ne fit pas de commentaire sur l'état de la main de Max, qu'un certain nombre de substances inconnues rendaient collante. Fred et Lila les rejoignirent en courant.

– Là ! dit Max. Elles étaient là !

Il désigna une fourmilière, sorte de bulbe gigantesque construit sur le tronc de l'arbre et qui en dépassait comme un gros ventre. Il n'y avait pas de singes en vue.

– Ils étaient là il n'y a pas longtemps du tout ! assura Max. Ils vont revenir.

Sceptique, Fred s'assit. Max s'installa sur les jambes de Lila. Baca se cramponnait à la chemise de la jeune fille.

Rester assis sans bouger, les mains vides, n'était pas chose facile, découvrit Fred. Tout ce à quoi il s'efforçait de ne pas penser – le visage de son père, la voix de sa mère – revint l'assaillir. Et des idées plus sinistres – une image d'eux quatre en train de mourir de faim dans la clairière verte, parce que personne ne les avait retrouvés – commencèrent à s'insinuer dans son esprit.

Il essaya de siffler, mais il avait le tournis et ne parvint qu'à émettre un curieux son de tuyauterie.

– Fred, souffla Lila. Tu vas faire peur aux singes.

Soudain, les singes arrivèrent. Ils étaient trois, avec un pelage marron foncé, des membres robustes et une tête adorable.

Fred les regarda, ébahi, se poursuivre les uns les autres dans les branches en piaillant. Ils tourbillonnèrent autour des arbres en remuant la queue. Puis le plus grand, une mère avec un bébé accroché au cou, posa les pattes sur la fourmilière. Toute une cohorte de fourmis envahit les pattes du singe et grimpa sur ses bras, jusqu'à ce qu'elle ait la fourrure noire de fourmis. Puis, avant que les insectes aient eu le temps de la mordre, la maman singe se frotta les pattes.

Connie toucha la manche de Fred.

– Elle les tue ?

Fred regarda la maman singe baisser le nez vers ses pattes et les renifler.

– Est-ce que c'est comme un parfum ? Ou une sorte de drogue ? suggéra-t-il.

Soudain, comme si un signal avait retenti, les trois singes se détournèrent et bondirent dans les arbres.

– Suivons-les ! lança Lila.

Ce n'est pas facile de suivre des singes quand on n'en est pas un, et qu'on n'a pas fait de repas correct depuis des jours et des jours. Ils étaient affaiblis, tous les quatre, et Lila avait les mains tremblantes. Connie blêmit tandis qu'ils couraient après les singes.

Ceux-ci sautèrent dans les branches des grands arbres à caoutchouc et s'immobilisèrent.

– Des abeilles ! dit Max d'un ton suffisant. Je vous l'avais bien dit !

Loin au-dessus de leurs têtes, si loin qu'on la voyait floue, se trouvait une ruche. Elle était énorme, encastrée dans une couche de résine grise, et les bourdonnements étaient assourdissants. Du miel coulait le long de l'arbre.

Lila écarquilla les yeux et serra Baca plus fort contre elle.

– Elles n'attaquent pas les paresseux, hein ?

Sous leurs yeux ébahis, la maman singe s'approcha de la ruche, cassa la couche protectrice et plongea les pattes à l'intérieur. Elle détacha un morceau de rayon et croqua dedans. Du miel coula sur la tête de son bébé. Les abeilles se rassemblèrent, furieuses, mais ne s'approchèrent pas suffisamment pour la piquer.

Lila avait des yeux ronds comme des soucoupes.

– Je pense que c'est à cause de l'odeur de ses pattes que les abeilles ne l'attaquent pas. Ça doit être une odeur qu'elles n'aiment pas.

– Essayons ! s'exclama Fred, déjà debout.

– Et si ça ne marche que pour les singes ? objecta Connie.

– Bah, on n'a qu'un seul moyen de le vérifier.

Il pensa à leur dîner : de l'ananas, s'il en restait, et sinon des larves de cacaoyer.

– Tu ne veux pas de miel ?

– Je veux juste que tu réfléchisses une minute avant de…

Mais Fred était déjà parti en courant. Il se faufila jusqu'à la fourmilière et attendit, haletant, que les autres le rattrapent. Puis il posa les mains sur les côtés. Les fourmis vinrent grouiller sur ses doigts et ses poignets ; on aurait dit qu'il portait des gants noirs.

– Ça chatouille, commenta-t-il.

Les fourmis étaient si petites qu'il avait l'impression d'être couvert de points.

– Maintenant, frotte-toi les mains ! ordonna Max. Vite ! *Vite,* comme les singes !

Quelques fourmis escaladèrent les bras de Fred et montèrent jusqu'à son menton, mais elles ne semblaient pas disposées à mordre. Il se frotta les mains avec un léger sentiment de culpabilité, puis renifla. L'odeur était si forte qu'il fut pris de hoquets.

– Vous savez, le truc qu'on met sur les coupures, à l'école ? dit-il. Ça sent pareil.

– Le désinfectant ? demanda Lila.

Il se frotta les mains sur le visage, comme il avait

vu le singe le faire, puis les bras. Après une hésitation, il récolta d'autres fourmis et étala l'odeur sur ses jambes et ses chevilles aussi, juste au cas où.

Connie lui prit la main et l'attira vers son visage pour la renifler.

– Ça sent l'ammoniaque ! dit-elle. Comme les sels de ma tante !

Ils retournèrent auprès de l'arbre à miel en courant. Fred nota que les autres restaient plus loin de lui que d'habitude.

– Tu sens le médicament, commenta Max. Et les mauvaises idées.

Au pied de l'arbre, Fred leva le nez. Le tronc était énorme et les abeilles formaient un nuage lointain.

– Tu es sûr que tu ne veux pas prendre le temps de réfléchir une seconde ? Pour faire un plan, au moins ? insista Connie.

– Tout ira bien, assura Fred.

Il avait toujours adoré grimper aux arbres, avec le sentiment de s'élever vers un territoire inconnu.

Les autres l'observaient : Lila avec des yeux avides, Connie avec un rictus et un sourcil haussé, Max avec le doigt dans le nez.

Il saisit une branche basse et se hissa. Max l'acclama. Fred remua les jambes en quête d'un appui, puis trouva un nœud dans l'écorce et poussa dessus pour s'élever.

Il sentit aussitôt que c'était différent; ça n'avait rien à voir avec ce qui se passait chez lui quand il grimpait. Ses muscles étaient affaiblis et lui obéissaient moins; ses bras et ses jambes avaient moins de tonus. Il songea en sursautant qu'il n'avait pas regardé si le bois était pourri. L'arbre grinçait sous son poids, aussi bruyamment que la charnière d'un portail géant.

– Flûte, souffla-t-il.

Il tendit la main vers la branche suivante, puis celle d'après. Ses chaussures n'arrêtaient pas de glisser et de déraper sur l'écorce lisse.

– Oh, bon sang ! entendit-il Connie s'exclamer. Il va se tuer.

– Mais non, affirma Lila. Tout va bien se passer.

– Et sinon ? Ce sera encore plus dur d'être coincés ici si on n'est plus que trois. Fred ! appela Connie. Fred, descends !

Fred l'ignora, grimpant de plus en plus haut et de plus en plus vite. Il posa les deux pieds sur une grosse branche et chercha une bonne prise au-dessus de sa tête.

Soudain, la branche qui le portait céda. Ses jambes s'agitèrent dans le vide, cognant contre le tronc de l'arbre, et il resta suspendu par les mains. Sentant ses doigts glisser sur la surface lisse, il tâtonna avec la main droite en quête d'une autre branche, pendant que ses jambes cherchaient aveuglément un point d'appui. Son pied retrouva du bois solide.

Fred essaya de se hisser jusqu'à la prise suivante, mais son bras lui paraissait creux, aussi inutile qu'un brin de laine ou de paille. Perché sur un nœud du tronc, cramponné à la branche au-dessus de sa tête, il resta tétanisé en s'efforçant de ne pas penser à la tête de son père s'il apprenait que son fils était mort en grimpant dans un arbre.

– Regardez-le ! siffla Connie, en dessous. Il est coincé.

– Ça va ? appela Lila.

– Évidemment que non, dit Connie. Je ne vais pas rester ici à le regarder se tuer.

Elle gagna le pied de l'arbre à pas lourds, les épaules relevées jusqu'aux oreilles, et entreprit de se hisser à son tour, la mâchoire crispée comme celle d'un boxeur. Elle se déplaçait avec raideur, mais vite, malgré les tremblements de ses mains et de ses genoux.

Fred la vit s'arrêter à quelques branches en dessous de lui pour souffler, les yeux fixés sur lui, en serrant le tronc contre sa poitrine. Ses chevilles flageolaient de frayeur.

– Qu'est-ce que tu fais ? demanda-t-il, les dents serrées.

– Je viens te dire de descendre.

– Non ! Je monte.

– Alors je viens avec toi.

– Pourquoi ?

– Tu as l'air bloqué.

– Pas du tout !

Mais il savait que c'était vrai ; il ne sentait plus ses bras. Il regarda Connie. Elle était exsangue, si pâle qu'elle en devenait presque bleue, mais pleine de détermination. Il essaya de changer d'expression pour afficher une curiosité décontractée.

– Même si j'étais bloqué, comment tu pourrais m'aider ?

– Je vais passer devant et tester les branches, dit-elle. Si tu piques une nouvelle crise de panique, je parie que tu pourrais tomber et te tuer.

– Je n'ai pas eu peur, déclara Fred.

Ces mots lui avaient échappé avant qu'il ait pu les retenir.

– Si, dit Connie, les yeux levés vers lui dans l'arbre. Et moi aussi, j'ai peur. Alors tu vois.

Elle continua sa progression. Elle allait bien plus lentement que lui et son visage était figé dans une expression rageuse, mais elle grimpait avec régularité, en testant chaque branche avec le pied et en s'essuyant les mains sur sa jupe à chaque mouvement.

Fred décolla une main de la branche. Il étouffa la furieuse cacophonie de sa peur et suivit Connie.

Petit à petit, tandis qu'il grimpait, le rythme et les balancements de l'ascension prirent le relais, et il retrouva une respiration normale. La ruche apparut dans son champ de vision. Il y avait des centaines, peut-être des milliers d'insectes bourdonnants.

– Les abeilles n'ont pas une tête super avenante, hein ? fit Connie d'une voix beaucoup plus aiguë que d'habitude. Fais vite, qu'on puisse redescendre.

– J'en ai juste pour une seconde.

Fred s'accroupit sur la branche, les jambes légèrement flageolantes, et fourra des feuilles dans ses narines pour que les abeilles ne puissent pas y entrer.

– Ne t'approche pas trop, sinon tu vas te faire piquer.

De loin en contrebas, il entendit Lila crier pour l'encourager :

– Tu vas y arriver !

Moins encourageant, Max cria :

– Mais si vous tombez tous les deux, ça vous fâcherait beaucoup qu'on vous mange ?

Fred se redressa, un bras enroulé autour d'une grosse branche sur sa droite. Il tendit l'autre vers le haut, sur sa gauche, au-dessus du vide, et enfonça la main dans le trou grand comme le poing que le singe avait percé dans la ruche.

Les bourdonnements se firent plus sonores et plus

furieux. Fred se prépara au pire. Les abeilles s'amassèrent autour de lui avec colère et quelques-unes rebondirent contre son short, mais pas une seule ne toucha sa peau.

Triomphalement, il détacha un gros morceau de rayon, puis un autre.

– Ça marche ! dit-il.

Une abeille bourdonnante entra dans sa bouche. Il la recracha avec un juron, en secouant la tête, et sentit l'arbre vaciller sous ses pieds.

– Où est-ce qu'on le met ? demanda Connie.

– On pourrait lancer les morceaux de cire à Lila, dit Fred, mais ils risquent de rester coincés dans le feuillage.

– Si on a fait tout ça pour rien..., commença Connie.

– Non, j'ai une idée.

Il se prépara mentalement et passa un bras autour d'une branche. De sa main libre, il glissa le bas de sa chemise dans son short, puis lâcha le rayon de cire plein de miel à l'intérieur de sa chemise. Il se lécha les doigts.

– Argh !

Il avait oublié qu'ils étaient couverts de poussière d'écorce et de résidus de fourmis, mais le miel restait sublime. Sa peau se mit à crépiter.

– Je peux en avoir ? demanda Connie.

– Je croyais que tu voulais descendre.

Elle tremblait si fort que ses genoux tressautaient ; toutefois elle leva le menton d'un air de défi.

– Si tu as le droit d'en avoir, moi aussi.

C'est pendant qu'il contournait l'énorme tronc de l'arbre pour la rejoindre que Fred le vit : quelque chose de rouge, de la taille d'une pomme, solidement attaché à la branche par des lianes.

Il cessa de respirer et se pencha en arrière pour mieux voir.

– Fred ! s'écria Connie. Ne fais pas ça !

– Tout va bien.

Il saisit une poignée de branches.

– Regarde au-dessus de ta tête.

La chose rouge n'était pas une plante. Elle n'avait pas les couleurs de la vie.

Connie plissa les yeux.

– C'est quoi ? Il y a des feuilles qui m'empêchent de voir !

– Je crois que c'est du cuir.

– Un sac à main, genre ?

– Non. Autre chose.

Il contourna Connie et grimpa un peu plus haut. Il détacha la chose de l'arbre le plus vite possible, les mains tremblantes. La branche sur laquelle il se trouvait était large ; il s'assit dessus, les jambes ballantes de part et d'autre.

Connie s'approcha et s'assit en face de lui, enlaçant le tronc d'un bras tétanisé.

– Ne l'ouvre pas tout de suite ! dit-elle. Attends qu'on soit au sol, imbécile !

– Juste un rapide coup d'œil, dit Fred.

C'était une bourse en cuir rouge avec un cordon en cuir et les vestiges d'une inscription en lettres dorées à la base. C'était lourd. Les mains fébriles, il l'ouvrit et en sortit un morceau de métal.

– Une blague à tabac, dit-il.

Elle était rouillée, mais moins que la boîte de sardines.

– Fais voir ? dit Connie.

Il y avait des mots inscrits sur le côté. Elle les lut à haute voix comme s'il s'agissait d'un sortilège.

– *Collier's, tabac raffiné. Piccadilly, Londres.*

– Il y a autre chose, dit Fred.

Soudain, l'arbre se balança dans le vent et l'objet lui glissa des doigts. Il le rattrapa juste à temps ; lui aussi était rouillé et rugueux au toucher.

– Un canif ! s'écria-t-il.

– C'est tout ?

– Je crois.

Il chassa une abeille égarée et retourna la bourse au-dessus de sa paume ouverte. Un bout de papier en tomba.

– C'est quoi, ça ? demanda Connie. Une lettre ?

C'était une feuille blanche arrachée à la fin d'un livre. On y avait soigneusement tracé à l'encre des lettres majuscules bien nettes. Dans un coin, on avait esquissé les quatre points cardinaux d'une boussole.

– C'est une carte, dit Fred.

Ses bras se couvrirent de chair de poule. Fred connaissait le pouvoir des cartes. Elles indiquaient des choses cachées. Elles esquissaient les secrets du monde.

Il l'examina. Elle était tracée avec une encre qui s'était estompée dans les plis du papier. Il y avait des traits fins pour les affluents et un trait épais pour ce qui était l'Amazone, supposa-t-il. Dans le coin de droite, on avait tracé un X avec tant d'énergie que le stylo avait transpercé la feuille.

– C'est une carte de quoi, d'après toi ? Qu'est-ce qu'il veut dire, ce X ?

Connie ouvrait des yeux ronds ; elle semblait avoir oublié qu'ils étaient à trente mètres de hauteur.

– Je ne sais pas.

Fred leva le nez vers le ciel. Leur arbre était plus grand que les autres arbres des alentours. Près de la cime, où il s'affinait comme un piquet, il dominait presque tout le reste de la canopée.

– Je monte un peu plus haut, dit Fred. Si j'arrive au-dessus du feuillage, je pourrai sans doute voir.

– Non ! Ce serait cinglé. Tu veux juste crâner parce que tu as honte d'avoir eu peur tout à l'heure.

Fred sentit ses oreilles rougir.

– J'y vais. Tu veux redescendre ou venir avec moi ?

Connie fit la moue.

– Je viens aussi, évidemment !

Ils allèrent lentement, en testant toutes les branches, qui devenaient de plus en plus souples et fines, comme les dents d'une fourchette.

Soudain, la tête de Fred émergea de sous une branche feuillue et il se retrouva au-dessus de la canopée. Le fleuve s'étirait en contrebas, pourpre et argentée. Fred s'efforça de retrouver une respiration régulière. Ce n'était pas exactement ce dont il rêvait, quand il était assis par terre dans un coin de la bibliothèque.

– Regarde ! s'écria-t-il.

– Je *regarde* ! grommela Connie.

Elle était juste en dessous de lui. Et elle fermait les paupières de toutes ses forces.

La rivière s'étirait en méandres sur des kilomètres et disparaissait à l'horizon, près du pied d'une montagne. Pendant qu'il regardait, un singe descendit d'un arbre et passa devant lui en se balançant, la queue enroulée autour d'une branche, puis s'éloigna par bonds.

– Ouvre les yeux, Connie ! dit Fred. Il faut que tu voies ça !

Connie leva les paupières, puis écarquilla les yeux.

– Je ne savais pas. C'est... C'est beau à se mordre le poing !

On aurait dit, songea Fred, que quelqu'un avait dessiné tout ça avec une idée derrière la tête : quelqu'un qui voulait un monde aussi sauvage, aussi verdoyant et vivant que possible.

Lentement, très lentement, il détacha une main de l'arbre. La peur au ventre, il fouilla dans sa poche et déplia la feuille.

C'était comme un petit miracle vert. La carte correspondait exactement à ce qu'il voyait. On aurait presque pu la tracer de cet endroit précis, ou bien d'un autre endroit, tout proche.

Il examina la carte.

– On est là, chuchota-t-il.

– Et ce méandre, c'est l'endroit où on s'est amarrés, ajouta Connie.

Les courbes tracées à l'encre, avec une grande précision, correspondaient exactement – ou presque exactement – au monde qui s'étalait à leurs pieds.

– Où est le X ? demanda Connie.

Fred s'abrita les yeux.

– Par là. Mais je ne vois rien.

L'horizon formait une tache verte et floue. Il ne voyait pas le méandre du fleuve.

– On devrait marquer l'endroit où on se trouve, sur la carte, dit Connie. Un genre de « Vous êtes ici ».

Fred regarda ses mains. Les coupures qu'il avait sur les jointures, depuis l'accident d'avion, commençaient tout juste à cicatriser ; il arracha une croûte avec les dents, pressa la peau pour extraire une goutte de sang et déposa un point rouge sur la carte pour marquer leur localisation.

– C'est répugnant ! commenta Connie. Bonne idée !

Fred sourit.

– Descendons, dit-il. Il y a du miel pour le déjeuner.

Il descendit plus vite de l'arbre qu'il n'aurait dû. Il laissa beaucoup de peau sur un nœud de l'écorce, à mi-chemin, et une branche se planta dans son œil. Connie le suivit plus lentement, en se chuchotant des instructions à elle-même.

Du miel suintait à travers sa chemise quand il franchit d'un bond le dernier mètre avant le sol de la forêt ; il avait le cœur battant.

– Tu es vivant ! dit Max.

Il enroula les bras autour des jambes de Fred et tenta de lui mordre le genou pour fêter ça.

– On se disait qu'on allait pouvoir te manger.

– Cache ta déception, dit Fred en souriant.

Connie arriva sur la branche la plus basse. Elle hésita en se préparant à sauter. Lila lui tendit la main, mais Connie l'ignora et atterrit bruyamment par terre.

– On a fait une découverte, annonça-t-elle avec pompe.

– Vraiment ? C'est quoi ? Un truc qui se mange ? demanda Lila.

– Tu vas voir. Retournons d'abord dans la clairière, répondit Connie.

Puis, comme si une valve s'était ouverte en elle, elle laissa échapper une toux qui dissimulait un éclat de rire triomphal.

– Je n'étais encore jamais montée dans un arbre !

– Jamais ? s'étonna Lila. Dans ce cas, c'était vraiment super impressionnant.

– Je sais, dit Connie. Je trouve aussi.

Dès qu'ils eurent rejoint la cabane, Fred ôta sa chemise et gratta le miel pour en déposer des tas sur de grandes feuilles.

Il gagna le bassin et arrosa sa poitrine et sa chemise : de l'écorce et de la poussière s'étaient collées au miel, formant une pâte étonnamment tenace.

– Dépêche-toi, Fred ! appela Max.

Fred renonça et remit sa chemise collante, puis retourna vers la cabane en courant. Lila était en train de retourner délicatement la blague à tabac. Baca lui pendait au cou comme un collier et lui reniflait la clavicule.

– C'est rouge, observa Lila. En général, les blagues à tabac sont marron.

– Et alors ? fit Connie.

Lila se pencha vers elle, les yeux brillants.

– Les abeilles ne voient pas la couleur rouge : elles la voient noire. Et si quelqu'un voulait que les abeilles protègent la blague des autres animaux ? Les abeilles ne voient pas que ce n'est pas simplement un truc qui fait partie de l'arbre, alors elles ne se sont pas méfiées.

– Ça se méfie, les abeilles ? demanda Connie, sceptique.

Lila rougit.

– C'est juste une idée. Mais ma mère dit toujours que, dans la jungle, il faut éviter le rouge : c'est la couleur des poisons. Celui à qui cette blague appartenait a dû compter là-dessus. Il devait prévoir de revenir la chercher.

Fred sentit un frisson électriser sa peau.

– Ce n'est pas tout. Continuez à chercher.

– Une carte ?

Lila déplia la feuille sur une grande pierre plate.

– C'est quoi, le X ?

– On n'a pas réussi à voir, expliqua Connie. C'était trop loin.

– Un trésor, peut-être ? supposa Lila. Ou peut-être une tribu secrète ?

– Des *cannibales* ! s'écria Max.

– Chut ! fit Connie.

– Ou peut-être qu'il ne savait pas ce que c'était ; peut-être que c'était juste là qu'il allait, dit Fred. Je me demande s'il savait…

Max lui plaqua sa petite main sur la bouche.

– J'ai faim ! On le mange, ce miel, ou quoi ?

Le miel leur fit l'effet d'un médicament. Lila se tint plus droite. Les joues de Connie reprirent des couleurs. Le miel avait un goût fabuleux : un goût de sucre et de terre, un goût sauvage. Il donna à Fred l'envie de faire des sauts périlleux arrière sur le sol de la jungle. C'était un goût assez riche et assez profond pour leur permettre d'oublier cette carte pendant une petite demi-heure.

CONNIE

Le lendemain était un mercredi. Le mercredi, au collège, commençait par deux heures de géographie ; le moment le plus palpitant du mercredi, c'était le cours de biologie avec le vieux M. Martin, qui avait tendance à péter à intervalles réguliers.

Ce mercredi-ci, Fred se réveilla sous un orage tropical, avec de la pluie qui passait à travers le toit de la cabane et lui gouttait dans l'oreille.

Lila et Connie étaient déjà réveillées. Elles examinaient la carte, pratiquement tête contre tête. Max ronflait dans une flaque, avec de la boue sur sa frange et ses sourcils. Le pelage de

Baca était trempé, plaqué contre ses os. Il avait l'air furieux – aussi furieux qu'un paresseux peut l'être.

Lila posa le pouce sur le X de la carte.

– C'est forcément beaucoup plus près que Manaus, dit-elle.

En se tournant, elle vit que Fred était réveillé.

– Fred, tu penses que le radeau pourrait nous amener jusque là-bas ?

Il se traîna pour regarder, sentant ses muscles grincer sous sa peau. Les deux filles frissonnaient. Il ne faisait pas froid, mais l'humidité de la journée avait imprégné leur peau.

– Il faudrait qu'on traverse toutes ces broussailles, là, répondit-il, et puis il y a ce symbole, là.

– Ce truc qui ressemble à un serpent ?

– Exactement.

Il se tourna vers la rivière et le ciel d'un gris de mobilier de bureau.

– Mais oui, je pense qu'on peut.

– Mais tu ne penses pas qu'on *devrait* ? demanda Connie.

C'était clairement une question qui appelait une réponse négative.

– On l'a vu de l'arbre ! C'était à des kilomètres !

– On ne peut pas rester ici éternellement, dit Fred.

Il n'avait jamais rien désiré autant que lancer le radeau sur la rivière à la recherche de ce X. Il avait besoin de savoir ce que c'était qu'être un explorateur. Un nouveau genre de faim lui nouait les tripes, qui n'avait rien à voir avec la nourriture : c'était un mélange de terreur et de possibles associé à l'espoir.

– Tu plaisantes ?

Connie regarda alternativement Fred et Lila.

– Mais on a une carte, répondit Lila avec douceur. On saurait où on va, cette fois.

– Mais tu ne sais pas ce qu'il y a au bout !

Connie avait le visage livide et marbré de taches rouges.

– C'est forcément quelque chose, sinon il n'y aurait pas de carte, objecta Fred.

– Et si le X voulait dire « N'allez jamais là-bas, parce qu'il y a des choses qui viendront vous pourchasser dans le noir » ?

– Mais si tu n'avais pas le choix, je pense que tu préférerais aller là-bas plutôt que rester ici, non ? demanda Fred.

– Oui, je veux partir ! Je déteste cet endroit ! cracha-t-elle. Je déteste les moustiques, les fourmis, les piqûres et la faim, cette faim qui nous tenaille sans arrêt ! Mais je ne veux pas suivre une carte qui ne mène nulle part. Tout ce que je veux, c'est rentrer à la maison.

Max se réveilla en sursaut et se mit à geindre en tirant Lila par la manche. Elle se dégagea.

– Moi aussi, je veux rentrer à la maison ! dit Lila. (Ses sourcils formaient une ligne tendue par la colère sur son front.) Et ce n'est pas pire pour toi que pour les autres.

– *Si.* (Le visage déformé de Connie en devenait méconnaissable.) Vous ne comprenez pas. C'est plus facile pour vous, parce que vous avez l'habitude ! Vous êtes d'ici !

Lila écarquilla les yeux.

– J'habite dans une *ville*, répliqua-t-elle d'une voix crispée. On a une *salle à manger* ! Avec des chandeliers en argent ! Je ne vis pas dans la jungle !

– Mais tu n'as pas la nausée en permanence, dit Connie, la mâchoire contractée. Moi, tous les matins, je me réveille avec l'envie de vomir !

Elle piétina le sol mouillé, et des gouttes de boue volèrent sur son poignet.

– Mais moi aussi ! Moi, je veux...

– Je déteste tellement cet endroit que je ne peux pas respirer.

– Tu crois qu'on s'y plaît, nous ?

– Mais tu n'es pas toute seule, toi ! éclata Connie. Tu as Max !

– Exactement ! Exactement, et il pleure tout le temps, et s'il meurt ce sera ma faute !

Max l'avait entendue. Il hurla. Des sanglots le secouèrent tout entier. Fred le saisit par le poignet et le retint pour l'empêcher de s'enfuir.

– Au moins, tu sais que, si tu meurs, il y aura quelqu'un qui s'en soucie ! cria Connie par-dessus le vacarme.

– C'est pas ma faute si personne ne se soucie de toi, cracha Lila. Tu ne sais pas...

– Arrêtez ! s'égosilla Max.

Il courut vers les deux filles et les bourra de coups de pied l'une et l'autre. Ses chaussures plaquaient de la boue sur leur peau.

– Arrêtez tout de suite !

Lila ferma brusquement la bouche. Elle se tourna vers son frère et le laissa grimper dans ses bras. Elle lui frotta le dos, les yeux totalement épuisés.

– Ne pleure pas. C'est encore pire quand tu pleures.

Une larme coulait sur la joue de Connie. Fred arracha une feuille d'une paroi de la cabane et la lui tendit. Elle s'essuya la figure avec. Ça n'arrangea pas grand-chose.

– Je suis si fatiguée, dit-elle. Et j'ai tellement faim. Et puis j'ai mal.

Lila regarda ses mains.

– Je ne le pensais pas, ce que je viens de dire.

Il y eut un silence. La pluie tambourinait sur les feuilles au-dessus de leurs têtes.

– Je fais des cauchemars. Sur ma mère, confia Lila. Je rêve qu'elle me cherche, que je suis coincée dans un arbre et que je ne peux pas crier pour qu'elle lève la tête et me voie.

Elle hésita.

– Vous rêvez de vos parents, vous ?

Fred ne rêvait que de ça ; son père trop loin pour l'entendre, pour l'atteindre, pendant qu'il se débattait dans l'obscurité pour tenter de le toucher du bout des doigts. Il acquiesça à demi, évitant prudemment de trop en dire.

La bouche de Connie forma un mot, puis s'immobilisa.

– C'est pas pareil pour moi, dit-elle enfin. Je vis avec ma grand-tante.

– Que sont devenus tes parents ? demanda Lila.

– Ils sont morts.

La bouche de Connie se durcit à nouveau et elle contracta la mâchoire comme si elle les mettait au défi de compatir.

– Ma mère est morte quand j'avais trois ans, et mon père a été tué à la guerre. Ensuite, j'ai été placée dans une famille d'accueil.

– Mais tu viens de dire…

– Ils ont eu un bébé à eux et ils m'ont jetée dehors. Alors on m'a envoyée vivre avec ma grand-tante.

Connie haussa les épaules avec une nonchalance étudiée.

– Elle ne voulait pas vraiment de moi, mais il n'y avait pas d'autres solutions.

– Ils t'ont jetée dehors ?

– Ils ont dit que j'attaquais le bébé. *C'est pas vrai.* Mais un jour… un jour, il pleurait et il ne s'arrêtait pas de pleurer, alors je lui ai donné une toute petite tape.

– Ah ! fit Lila, l'air horrifié.

– Et… je ne sais pas…

Connie s'interrompit, avala sa salive, arracha un fragment d'ongle de son pouce avec les dents et reprit :

– Ils ont dit que j'avais crié sur le bébé. Ça n'est arrivé qu'une seule fois, je vous jure. Et il ne comprenait pas, alors qu'est-ce que ça pouvait faire ?

Fred hocha la tête.

– Ma grand-tante… elle m'envoie passer l'été chez les bonnes sœurs.

– Les *bonnes sœurs* ?

– Une école dans un couvent. C'est pour ça que je suis au Brésil. L'année dernière, j'étais en Inde. Elle dit que les voyages vont me forger un meilleur caractère. J'ai détesté.

– Tu veux avoir meilleur caractère ?

Manifestement, Lila s'efforçait de dissimuler son scepticisme.

Connie essaya de sourire.

– Pas vraiment. Mais elle aime les filles qui sont discrètes et convenables ; elle dit que je suis grossière. Je ne cherche pas à l'être. Mais, quand j'essaie d'être sage – enfin, ce que j'imagine que c'est d'être sage –, elle ne le remarque pas. Ou peut-être qu'elle s'en fiche. Alors, en général, je… Chais pas. Je ne me fatigue même pas.

Elle s'essuya le nez avec l'index et le pouce.

– Et je ne pense pas… Je ne pense pas qu'elle ait envoyé des gens à ma recherche. Il n'y a pas beaucoup d'argent. C'est le couvent qui a payé mon voyage en bateau pour venir ici. Les nonnes ont un fonds pour les orphelins de guerre.

Avec une grimace profondément amère, elle annonça d'un ton détaché :

– Je suis une pauvresse. Un cas social.

– Alors quand tu as dit…

– J'ai menti.

– Ta tante a l'air absolument ignoble, commenta Lila.

– C'est vrai, l'approuva Fred.

Il se demanda s'il pouvait donner un coup de poing dans le bras de Connie, comme le faisaient les autres garçons au collège. Il décida que ce n'était peut-être pas une bonne occasion.

– Bah ! Elle est juste vieille, en fait.

Connie inspira profondément, en frissonnant, comme si elle venait d'expulser quelque chose de lourd. Elle se frotta les yeux avec une poignée de ses cheveux.

– Je n'en avais jamais parlé à personne. De ma famille d'accueil. Ne le répétez pas, s'il vous plaît.

– À qui veux-tu qu'on le répète ? lança Fred en regardant le mur vert que formait la jungle autour d'eux.

Lila détacha les griffes de Baca de son cou et l'installa sur l'épaule de Connie.

– Tiens. Il va peut-être essayer de manger tes oreilles. Mais pour lui, c'est gentil.

Une larme coula sur la joue de Connie. Baca la lécha.

Fred regarda la jeune fille. Il n'avait jamais serré quelqu'un dans ses bras. Son père était contre les câlins ; il disait que c'était trop inconvenant et anti-hygiénique. Mais Connie semblait soudain si osseuse, si désespérée. Il serra le poing et le pressa doucement contre son épaule pour la pousser sur le côté.

Connie attendit plus longtemps que Fred ne l'aurait imaginé avant de se crisper et de le repousser, avec un petit rire.

– OK, fit-elle avec une respiration tremblotante. Très bien. T'as gagné. On va suivre la carte.

Fred sentit un feu brûlant s'allumer dans son ventre.

– Si on ramasse des larves et des baies aujourd'hui, on pourrait être prêts à partir demain.

Lila examina le visage crispé de Connie.

– Demain, répéta-t-elle.

Connie se voûta et baissa la tête. C'était presque un acquiescement.

FUMÉE

Le lendemain matin, il faisait une chaleur étouffante ; les quatre enfants se réveillèrent luisants de sueur, avec des libellules qui essayaient de boire sur leur peau.

Pour le petit déjeuner, Connie trouva un bananier, et ils fabriquèrent avec le pull de Max un sac qu'ils remplirent jusqu'à ce que le col déborde de bananes. Ils firent une orgie de bananes vertes et Max finit par vomir sur ses chaussures.

Après ce repas, un petit vent se leva. C'était une brise bienvenue sur le visage de Fred pendant qu'il préparait le radeau, vérifiant deux fois chaque nœud.

C'est le même vent qui faillit les tuer. Fred et Lila

étaient accroupis sur le radeau mis à l'eau pour tester ses déplacements sous leur poids et rattacher les lianes. Connie et Max étaient partis cueillir des baies pour augmenter leurs provisions. Baca avait sorti le nez de la poche de Lila pour humer la brise. Un tourbillon leur parvint de la jungle, et Baca lâcha un miaulement. Fred eut un frisson dans le dos.

– Tu ne sens pas une drôle d'odeur ?

Baca semblait nerveux. Il entreprit de déchiqueter l'ourlet de Lila.

La jeune fille scruta le sentier qui menait à leur clairière. Un nuage gris avait remplacé les éclats de lumière verte.

– C'est… de la poussière ?

– De la fumée, rectifia Fred.

Il renifla encore.

– C'est un feu !

Pendant un moment, ils restèrent là, à contempler les volutes de fumée, paralysés. Puis Lila hurla et son cri fit trembler le radeau.

– Max ! Où est Max ?

– Il était sur la berge, avec Connie !

La fumée se mit à déferler comme de l'eau, émergeant de la forêt pour foncer vers eux. Fred avait les yeux qui le piquaient.

Ils entendirent un martèlement de pas, et Connie déboula des broussailles, les cheveux au vent, en s'accrochant aux arbres. Elle se jeta à l'eau comme une pierre et nagea frénétiquement vers le radeau, avec force éclaboussures.

– Je l'ai vu ! s'écria-t-elle en se hissant dessus. La clairière est en feu ! C'est horrible !

Elle avait des yeux rougis, affolés. Elle regarda autour d'elle.

– Où est Max ?

– Je croyais qu'il était avec toi !

Le visage de Lila était méconnaissable.

– Quoi ? Non ! Il a dit qu'il retournait te voir. Il voulait jouer avec Baca !

– Non ! C'est pas possible !

Lila se mit debout sur le radeau.

– Max !

– Max ! s'égosilla Fred. Max !

– Je suis là ! fit une toute petite voix étranglée par la panique.

Max avait grimpé dans un arbre. Gémissant, incapable de crier, il était assis dans les branches qui surplombaient la rivière. Fred leva vers lui des yeux écarquillés, partagé entre la surprise et la terreur.

– Comment il a fait pour arriver là ? souffla Connie. C'est tellement haut !

– Saute, Max ! Saute dans l'eau ! lança Lila.

– Je ne peux pas !

– Max ! C'est un ordre ! insista-t-elle d'une voix suraiguë. Je suis ta grande sœur. Tu fais ce que je te dis !

Max piailla :

– Je ne peux *pas* !

Il se mit à pleurer, secoué de grands sanglots muets, en équilibre au-dessus de la rivière.

Fred entreprit d'ôter ses bottes, mais Lila fourra Baca dans les mains de Connie et sauta à l'eau. Fred n'avait jamais vu un être humain nager aussi vite. Elle remonta précipitamment la berge, en lacérant la boue avec ses ongles, et fonça vers l'arbre.

Elle y grimpa en se hissant juste avec les bras quand elle ne trouvait pas de prises pour ses pieds.

– Max ! appela-t-elle. Ne bouge pas !

Fred et Connie restèrent sur le radeau, en dessous. Connie la regardait en toussant dans la fumée de plus en plus épaisse, les mains serrées sur Baca.

Max était tapi comme un paresseux, les bras et les jambes enroulés autour de la branche. Fred plissa les yeux pour voir Lila ramper le long de la branche, en lui parlant pour l'encourager et en essayant de le décrocher en tremblant. Max avait cessé de pleurer.

À présent, il avait le visage figé et il était totalement silencieux, ce qui était encore plus inquiétant que ses cris.

Les premières flammes apparurent, jaillissant de la clairière en serpentant sur le sentier. La chaleur projetait des étincelles qui atteignaient la peau de Lila et les pieds de Max. Il y eut un gros boum, comme si un sac en papier avait éclaté, quand des graines explosèrent dans la chaleur, en dessous d'eux.

– Sautez ! cria Fred, affolé. Sautez et on viendra vous chercher !

Il n'y avait plus que de la fumée autour d'eux, à présent : de la fumée et la voix de Lila qui appelait Max, qui fredonnait, qui encourageait désespérément son frère.

– Saute ! piailla Connie. S'il te plaît ! Tout de suite !

Enfin, deux corps chutèrent lourdement dans l'eau, qui se referma sur eux.

Ils tombèrent dans un tourbillon, et le courant les emporta tous les deux, trop vite, vers les rapides du milieu du fleuve.

Fred plissa les paupières à cause de la fumée. Il ne vit pas leurs têtes refaire surface.

– Prends la perche, dit-il à Connie.

Il inspira à fond.

– Et si on meurt, dis à mon père... que je suis désolé.

Il plongea la tête la première dans l'eau brune et, quand il ressortit, nagea énergiquement vers les rapides.

Fred ouvrit les yeux, mais ne vit que de l'écume bouillonnante. Un corps percuta le sien et il l'empoigna ; c'était Max. Il essaya, dans sa panique, de se rappeler ce qu'il avait lu sur la méthode pour sauver les gens de la noyade. Il fallait prendre délicatement leur menton dans la main… Ça, il s'en souvenait nettement. Mais *comment* ? Le courant était trop rapide pour que ça paraisse plausible d'attraper quoi que ce soit dans le creux de la main.

Fred pivota sur le dos et souleva Max pour l'allonger sur son ventre, en essayant de maintenir la tête de l'enfant hors de l'eau. Il ne savait pas si Max respirait. D'un bras, il se mit à nager en arrière, vers la berge. L'eau essayait de les attirer vers le fond ; il ne voyait rien d'autre que de la fumée et des éclaboussures et le fleuve qui lui submergeait le visage à chaque brasse.

– Ne panique pas, se chuchota-t-il à lui-même.

Ce n'était pas le moment de paniquer.

Une branche en feu tomba à quelques centimètres d'eux. Max toussa et recracha un insecte aquatique, puis haleta faiblement lorsqu'une nouvelle vague les submergea.

Au moment où Fred commençait à se dire qu'il n'y avait plus qu'à paniquer, il vit quelque chose dans la fumée. Un cri domina le bruit du feu et de l'eau à ses oreilles.

– Fred ! Max !

C'était Connie.

– Par ici ! appela-t-il.

– Nagez vers moi ! hurla-t-elle.

– Je ne peux pas ! Le courant !

C'était affreusement difficile de rester sur place : il avait un début de crampe dans la jambe et il avait horriblement peur que la tête de Max ne se retrouve sous l'eau.

Une forme apparut dans la fumée : c'était le radeau. Connie était couverte de cendre grise et ramait dur, des deux mains, en criant leurs noms.

Elle atteignit Fred à l'instant où un tourbillon l'emportait. Son oreille heurta le bois avec un craquement douloureux et Connie hurla. Au prix d'énormes efforts, les muscles en feu, il se retrouva enfin à genoux sur le radeau, crachant de l'eau, et Max était là, à tousser et à vomir de l'eau, des feuilles et des bananes.

– Où est Lila ? demanda Connie d'une voix aiguë, paniquée. Où est Lila ?

– Je ne l'ai pas vue !

Fred cracha une gorgée d'eau et se traîna vers le bord du radeau. Il essaya d'inhaler assez d'air pour replonger, mais chaque inspiration lui donnait des haut-le-cœur.

L'embarcation pivota brusquement et s'inclina. Deux mains apparurent, puis le visage de Lila, le menton appuyé sur le bord.

– Lila !

Fred émit un son qu'il ne se serait jamais cru capable de produire – quelque chose entre un grondement et un cri de joie – et la saisit par les poignets, puis par les épaules, pour la hisser au milieu de l'embarcation. Elle avait une coupure en travers du nez et du sang coulait sur sa bouche et son menton, mais elle était vivante.

– M… Max, hoqueta-t-elle.

– Il est là, il va bien !

Connie hurlait alors qu'elle était presque nez à nez avec Lila.

– Contente-toi de respirer ! Il va bien, je te jure.

Elle poussa avec la perche pour envoyer le radeau vers le bord du fleuve, où le courant était plus régulier, et les éloigna des flammes. Enfin, quand l'air fut dégagé et le feu réduit à des crépitements lointains, elle guida le radeau vers l'eau moins profonde, où il s'immobilisa, ballotté par les vagues.

Une nuée de papillons bleus se posa sur la berge à côté d'eux. Max était coiffé d'algues qui formaient comme une tiare sur sa tête. Lila le prit dans ses bras. Il tenait Baca. Et Baca tenait le pouce de Max.

Un long moment s'écoula avant que quelqu'un prenne la parole.

– Qu'est-ce qu'on fait, maintenant ? demanda Lila. On y retourne ?

– Je ne sais pas. Tout a brûlé, répondit Connie.

Sous le choc, elle était encore frissonnante et, malgré la chaleur du soleil, le duvet de ses bras était hérissé.

– J'ai tout vu.

– La cabane ? Et les abeilles ?

– Tout. La clairière entière.

Connie essuya son visage cendreux. On aurait dit un panda.

– C'est notre feu. On aurait dû charger l'un d'entre nous de le surveiller. Les braises étaient trop chaudes.

Fred lança tout bas :

– Alors on suit la carte.

– Attends... La carte était dans ta poche, non ? rappela Lila.

Fred sentit ses entrailles se glacer.

– Oh. Oh non.

Il fouilla dans sa poche et en ressortit la bourse en cuir rouge.

L'encre de la carte avait tellement bavé qu'elle ne formait plus qu'une tache noirâtre. Le papier avait été réduit en bouillie et, quand il la passa à Lila, la feuille se déchira en deux.

Il déglutit et chuchota :

– Désolé.

Lila semblait au bord des larmes.

– Tu n'as pas à t'excuser.

Il y eut un toussotement impatient derrière eux – une sorte de « Hum ! » – et un grattement.

– Vous êtes tellement défaitistes, tous les deux, dit Connie.

Elle avait sorti un silex de sa poche et, sous leurs yeux ébahis, elle arracha une bande d'écorce du radeau et se mit à graver quelque chose dessus.

– Voilà. C'était le zigouzi, ça... Et ça, c'est l'endroit où la rivière se courbait.

– Ta mémoire photogénique ! s'exclama Max.

– *Photographique*, rectifia Connie.

Elle continua de graver le morceau d'écorce.

– Voilà, fit-elle. Qu'est-ce que vous en pensez ? Ça vous paraît juste ?

Fred examina leur carte de fortune.

– C'est presque exactement...

– Pas *presque* exactement. Exactement, le coupa sèchement Connie. Je disais ça par politesse, en fait. Je *sais* que c'est juste.

Fred étudia l'écorce, puis regarda Lila, Max et Connie.

– Je ne sais pas ce qui était indiqué sur la carte, mais c'est sûrement mieux que ce qu'il y a derrière nous. Qu'est-ce que vous en dites ?

Ce même mélange de peur, d'espoir et de ce que son père appelait sa « maudite obstination » lui noua l'estomac.

Connie se mordit la lèvre. Puis, sans un mot, elle reprit la perche et éloigna le radeau de la berge pour regagner le milieu du fleuve et son couloir de lumière en pointillés verts.

– À gauche au prochain croisement ? demanda-t-elle.

– Oui, à gauche au prochain croisement, confirma Lila.

Ils naviguèrent toute la journée. Certains affluents ne mesuraient que deux ou trois mètres de large, avec un toit de branches monumental plongeant l'espace en dessous dans l'obscurité ; d'autres étaient si larges et si lumineux qu'on avait du mal à voir la rive opposée.

Quand le ciel se teinta de rose, Fred se retourna et vit un caïman aussi gros qu'un danois sur la berge d'en face. Il était tapi dans la boue, les yeux mi-clos, pile devant eux. Le garçon sentit son cœur se serrer.

– Qu'est-ce qu'on fait ? siffla Connie.

Elle avait parlé sans remuer le moindre muscle facial.

– Rien, dit Lila.

Fred tenait la perche comme une lance. Mais

le caïman ne bougea pas d'un pouce quand ils le dépassèrent.

Devant eux, le soleil descendait vers la rivière. La lumière déclina, violacée. Fred ne voyait plus rien sous la surface de l'eau.

– On n'est pas en sécurité, hein ? demanda Connie.

– Non, dit Fred. Mais on peut faire comme si.

Lila resserra ses doigts autour de la patte de Baca.

– Imaginons que la rivière est de notre côté. Imaginons que la jungle veut qu'on gagne.

Les étoiles commencèrent à percer. L'eau devint d'un noir d'encre sous le ciel moucheté d'argent.

– Même si les rivières ne choisissent pas de camp ?

– Oui, même.

SUR LA RIVIÈRE

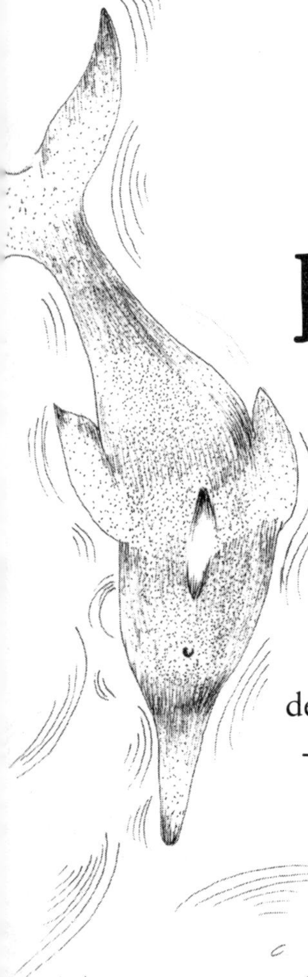

Il faisait pratiquement nuit noire lorsqu'ils trouvèrent un endroit où s'amarrer ; un endroit où la berge ne s'élevait pas en pente trop raide depuis la rivière, et où les arbres ne ressemblaient pas trop à une armée postée sur la rive. Lila les dirigea vers la terre, et Fred sauta du radeau.

– Je vais vérifier s'il n'y a pas de traces de caïman, annonça-t-il.

– Je viens avec toi, dit Connie.

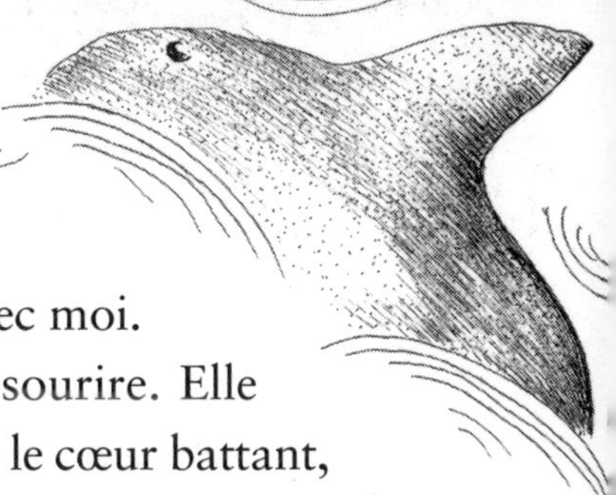

– Non, protesta Max en lui empoignant la cheville. Reste avec moi.

Connie rougit et réprima un sourire. Elle resta. Fred traversa des bosquets, le cœur battant, en agitant un bâton dans les fougères devant lui et en reniflant pour voir s'il sentait l'odeur d'une proie fraîchement tuée. Mais il y avait juste une odeur de plantes qui poussent, de résine et d'oiseaux.

– Tout va bien ! s'écria-t-il. Il n'y a pas de danger !

Sa voix rebondit et résonna entre les arbres pour parvenir aux autres, qui lui lancèrent des instructions en retour et poussèrent le radeau sur la berge.

Personne ne songeait à se méfier des autres, à présent, observa-t-il. Ils étaient devenus une tribu. Ou une expédition, rectifia-t-il mentalement. C'est ainsi qu'on appelait les groupes d'explorateurs.

Cette nuit-là, ils dormirent à même le sol de la forêt, dos contre dos. Après la chaleur de la journée, il faisait froid sous le ciel sans nuages de la nuit, et Fred dormit les genoux repliés sous son T-shirt. Il trouva ça étonnamment rassurant, cette fois, de sentir le pied de Max près de

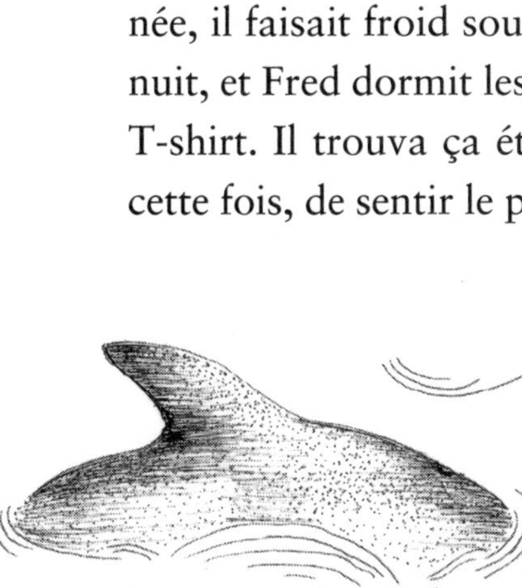

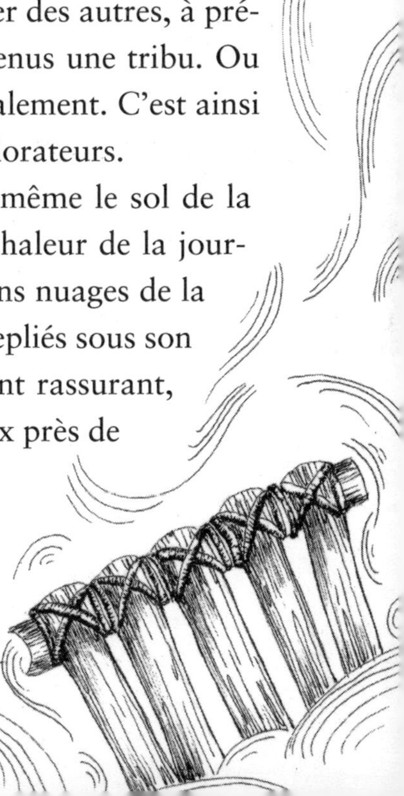

son nez quand il se retourna pendant la nuit. Quand les cauchemars revenaient, c'était un réconfort d'entendre la respiration des autres.

Ils voyagèrent encore un jour et une nuit. Le fleuve les portait à son rythme sur son dos d'argent. Personne ne disait grand-chose. Ils observaient les berges, aux aguets, tendus.

Le matin du troisième jour, ils venaient à peine de se mettre en route quand il se mit à pleuvoir. Max, assis, contemplait les éclaboussures qui rebondissaient sur l'eau, quand il poussa un cri.

– Des requins ! Lila ! Des requins !

Lila lui saisit le poignet.

– Où ça ? Tiens-toi à moi. Ne bouge pas.

Fred scruta les alentours. Il n'y avait que l'étendue d'eau et le martèlement de la pluie.

– Il n'y a pas de requins dans l'Amazone, Max, dit-il. Ne t'inquiète pas.

Mais en disant ça, il vit ce que Max avait vu : un aileron qui dépassait de l'eau.

Connie hurla. Lila émit un sifflement. Fred se figea. Les mâchoires contractées, il lâcha :

– Max. Éloigne-toi du bord du radeau.

Puis l'aileron disparut, et un corps incurvé, d'un gris rosé bondit hors de l'eau et s'arrondit sous la pluie et le soleil couleur tonnerre.

– Un dauphin ! s'écria Lila.

Son visage était métamorphosé.

Fred se frotta les yeux et regarda de nouveau ; il n'avait pas rêvé. Le dauphin était rose.

Un nouvel arc rose suivit le premier, puis un autre. Son dos arrondi émergea de l'eau quand il plongea. Un jet d'eau jaillit de son évent. Ils s'approchaient.

– On saute à l'eau ? proposa Fred. Vous pensez qu'ils nous laisseraient jouer avec eux ?

– Non ! dit Connie. Il y a peut-être des piranhas !

Le banc de dauphins tournait autour du radeau, en gardant une certaine distance. Ils étaient cinq, compta Fred, ou peut-être six. L'un d'eux bondit hors de l'eau, à seulement deux mètres d'eux.

Max applaudit en piaillant.

– Chut ! fit Lila. Il ne faut pas qu'on fasse de bruit, Maxou. Ils sont en train de décider s'ils peuvent nous faire confiance ou pas.

Il semblait en effet que c'était ce qu'ils faisaient : leur façon de se rapprocher et de reprendre leurs distances avait l'allure d'un test. Soudain, sans signe avant-coureur, le banc s'éloigna. La pluie s'intensifia.

Le cœur de Fred fit un bond dans sa poitrine. C'était insupportable de les voir partir. Il ôta ses chaussures, se mit debout et plongea, puis nagea énergiquement vers les dauphins en train de disparaître.

Quand il les rejoignit, quatre d'entre eux accélérèrent et s'enfoncèrent plus profondément dans l'eau, mais l'un des dauphins se retourna. Fred s'arrêta et tendit la main.

Il essayait de rester le plus immobile possible. Le dauphin nagea vers lui ; Fred vit une ombre s'approcher sous la surface. Il inspira vivement et cracha de l'eau. L'animal était d'un gris rosé et avait le dos couvert de profondes cicatrices. Son museau était bordé de dents inquiétantes, mais il avait un regard doux, posé.

Fred s'efforça de calmer sa respiration. C'était la chose la plus extraordinaire qu'il ait jamais vue ; on aurait dit un dieu des rivières, un dieu meurtri. Fred lui tendit à nouveau la main.

– Bonjour, chuchota-t-il. Je m'appelle Fred.

Le dauphin posa le bout du nez dans la main de Fred. L'étonnante rugosité de sa peau fit sursauter le garçon. L'animal lui tapota la main, puis renifla comme s'il était déçu et replongea dans les profondeurs.

Fred l'observa, pensant que son ombre allait disparaître. Mais quand il se tourna vers le radeau, le dauphin émergea brusquement devant lui. Il sauta au-dessus de sa tête, en l'arrosant d'écume, replongea et disparut.

Du radeau, les autres criaient et lui faisaient signe de revenir. Ils le hissèrent à bord, tâchant tous les trois de l'empoigner en même temps.

Fred resta interdit, incapable de prononcer un mot. Il n'en avait pas envie. Il voulait que ce souvenir reste gravé avec netteté dans sa mémoire. Il imagina la tête de son père lorsqu'il lui raconterait ça. Son cœur tambourinait de joie dans sa poitrine. Mais les autres le submergeaient de questions et de suggestions.

– On aurait dit qu'ils nous faisaient confiance ! éclata Connie.

– Ou peut-être qu'il a cru que tu allais lui donner à manger ? suggéra Lila.

– Peut-être que quelqu'un leur a donné les sardines de la boîte ? supposa Fred.

Plus tard ce jour-là, alors que la faim commençait à donner des vertiges à Fred, Lila repéra un figuier sur la berge. Fred y grimpa et le secoua pour faire tomber les fruits sur le radeau. Ils nouèrent les manches et le col de son pull de cricket pour en faire un sac. Max les compta au fur et à mesure qu'ils les glissaient dedans.

– Cent vingt-dix ! s'écria-t-il triomphalement.

Derrière lui, Lila articula en silence :

– Cinquante-trois.

– J'ai toujours eu horreur des figues, à l'école, dit Connie. Je trouvais qu'elles avaient un goût de morve. Mais en fait, c'est ce qu'il y a de meilleur au monde.

Max puisa une poignée de figues dans le sac et les fourra dans sa poche.

– Celles-là, elles sont à moi. J'aime pas partager, dit-il d'un ton hautain.

Lila donna une figue à Baca, qui la dévora avidement – et déféqua généreusement sur ses genoux une demi-heure plus tard.

Elle rit et lava sa jupe depuis le bord du radeau.

– Les paresseux ne font caca qu'environ une fois par semaine, alors au moins, on est tranquilles pour quelques jours.

Baca était maigre et ses yeux paraissaient encore plus grands que d'habitude.

– À chaque fois, ils expulsent la moitié de leur poids en caca, précisa-t-elle.

– Ça doit être… stressant, commenta Connie.

La surface du radeau était constamment balayée par l'eau de la rivière, alors Lila étendit sa jupe propre sur ses épaules pour la mettre à sécher. Elle descendait la rivière tel un épouvantail flottant, à présent. Les chaussures et le short de Fred étaient trempés ; en revanche, sa chemise était toujours parfaitement sèche.

Le soleil tapait plus fort que jamais. Les joues et le front brûlés de Connie devinrent rose vif. Avec des algues et des feuilles tressées, Lila lui fabriqua une compresse fraîche qui faisait dégouliner de l'eau verte dans ses sourcils, mais apaisa un peu la brûlure.

Cette nuit-là, alors qu'ils étaient couchés sur un lit de feuilles tombées, Baca traversa l'épaule de Lila, lui renifla le cou et escalada le mollet de Fred. Les paresseux sont des animaux nocturnes, mais Baca semblait étonnamment vif pour un paresseux. Il enroula solidement ses bras et ses jambes autour du genou de Fred et se mit à mordiller son short.

Fred resta immobile et tâcha de ne pas remuer la jambe en contemplant les étoiles. Elles dessinaient des spirales, des bêtes galopantes et des nuées de papillons blancs dans la nuit.

Lila les regardait aussi.

– Fred ? chuchota-t-elle. Tu dors ?

– Non, répondit-il tout bas.

– La lune est tellement proche, souffla-t-elle d'une voix endormie. On a l'impression qu'on pourrait la mettre sur notre tête comme un chapeau.

Fred acquiesça dans le noir, mais ne dit rien.

– Chez moi, reprit-elle à voix basse, on ne voit que de petits rectangles de ciel – juste ce qui tient entre les immeubles et les clochers des églises.

– Oui, murmura Fred. Je n'avais jamais rien vu de pareil.

Lila ajouta encore plus bas :

– Fred ? On va s'en sortir ?

Il garda les yeux fixés sur le ciel.

– Je ne sais pas.

Connie s'étira et se tourna vers eux.

– Tu as peur ? chuchota-t-elle.

– Oui, dit Fred.

Il n'avait jamais eu si peur de sa vie. Mais ils étaient vivants. Il s'accrocha à cette idée.

– Moi aussi, admit Lila. Ne le dis pas à Max.

– Moi aussi, murmura Connie avec un grognement dégoûté. Mais bon, c'est flagrant. Je ne comprends pas comment vous faites pour le cacher, vous.

Ils restèrent allongés à respirer, tout proches les uns des autres.

– Quand ce sera fini, tout ça, promettons-nous de nous retrouver quelque part, dit Lila.

– Où ça ? demanda Connie.

– C'est quoi, le restaurant le plus célèbre de Londres ?

– Le *Ritz* ? suggéra Fred.

– Alors on se retrouvera là, déclara Lila, et on goûtera tous les gâteaux, ce sera comme un rêve.

– Et le chocolat chaud, murmura Max, aux trois quarts endormi.

– Max, dit Lila en pivotant pour lui caresser le front, rendors-toi.

Fred jeta un coup d'œil aux trois autres. Connie avait fermé les yeux. Elle avait les sourcils froncés, mais un demi-sourire ourlait ses lèvres.

Le quatrième jour, la rivière commença à changer. Les arbres s'étiraient au-dessus d'eux, formant une voûte dense, et l'eau était gorgée d'algues. Il n'y avait plus ce parfum de fraîcheur. Des poissons ondulaient entre les roseaux.

– C'est… des piranhas ? demanda Connie.

Lila regarda par-dessus le bord du radeau et hocha la tête, la mâchoire crispée. Elle caressa Baca, qui pendait à son cou, et enfouit le menton dans sa fourrure. Quand elle expira, elle avait une respiration tremblante.

C'était le milieu de la matinée, mais la lumière s'estompa quand les branches s'épaissirent au-dessus d'eux.

– C'est moi, ou la rivière nous est devenue hostile ? lança Connie.

– C'est pas seulement toi, répondit brièvement Fred.

Sa lèvre supérieure et son front dégoulinaient de sueur ; et il ne transpirait pas seulement à force de planter la perche. Mais il avait la carte en écorce de Connie dans la poche, et cette idée réchauffa sa poitrine et refoula les doutes qui lui glaçaient l'estomac.

Le courant avait beau leur être favorable, ça lui faisait mal aux bras, au dos et aux mains de naviguer entre les algues.

– Attention ! cria Lila.

Fred sursauta et regarda autour de lui, cherchant quelque chose qui s'apprêtait à le frapper au visage, puis observa sans bruit le serpent qui glissa le long d'une branche, remonta en spirale le tronc d'un arbre et disparut dans la verdure au-dessus de leurs têtes. Même Max n'avait pas bougé d'un pouce.

– C'est presque sûr qu'il n'était pas mortel ! assura Fred.

Il grimaça. Il avait voulu paraître rassurant, mais sa voix évoquait quelque chose entre « le menteur désespéré » et « la tante revêche sur son lit de mort ».

Il se concentra sur la perche pour doubler son allure jusqu'à ce qu'ils soient sortis des algues, et ils filèrent dans le couloir vert sombre formé par les arbres voûtés.

– On n'est pas loin, dit-il. Sur la carte, cette rivière continue jusqu'à un lac. Je pense qu'il est à trois ou quatre heures d'ici, mais c'est difficile à dire. Ensuite, il y a un carré noir, puis un trait court qui désigne peut-être un chemin ou une rivière, mais qui était peut-être juste un gribouillis. Et enfin le X.

Connie attrapa un bâton aplati qui passait près d'eux dans l'eau et se mit à ramer.

– Plus vite on y sera, plus vite on connaîtra le pire.

Le radeau suivit le cours de la rivière. La perche de Fred, impatient de voir ce qui les attendait au détour du virage suivant, projetait des éclaboussures.

Il contourna un arbre tombé qui flottait dans l'eau, suivit encore un couloir d'eau sombre pendant cinq minutes et, sans signe précurseur, découvrit qu'ils étaient arrivés à l'embouchure d'un petit lac.

Le lac était d'un bleu exquis, il scintillait sous le ciel sans nuages, mais Fred ne le remarqua même pas. Les quatre amis, accroupis sur le radeau, regardaient en l'air, la mâchoire béante et les yeux écarquillés.

Il y eut un long silence.

Puis Lila lança :

– Je vous ai déjà dit que j'ai le vertige ?

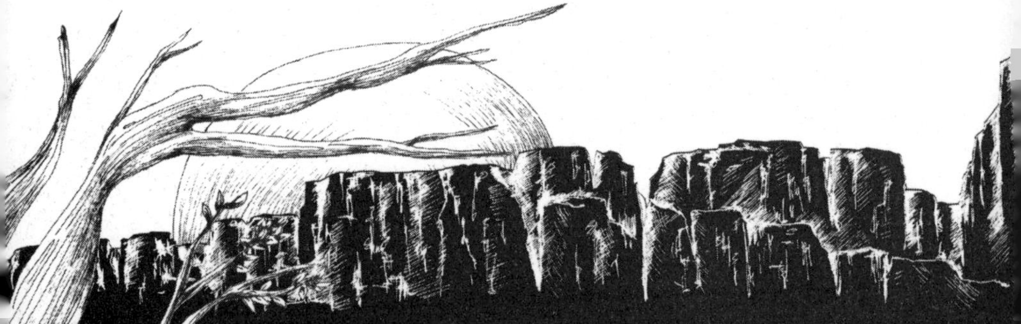

EN HAUT DE LA FALAISE

Une immense falaise, couverte de plantes grimpantes, se dressait au-dessus de la jungle. Elle faisait cinquante fois la taille de Fred. La paroi rocheuse devait être grise, mais elle était tellement couverte de feuillage qu'elle semblait sortir de terre comme une plante qui pousse, une gigantesque extension verte du sol de la jungle.

– C'est *ça* que le carré noir indiquait, souffla Fred.

– Oh *non* ! chuchota Connie. Je ne veux pas faire ça.

La main de Lila, qui tenait fermement Baca sur son épaule, tremblait.

– Fred ? Tu serais capable d'escalader ça, toi ?

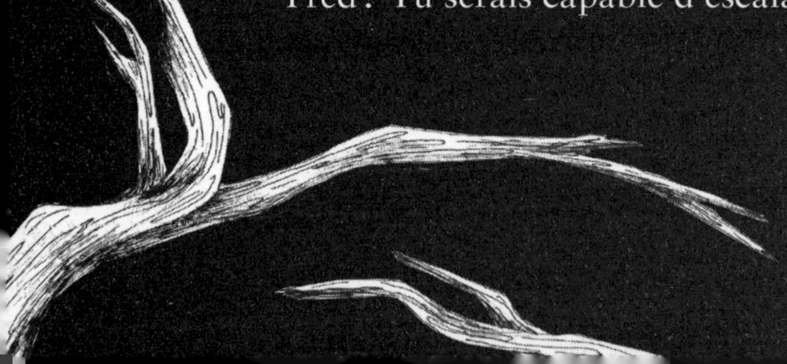

Fred déglutit.

– Bien sûr, mentit-il.

Il scruta la vaste surface verte. Ce serait comme escalader une cathédrale verte, songea-t-il.

– On en est tous capables. Il y aura tellement de prises que ce sera aussi facile que monter une échelle.

– Max ne sait pas monter aux échelles, objecta Lila.

– Dans ce cas, l'un d'entre nous peut se l'accrocher dans le dos avec des lianes, dit Fred.

– Je ne pense pas..., commença Connie.

Mais Fred voulait absolument savoir ce qu'il y avait au sommet de cette falaise. Il n'avait jamais rien autant voulu de sa vie.

– Où est-ce qu'on irait, si on faisait demi-tour maintenant ? lança-t-il.

Lila mordilla une de ses tresses. La peur lui contractait la mâchoire, mais elle avait un regard décidé.

– On est obligés d'essayer, non ? Là-haut, il y a peut-être quelqu'un qui peut nous ramener chez nous.

Ils amarrèrent le radeau et se frayèrent un chemin à travers la jungle pour rejoindre la falaise. La forêt était si dense qu'ils durent forcer

pour se faufiler entre les arbres, et même s'il n'y avait que deux cents mètres à parcourir, il leur fallut une demi-heure entière pour hisser Max par-dessus des troncs d'arbres et se glisser sous les branches hérissées de méchantes épines. Fred se dressa au pied de la falaise et posa une main dessus. La pierre était chaude au toucher, et irrégulière – ce qui l'aiderait à trouver des prises, se dit-il. Les plantes qui la tapissaient paraissaient solides. Il tira sur une poignée de lianes fines sans parvenir à les arracher ; elles tinrent bon.

– Vous voyez ? Ce sera comme quand on grimpe à la corde, au collège, en cours de gym. Ça va être simple !

– Je déteste grimper à la corde, observa Connie. Alors non, en fait, c'est *pas* simple.

– Je pourrais monter tout seul, proposa Fred, et vous crier ce qu'il y a là-haut ?

Lila secoua la tête. Elle paraissait soudain beaucoup plus âgée et plus sévère que les autres.

– On ne se sépare jamais en terrain inconnu, dit-elle. On vient avec toi.

Elle décrocha Baca du creux de son coude et l'installa en sécurité dans sa nuque, en enroulant ses tresses autour de son petit corps pour bien l'amarrer.

– Mais je ne peux pas porter Max, ajouta-t-elle. On se tuerait tous les deux.

Fred s'efforça de chasser la moindre trace de doute de sa voix :

– Je peux le prendre sur mon dos.

– Et Max, il n'a pas son mot à dire ? Max ne veut pas, intervint Max.

– Non, dit Lila d'un air encore plus sévère. Tu n'as pas ton mot à dire. Je ne t'oblige presque *jamais* à faire des choses que tu ne veux pas faire, à la maison, Max. Mais ça, il faut que tu le fasses.

– Non !

– Si ! On va t'attacher sur le dos de Fred avec des cordes, comme ça tu ne tomberas pas. Tu peux pleurer si tu veux, ça ne servira à rien, déclara-t-elle lorsque son frère se mit à sangloter.

Max ne facilita pas l'ascension. Son poids et son hostilité empêchaient Fred de grimper à son rythme habituel. Il fit l'ascension très lentement. Max respirait bruyamment à son oreille ; il lui bavait dans les cheveux et il était lourd. À peine parvenu à la moitié de la falaise, Fred avait mal partout.

Il grimpait en tête. Connie et Lila choisissaient les mêmes prises que lui. Deux fois, il emprunta le mauvais chemin et dut leur crier des excuses quand il battit en retraite et se déplaça latéralement, avec une lenteur insupportable, pendant que les pieds de Max s'enfonçaient dans ses côtes.

– Il faut repartir en arrière… mais ne regardez pas vers le bas ! lança-t-il aux filles.

– On l'a déjà fait, cria Connie en retour, d'une voix

étranglée par l'angoisse. Ce n'était pas une bonne idée.

Fred secoua la tête pour chasser un scarabée de son œil et saisit une nouvelle poignée de plantes pour se hisser. Petit à petit, les racines des arbres qui poussaient dans la roche apparurent dans son champ de vision, et puis le sommet de la paroi s'inclina pour devenir une pente couverte de buissons, et enfin un sol plat. Fred poussa un cri de victoire.

Connie et Lila le suivaient toujours. La première se traîna vers l'arbre le plus proche et cracha une gorgée de bile, de salive, de terreur et de triomphe sur les racines.

– Je n'arrive pas... à croire... qu'on a fait ça, hoqueta-t-elle.

Lila détacha Max et le serra fort dans ses bras. Elle tremblait toujours.

– On a réussi ! lui murmura-t-elle à l'oreille. Imagine comme papa et maman seraient fiers.

– On peut leur dire ?

– Dès qu'on sera de retour à la maison.

Ils étaient tout près l'un de l'autre, tête contre tête, formant soudain un duo à part, et Fred remarqua pour la première fois à quel point ils se ressemblaient : Max avait les yeux et la bouche de Lila.

– On est tout près, maintenant, dit-il. Ça, c'est le gribouillis, je pense.

Il y avait devant eux une sorte de sentier ou de piste tracée par des animaux, ou alors c'était simplement un mirage. Ils se taillèrent un passage dans le feuillage, composé principalement de buissons épineux qui leur arrivaient aux genoux. Ceux de Fred se mouchetèrent de sang. Le sol devint marécageux, et de minuscules insectes volants les assaillirent, s'engouffrant en masse dans leurs bouches et leurs nez.

Connie souffla comme un cheval en agitant les mains devant son visage.

– C'est encore loin ? demanda-t-elle en se tournant vers Fred. Je ne sais pas combien de temps je pourrai encore supporter ça.

Mais alors même qu'elle disait ça, le sol disparut sous ses pieds.

Il s'inclinait subitement, la roche lisse tapissée de mousse lisse. Connie n'eut pas le temps de s'arrêter et dégringola sur le dos, en heurtant des pierres et des racines. Fred s'élança à sa suite, en s'agrippant à des arbres pour essayer de rester d'aplomb. Lila et Max suivirent. Max, sur le dos, hoquetait d'effroi.

Ils finirent en tas au fond. Le menton de Fred percuta la cheville de quelqu'un. Il la repoussa et se frotta les yeux pour en chasser les feuilles. Lila prit Baca dans ses bras et prit Max par le coude.

Ils tournaient le dos à une pente, debout devant une vaste surface rocheuse.

C'était une immense cour de pierre, aussi large qu'un champ de foin et au moins quatre fois plus longue. Le sol était composé de pavés jaunes et blancs, taillés grossièrement mais lisses sur le dessus, comme usés par le passage de milliers de pieds. Il se trouvait dans un creux, de sorte que le sol le dominait tout autour et formait un mur naturel. Au milieu de cette grande cour de pierre se dressaient deux rangées d'arbres formant une avenue. Il y avait des tas de pierres en cinq ou six endroits, comme si de petites maisons avaient bordé chaque côté autrefois.

– Oh la vache ! souffla Lila.

Fred s'avança d'un pas. Il voyait des colonnes de pierre inachevées parmi les arbres. Certaines lui arrivaient à la taille, d'autres étaient plus grandes que lui. Loin, très loin au-dessus de sa tête, la canopée formait un épais toit vert dominant la cour.

– Regardez ! indiqua Fred. Là-bas !

À l'autre bout se trouvait un grand mur de pierre à demi éboulé et couvert de fruits de la passion. Quatre immenses statues de pierre et de bois, plus hautes que deux hommes superposés, bordaient le mur. Certains morceaux s'étaient détachés, mais on voyait ce qu'elles avaient représenté : un singe, une panthère, un homme et une femme.

– C'est une *ville*, murmura Lila.

En entendant un soudain bruit de pas, Fred se

retourna tout à coup et se baissa pour chercher, comme il l'avait fait quelques jours plus tôt, quelque chose à lancer.

Un homme apparut derrière les colonnes de pierre. Il les menaçait avec un couteau.

– Je ne sais pas ce que vous pensiez faire, dit-il, mais je vous déconseille de le faire.

LA CITÉ EN RUINE

C'était un homme de haute taille. Ses bras et ses mains étaient couverts de cicatrices et de brûlures ; de vieilles cicatrices blanches s'entrecroisaient avec les nouvelles, plus rouges. Il pointait son couteau à la hauteur de leur cou, d'un air dégagé, comme si c'était une baguette.

– On dirait le minotaure, chuchota Connie.

À côté de l'homme se dandinait un énorme vautour, avec une tête rouge et un bec incurvé ; il lui arrivait plus haut que les genoux.

– Ce petit avec un costume affreux, là… Qu'est-ce qu'il a ?

Il avait les narines dilatées, qui frémissaient quand il parlait. Il s'exprimait d'une voix grave. Et son accent, songea Fred, n'aurait pas détonné parmi des

gens portant des costumes bien coupés et conduisant des voitures de sport.

Il y eut un silence, que troublaient seulement les sanglots de Max.

– Alors ? insista l'homme.

Il fit tourner son couteau entre ses doigts. Son pouce avait perdu sa dernière phalange.

– Il pleure, dit Fred.

– Pourquoi ? On dirait les cris d'un hibou mourant. Ou un lion qui soufflerait dans la corne d'un navire.

Fred avait le cœur battant. Il fut surpris de répondre d'une voix presque calme :

– Il a cinq ans.

– C'est pas une raison.

– Vous braquez un couteau vers sa tête, rappela Lila.

– C'est pas une *bonne* raison.

Mais il baissa son couteau.

L'homme s'avança dans une tache de lumière et ils le virent plus nettement.

Il était magnifiquement bien habillé, mais ses vêtements empestaient. Son pantalon, remarqua Fred, était parfaitement ordinaire : un treillis vert, usé aux genoux et d'une propreté impeccable ; c'était cependant la seule chose normale sur sa personne – avec une chemise blanche, déchirée au coude et rapiécée avec de la fibre de cocotier.

Ses chaussures semblaient faites en peau d'alligator, avec des lianes très fines en guise de lacets. Une veste faite de fourrures noires pendait sur ses épaules. Les boutons, c'étaient des dents de caïman. Il portait des manchettes de cuir à chaque poignet et une chevalière à l'auriculaire.

De loin, il avait l'allure de quelqu'un se rendant à une fête dans une maison de campagne. De près, on aurait dit un Premier ministre vêtu de choses volées à des animaux.

Connie déglutit et lâcha dans un murmure :

– C'est moi, ou c'est le genre d'individu dont on ne peut pas être sûrs qu'il ne va pas nous tuer ?

Elle avait les yeux écarquillés et la peau du visage tendue.

Fred s'était raidi de la tête aux pieds. La colonne

vertébrale, les épaules et les genoux figés, il parvint à hocher la tête d'un demi-centimètre. Il souffla en coin :

– C'est pas toi.

L'homme fit de nouveau un pas vers eux; sa jambe droite se baladait légèrement vers la droite quand il marchait. Fred remarqua alors que son pied droit était maintenu par trois fines baguettes soigneusement polies. Malgré sa claudication, ses cicatrices et sa barbe, il le faisait penser à une panthère. Un fauve aux mâchoires puissantes et aux manières abruptes.

– Qui êtes-vous ? demanda l'homme.

Aucun des enfants ne répondit. Ils se regardèrent. Personne ne voulait être le premier à parler.

– Comment êtes-vous arrivés ici ? demanda encore l'homme avec impatience.

Fred s'efforça d'inspirer à fond.

– Notre avion s'est écrasé. Et le pilote est mort. Et on a suivi les indications d'une carte.

Il fourra les mains dans ses poches et tenta de prendre un air nonchalant tout en essayant de trouver une arme au cas où il faudrait se battre. Il ne sentit qu'une poignée d'açaïs écrasés, qui ne risquaient guère de faire beaucoup de dégâts en cas de combat.

– Montre-moi.

Fred fouilla dans sa poche arrière, avec des doigts

soudains rétifs et maladroits, et lui tendit le morceau d'écorce.

L'homme y jeta un coup d'œil.

– Qui a dessiné ça ?

En silence, Connie leva la main.

– D'après quoi ?

Connie secoua la tête pour faire tomber ses cheveux devant son visage comme une vague protectrice.

– Alors ? insista l'homme.

– On a trouvé une carte dans un arbre, expliqua Fred. Connie en a fait une copie quand la carte a été mouillée.

L'homme chiffonna le morceau d'écorce dans sa main.

– S'il vous plaît, intervint Lila. Ne vous fâchez pas. Tout ce qu'on voulait, c'était rentrer chez nous.

L'homme regarda le vautour comme s'il cherchait l'inspiration.

– Et qu'est-ce que je suis censé faire de vous maintenant ?

– Rien ! Nous laisser rester ici un moment ? On ne fera pas de bruit, assura Lila.

Max sentit le regard de l'homme tomber sur lui et il se remit à pleurer. L'homme émit un son entre le soupir et le grognement.

Lila prit Max dans ses bras.

– Désolée.

Elle avait la voix tremblante. Baca perçut la peur sur sa peau et poussa un miaulement de chat.

– Il n'a que cinq ans, murmura-t-elle.

– Vous n'arrêtez pas de répéter ça comme si c'était une explication. Je suis censé l'*apprécier* simplement parce qu'il est petit ? Je n'aime pas la nourriture pas cuite. Les enfants, c'est juste des adultes pas cuits.

La lèvre inférieure de Connie se mit à trembler. Fred la regarda, surpris – mais il déplaça sa chaussure d'un demi-centimètre pour que leurs pieds se touchent.

L'homme observa les enfants alignés devant lui, tremblants d'appréhension et d'espoir. Il soupira.

– Vous avez soif ?

– Oui, dit Fred.

– Très, ajouta Lila.

– Très très beaucoup, dit Max.

Il renifla, toujours en larmes, et essuya une grosse traînée de morve sur son poignet.

– Attendez-moi là, dit l'homme en fusillant Max du regard. Ne touche pas au vautour ! Il mord quand il a peur, et un rien lui fait peur. Les vautours ont une âme nerveuse.

Il s'éloigna dans la grande cour de pierre et s'arrêta près d'une souche aussi large qu'un puits. Il souleva une pierre qui couvrait le dessus. Fred s'abrita les yeux et l'observa ; la souche avait été creusée et remplie d'eau. L'homme y plongea un grand bol vert et revint vers eux à pas lourds.

– Tiens.

Il tendit brusquement le bol à Fred. La bague qu'il portait au petit doigt n'était pas en or, nota Fred, mais en os décoré d'écailles de poisson irisées.

Le garçon examina le bol qu'il tenait. C'était un casque d'explorateur dont les bords avaient été courbés. Fred le renifla. L'homme haussa les sourcils.

– Je t'assure qu'elle est parfaitement propre.

Fred en but une gorgée. Heureusement, elle n'avait pas un goût de cheveux, juste un léger goût de bois, d'oiseaux et de forêt tropicale. Il but avidement et le passa à Lila, qui le tendit à Max, qui plongea la tête entière dans le casque.

L'homme attendit que les quatre enfants aient bu. Puis il reprit le bol et le proposa au vautour.

Pendant que l'oiseau buvait, l'homme lui posa une main sur la tête et lui caressa le bec avec le pouce. Il avait le visage crispé.

– Qu'est-ce que vous voulez ?

Les enfants se regardèrent.

– On aimerait que vous nous aidiez à rentrer chez nous, répondit Lila tout bas, si bas qu'il dut se pencher pour l'entendre.

– Et pourquoi je devrais faire ça ?

– Je ne vais pas pouvoir veiller sur Max beaucoup

plus longtemps. Il a des allergies, il fait des cauchemars et je ne sais pas comment je pourrai l'habiller s'il continue à faire des trous dans ses vêtements. Je vous en prie, aidez-nous.

Pendant qu'elle parlait, le vautour s'éloigna de son maître et se dirigea droit sur Max, qui reniflait en hoquetant. Un filet de morve s'étirait de son nez jusqu'à sa cheville.

Le vautour se pencha vers les pieds de Max et picora la morve, puis cala son bec dans la chaussure de Max et inspira à fond par les trous de son bec.

– Qu'est-ce qu'il fait ? demanda Max, les yeux écarquillés de terreur.

Malgré tout, il se baissa et toucha la tête chauve du vautour, qui fit claquer son bec. Max retira vivement sa main, puis, avec plus d'assurance, la reposa sur la tête de l'animal.

Le vautour émit un croassement guttural qu'on aurait presque pu prendre pour un miaulement.

Max leva la tête et sourit à l'homme.

– Il est à moi, maintenant.

L'homme regarda alternativement l'enfant et l'oiseau, puis reporta son attention sur Fred, Lila et Connie. Son visage ne trahissait aucune émotion, mais ses yeux en disaient long.

– Je ne devrais pas me fier à l'instinct de cet oiseau. Il pense sans doute simplement que le môme sent bon la viande. Mais bon. D'accord. Venez avec moi.

Il les entraîna sur l'avenue pavée. Une cascade de questions déferla dans la tête de Fred : Qui était cet homme ? Comment était-il arrivé ici ? Allait-il les aider ? Mais il y avait dans sa démarche quelque chose qui n'encourageait pas les conversations.

La canopée était si épaisse, au-dessus de leurs têtes, que la lumière était filtrée, teintant le chemin d'un vert opulent. L'homme les conduisit à un endroit où l'on avait empilé des blocs de pierre, joints par de la boue, pour former les trois côtés d'une réserve. Elle était vide, hormis les fleurs bleu vif et vertes qui poussaient dans les fissures. Des plantes grimpantes s'enchevêtraient sur le dessus, formant une sorte de toit.

– Voilà, dit l'homme. Vous pouvez dormir là.

– Qui a construit ça ? Vous ?

– Non, répondit-il sèchement. Pas moi.

Il jeta un coup d'œil au sol de pierre.

– Je vous fabriquerai peut-être des tapis de sol en roseau ce soir. Si j'ai le temps. Les plantes grimpantes vous abriteront s'il pleut. Plus ou moins.

– Merci, dit Fred.

Connie n'avait toujours pas ouvert la bouche, mais elle le remercia d'un signe de tête.

– Mais au-delà des statues et de ce rideau de lianes… Vous voyez ?

Il pointa le doigt. Fred regarda dans la direction qu'il indiquait et vit, à l'autre bout de cette place de village, tombant du mur derrière les statues, un grand rideau de plantes grimpantes qui pendaient.

Ils acquiescèrent.

– N'allez pas plus loin que ça. Vous comprenez ? C'est mon espace privé, là-bas.

Connie essaya de prendre la parole ; elle ne parvint à émettre qu'un bredouillis étranglé.

– On a compris, assura Lila.

– Je suis sérieux. Tenez parole ou je vous coupe les oreilles et je les donne au vautour pour qu'il s'en fasse un chapeau.

– Non ! gémit Max.

Il se plaqua les mains sur les oreilles.

– Je ne l'aime pas, celui-là !

– Chut, Max, fit Lila. Il ne dit pas ça sérieusement.

Fred étudia l'homme. Il était à peu près sûr que Lila avait raison, mais ça semblait risqué de supposer qu'une personne qui utilisait des dents en guise de boutons puisse plaisanter.

Max tira sur le pantalon de l'homme.

– À quelle heure on mange ?

L'homme le regarda, abasourdi.

– Quand on veut.

– Ah... mais... enfin, quand ça vous arrangera, dit Connie.

Elle avait la voix rauque; cependant elle semblait soulagée de l'avoir retrouvée.

– On mange chaque fois qu'on attrape quelque chose et qu'on le fait cuire. En général, c'est comme ça que ça marche. Sauf si on n'attrape rien.

– Mais... Vous n'allez pas... C'est vous, l'adulte.

– Je suis *un* adulte, c'est sûr. Regardez, il y a des baies. Et peut-être des bananes dans les arbres du coin ouest, si les singes ne les ont pas mangées cette nuit. Et vous pouvez chasser.

– Mais vous êtes grand, insista Connie, les sourcils froncés.

Elle avait définitivement retrouvé sa voix, à présent.

– Ce sont les grands qui font à manger aux enfants. C'est la règle. On a toujours fait comme ça.

L'homme parut perdre patience.

– Ma chère petite...

Il s'accroupit devant elle, dangereusement proche.

– Avec tout ça (d'un geste, il désigna les colonnes de pierre, ses chaussures à écailles et le vautour), qu'est-ce qui te permet encore de croire que ça m'intéresse, la façon dont on a toujours fait les choses ?

– Mais c'est pas comme ça que ça marche dans le monde normal.

– C'est *ça*, le monde normal.

Il donna un coup de poing sur le sol de pierre.

– Ça, ici. Le monde normal, c'est l'endroit où on se sent le plus vrai.

– Mais qui êtes..., commença Fred.

– Mais s'il vous plaît..., dit Lila.

– Mais vous ne..., jeta Connie.

Les trois enfants tendirent la main pour l'empoigner.

– Seigneur ! dit l'homme. J'ai l'impression de voir un chien manger une abeille. Vous avez six mains à vous trois. Voire huit, si on compte le mioche qui essaie de manger une libellule.

– Max ! tempêta Lila. Arrête ça !

– Vous avez des couteaux, au moins ?

– On en a un pour quatre, dit Fred. On l'a trouvé.

Ça ne paraissait pas être le bon moment pour lui expliquer que, techniquement, ce couteau avait presque certainement appartenu à ce grand inconnu buriné, habillé de cette manière incongrue : il risquait peut-être de le leur réclamer.

L'homme soupira.

– Je vais vous donner un silex à chacun. Comme ça vous pourrez chasser, au moins.

Il s'approcha d'une autre souche, ôta une petite pierre du dessus et prit quelque chose dans le creux.

– Tenez. Ils sont déjà aiguisés.

Il leur tendit à chacun une pierre taillée habilement pour former une grande pointe de flèche. Fred en testa le bord sur son pouce. Le silex trancha sa peau, et une goutte de sang y perla.

L'homme haussa les sourcils.

– Tu peux utiliser une feuille de bananier comme pansement. Si tu perds des doigts qui valent la peine d'être mangés, donne-les au vautour.

Il tendit une pierre à Max.

– Tiens, jeune « cacophonie ». C'est le plus affûté, celui-là.

– Max est trop petit pour avoir un couteau, intervint Lila.

Elle essaya de le reprendre à son frère, mais celui-ci s'écarta d'un bond et cacha les mains dans son dos.

– Ah oui ? Comment tu le sais ? fit l'homme.

Il semblait vraiment intéressé.

– C'est... C'est comme ça, c'est tout ! On ne donne pas de couteaux aux petits garçons.

– Je suis à peu près certain qu'on m'a donné un couteau très jeune. Et je suis parfaitement normal aujourd'hui.

Fred observa les boutons de sa chemise ; ils luisaient au soleil, blancs et pointus. Le garçon ne dit rien.

L'homme soupira.

– Il se fait tard. Vous pouvez prendre quelque chose dans mes réserves à moi... mais seulement ce soir. Ne vous imaginez pas que ce sera toujours comme ça. Vous allez devoir chasser pour vous nourrir.

Les quatre enfants poussèrent de grands soupirs de soulagement. L'homme repartit à grandes enjambées vers la souche creuse et se pencha vers un tas de pierres entreposées à côté. De près, elles semblaient avoir été disposées pour former autre chose qu'un tas : un rectangle avec des pierres larges, placées en travers sur le dessus. L'homme souleva deux de ces pierres, plongea la main dans le tas et en sortit un cadavre d'oiseau, plumé mais pas vidé de ses entrailles.

– Un caracara, dit-il.

Il le lâcha dans les mains de Fred. L'oiseau était frais et moite.

– Ils sont aussi communs que les rats par ici.

– Merci. Vous pouvez nous dire comment le vider ? demanda timidement Fred.

– Avec les silex, mon grand !

– Mais quelle est la meilleure manière de s'y prendre ? Monsieur, ajouta-t-il au cas où.

– Quand le premier homme a appris à faire la cuisine, il s'est débrouillé sans livre de recettes. Il a trouvé un moyen. *Trouve un moyen.*

Les quatre enfants le dévisagèrent avec des yeux ronds.

Il soupira.

– Coupez le ventre dans la longueur, sortez tout ce qui vous paraît trop compliqué et faites cuire le reste.

La règle de base, avec les tripes, c'est qu'il ne faut pas manger ce qui demanderait plusieurs couleurs pour qu'on le dessine. Donc les rognons, ça va – c'est d'un brun rougeâtre –, les intestins un peu moins, sauf pour les grands courageux.

– Mais... rapidement, avant que vous partiez... comment on le fait cuire ? demanda Lila.

– Avec du feu.

Il eut un demi-sourire.

– Sinon celle-là, la blonde qui fait une tête de cow-boy s'apprêtant à dégainer dans une bagarre de saloon, peut essayer de le faire cuire en le regardant comme ça.

– Attendez... S'il vous plaît, juste une seconde..., tenta Fred alors que l'homme se détournait pour s'en aller. Qui êtes-vous ? Comment doit-on vous appeler ? C'est quoi, cet endroit ? Comment êtes-vous arrivé ici ? Vous êtes un explorateur ? Vous vivez là ? Vous avez l'intention de nous aider ? On a besoin de le savoir !

Fred repensa à tous les explorateurs dont il avait lu les aventures ; il y en avait tant qui étaient partis dans la jungle et n'avaient jamais reparu. Percy Fawcett et son fils Jack. Raleigh Rimell. Christopher Maclaren. Il essaya de se rappeler la tête des photographes qu'il avait vus dans le journal.

L'homme se tourna face à lui avec une expression

qui allait de la nostalgie à quelque chose de plus noir, de plus difficile à déchiffrer.

– Je suis un pilote de brousse. Pas un explorateur. Je transportais des provisions entre Manaus et les petites villes des alentours. Je me suis écrasé ici il y a quelque temps.

– Qu'est devenu votre avion ?

– Et le vôtre ?

– Il a brûlé, dit Fred.

L'homme hocha la tête.

– Exactement.

– Et votre nom ? Moi, je suis Fred. Et voici Lila, Connie et Max.

Un air fermé comme une porte de prison apparut sur le visage de l'homme.

– Les noms ne m'intéressent pas. On est dans la jungle d'Amazonie, là, pas dans un club privé de Pall Mall.

– Mais qu'est-ce qu'on dit, alors ? demanda Connie. Je veux dire, si on a besoin de vous appeler ?

Il haussa les sourcils si haut qu'ils frôlèrent la base de ses cheveux.

– Vous ne dites rien, jeta-t-il avant de tourner les talons.

Il traversa la place à vive allure, les épaules voûtées, en direction des lianes qui formaient un rideau impénétrable. Il écarta des branches et disparut. Bien que boiteux, il marchait d'un pas incroyablement silencieux.

– Tu l'as fait fuir ! dit Max à Connie d'un ton accusateur.

– Je ne suis pas la seule ! protesta-t-elle. On l'a tous fait fuir. D'ailleurs, on ne l'a pas effrayé, je pense qu'on l'a *agacé*, plutôt.

– Je ne savais pas que ça pouvait être si scandaleux de demander son nom à quelqu'un, grommela Lila.

– Je sais comment on va l'appeler, dit Max avec un grand sourire orgueilleux. On n'a qu'à l'appeler « l'Explorateur ».

– Mais il vient de nous dire qu'il n'est *pas* explorateur ! s'énerva Connie. Tu n'as pas écouté ?

– Il a un casque d'explorateur, répliqua Max. Et un vautour. Alors tu vois.

L'EXPLORATEUR

L'Explorateur revint alors qu'ils faisaient rôtir le caracara, accroupis devant leur chambre en pierre, avec la viande sur des baguettes. Il tenait une brassée de mangues en équilibre sur un bras, et une gourde remplie d'eau dans l'autre main. Ils ne l'entendirent que lorsqu'il fut tout près. Connie sursauta et lâcha son morceau de l'oiseau dans les cendres.

L'Explorateur ne regardait aucun d'entre eux dans les yeux.

– Vous êtes encore en pleine croissance, lança-t-il d'un ton bourru. Surtout le petit. Je me suis dit que l'oiseau ne serait peut-être pas suffisant.

Il rougit en posant la gourde près de leur feu, lâcha les mangues sur les genoux de Max et tourna les talons.

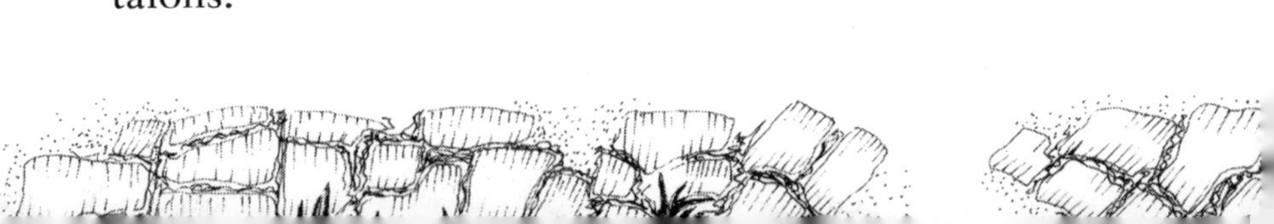

Fred sauta sur ses pieds.

– S'il vous plaît… Une petite minute ! On voulait vous demander… C'est quoi, cet endroit ? Il y a d'autres gens qui le connaissent ? Vous vivez seul ici ?

– Pourquoi ? Vous espériez organiser une petite fête ?

– Ce que j'aimerais savoir, c'est si d'autres personnes y viennent de temps en temps.

– Il y a des gens qui passent par ici quelquefois, oui.

L'Explorateur s'accroupit, prit la viande de Max, qui s'était enflammée, et la secoua pour l'éteindre. Il la tint au-dessus du feu.

– Personne ne reste jamais longtemps. Certains parcourent de très longues distances. Des indigènes, des gens dont les ancêtres ont vécu ici. En général, ils restent quelques jours.

Il tourna le morceau de viande au bout des flammes. Du jus en goutta.

– Oui, ajouta-t-il. Il y a des gens qui viennent.

Connie et Lila échangèrent des regards ravis. Baca, qui était habité d'une énergie inhabituelle – pour un paresseux –, agita une griffe en l'air.

– Ils nous aideraient ? demanda Lila. Ils pourraient nous emmener jusqu'à Manaus ?

– Peut-être. C'est très possible. Ça dépend des gens.

– Ils viennent souvent ? demanda Fred.

– Oh, tous les deux ou trois ans.

L'homme souffla sur la viande et la tendit à Max.

– C'est prêt.

Fred vit Lila et Connie baisser la tête, découragées. Elles paraissaient toutes les deux un peu plus fatiguées, un peu plus vieilles.

– Des années ? répéta Lila. Nos parents ne pourront pas attendre aussi longtemps.

– Non, je m'en doute.

– Mais dans ce cas, commença Connie, vous ne pourriez pas...

Elle s'interrompit quand le vautour émergea de derrière une colonne de pierre en battant des ailes et vint se poser contre le genou de l'homme pour reluquer le morceau de viande de la jeune fille. L'oiseau la fixa en hérissant ses plumes et criailla. Connie serra son repas contre sa poitrine.

Lila reprit :

– Vous pourriez nous aider à rentrer chez nous ?

L'Explorateur les jaugea d'un œil perçant.

– Peut-être.

– Peut-être ? répéta Lila.

– Je pourrais vous indiquer la direction de Manaus. C'est à un mois de marche, ou une semaine et demie en canoë. Je pourrais vous donner des provisions. Et une carte. Je pourrais vous accompagner un bout du chemin. Je vais voir.

Lila s'illumina.

– Ce serait totalement fabu…

– Mais…, la coupa l'Explorateur.

– Mais ?

Fred retint son souffle.

– Vous devrez me jurer de ne jamais parler de cet endroit ; de ne jamais dire que vous avez vu une cité dans la jungle. Plus que jurer ; vous allez devoir me prouver que vous ne le ferez pas.

– Quoi !

Fred regarda l'Explorateur avec stupeur, puis contempla un instant le paysage de pierre vert et or qui s'étendait dans la jungle derrière lui.

– Ne jamais parler de ça ? Pourquoi ?

– Ni de moi. Jamais. Aucun de vous. Y compris le petit.

Fred scruta le visage de l'Explorateur pour voir s'il plaisantait.

– Mais mon père va me demander où j'étais !

Fred avait déjà imaginé la conversation qu'ils auraient ; il dessinerait un plan de la cité pour son père ; il arpenterait la place de la cité pour en mémoriser les mesures ; son père lui presserait l'épaule et le féliciterait d'avoir accompli quelque chose de remarquable. Il s'était déjà représenté son père téléphonant à son ami d'Oxford journaliste au *Times*. Il avait entendu son père lui dire : « Tim ? Figure-toi que mon fils a fait quelque chose d'extraordinaire. »

L'homme l'observait, et son expression n'avait rien de compatissant.

– Il est très probable que tu sois obligé de lui mentir, dit-il.

– Mais... non, le but des explorateurs, c'est de raconter aux gens ce qu'ils ont découvert ! C'est ça qu'ils font.

– Exactement. Et moi, je ne suis pas un explorateur. Je suis un homme qui est ici par accident.

– Mais les gens parlent de ce genre d'endroits depuis des siècles ! protesta Fred. Il faut faire savoir à tous qu'ils n'étaient pas juste des vieux imbéciles aux théories insensées. Qu'ils avaient raison !

– Pourquoi le faut-il ?

– Parce que... si cet endroit existe, ça veut dire qu'ils n'étaient pas des imbéciles... ça veut dire qu'ils étaient des héros !

Ça voulait dire que ce n'était pas idiot, ni insensé,

de rêver de devenir explorateur, pensa Fred sans l'exprimer.

– Les héros n'existent pas, mon petit. C'est une invention qui repose sur des articles de journaux, des phrases qu'on cite et des moustaches photogéniques.

Il émit un grognement de dégoût.

– Pour ma part, je ne supporte pas les moustaches. J'ai toujours considéré ça comme de grotesques sourcils déplacés au-dessus de la bouche.

– C'est pas vrai ! Il y a des hommes qui sont morts en cherchant des endroits de ce genre ! Ils sont morts parce qu'ils voulaient prouver au monde que ça existait !

– Il y a des gens qui sont morts pour bien des raisons. Ce n'est pas difficile de mourir.

– Mais vous avez tort ! Le monde mérite de le savoir !

Fred sentait qu'il avait le front brûlant ; il devait être cramoisi. Mais s'ils en parlaient, son nom, de même que ceux de Lila, Connie et Max, entrerait dans l'histoire. Leurs noms seraient ajoutés à la liste des grandes découvertes.

Comme s'il avait lu dans ses pensées, l'Explorateur eut un rictus.

– Et toi, tu as peut-être envie d'être celui qui leur en parlera ?

Fred recula vivement la tête, comme si l'homme lui avait jeté de l'eau bouillante à la figure.

– C'est pas ça !

L'Explorateur cligna des yeux avec lenteur et mépris.

– Vraiment pas ?

Fred serra le poing.

– Ce serait égoïste de ne pas en parler !

– Ah oui ?

Pour la première fois, Fred se rendit compte que les autres ne s'en mêlaient pas. Connie, assise, regardait ses mains. Lila caressait Baca avec une intensité inhabituelle. Max suçait son poignet d'un air boudeur.

– Fred, souffla Lila sans le regarder, il faut qu'on rentre chez nous.

Connie se rapprocha de lui. Elle lui murmura à l'oreille avec ardeur :

– Tu es ridicule ! Promets-lui ce qu'il veut pour nous tirer d'ici.

– Non, dit Fred.

Et il s'écarta d'elle.

Le murmure de Connie se mua en sifflement :

– On pourra quand même en parler à tout le monde quand on sera rentrés à la maison. Comment le saurait-il ? Il ne risque pas de recevoir le journal ici !

– Non, répéta Fred à voix haute. Je ne promettrai rien.

L'Explorateur se leva, teinté de rouge par la lueur

des flammes. Le feu illuminait ses cicatrices au creux des coudes et aux articulations des doigts.

– Je vous ai demandé quelque chose de facile : vous taire. Vous refusez ?

– Non ! s'exclama Connie. On fera ce que vous voulez. Fred, bon sang, dis-le !

– Vous ne pouvez pas garder ça secret, déclara Fred. Ce n'est pas votre secret à vous.

– Écoutez, dit Connie à l'Explorateur, il ne vous le promettra peut-être pas, mais nous, si ! Vous ne pourriez pas nous aider, nous, au moins ? Il peut rester ici, je m'en fiche.

Cependant, le visage de l'Explorateur devenait rouge dans le cou et blanc autour du nez et de la bouche. La fureur marbrait son visage.

– Tu es un ignare décérébré et avide de gloire, dit-il en lançant un coup d'œil à Fred. Et toi, reprit-il en fusillant Connie du regard, apparemment, tu ne verrais aucun inconvénient à abandonner ton ami. Vous me dégoûtez, tous autant que vous êtes !

– Ce n'est pas mon ami ! Plus maintenant.

– Silence !

Garder son calme ne semblait pas être la spécialité de l'Explorateur. Il haussa le ton jusqu'à rugir :

– Je ne vois aucune raison d'aider le moindre d'entre vous ! Pourquoi je ferais ça ? Bon Dieu, si les enfants servaient à quelque chose, on le saurait.

Il se détourna. Il enfonça les poings dans ses poches, puis en sortit quelque chose.

– J'oubliais : je vous ai apporté ça. Je ne m'attendais pas à cette réponse à ma demande. Aucun de vous ne le mérite.

Max lâcha un miaulement et se roula en boule. L'Explorateur lâcha l'objet par terre et s'éloigna à grandes enjambées dans l'obscurité. Il atteignit le mur d'où ils étaient tombés et se mit à l'escalader, rapidement, en se servant de ses deux bras et d'une seule jambe ; l'autre pendait mollement sur le côté.

– Fred ! s'écria Connie. Tu es totalement injuste. Tu peux mourir ici si ça te chante, mais tu n'as pas le droit de tout gâcher pour le reste d'entre nous.

Max, au bord des larmes, se mit à renifler et à hoqueter.

Fred ramassa l'objet que l'Explorateur avait laissé tomber. C'était un paquet de feuilles tendre, attachées sur le dessus avec d'épais brins d'herbe. Il l'ouvrit. À l'intérieur, il y avait une pincée de sel mêlé à des paillettes vertes – des herbes séchées.

– C'est de l'assaisonnement, dit-il. Pour l'oiseau.

– Arrête de changer de sujet ! aboya Connie. Écoute, il faut que tu acceptes. Cours-lui après et dis-lui que tu as changé d'avis.

– Je ne peux pas.

– Pourquoi pas ? Tu n'es pas obligé de le faire en vrai. Il faut juste que tu le dises !

– Je ne peux pas, c'est tout.

Il pensa à son père. Il se vit retourner au collège. Il ne serait plus seulement « Peterson, le garçon qui n'a plus de mère », mais un garçon qui avait affronté la jungle et découvert tout un monde.

– S'il te plaît, Fred, le supplia Lila. Je t'en prie. Fais ce que te demande Connie. Cours-lui après. Nos parents doivent être tellement inquiets. Ça pourrait les tuer.

Max écarquilla les yeux et Lila soupira.

– Je ne suis pas sérieuse, Max, c'est juste une expression.

– C'est trop tard, de toute façon, dit Fred. Vous l'avez entendu. Il ne veut plus aider le moindre d'entre nous, désormais. Il est trop en colère.

– Parce que *tu* l'as mis en colère ! tempêta Connie.

– Toi aussi ! s'énerva Fred. Fais ce que tu veux. Mais je ne donnerai pas ma parole sur un mensonge, d'accord ?

– Pourquoi ? Monsieur Moralisateur se croit trop bien pour ça ?

Max se boucha les oreilles.

– Non ! C'est parce que je ne veux pas, d'accord ? Parce que ce serait mentir sur la chose la plus importante qui m'est arrivée de toute ma vie.

– Il ne le saura jamais ! Tout ce que tu veux, c'est avoir ton nom dans les journaux !

– Si, il le saurait ! Il l'apprendrait, forcément. Parce que des gens viendraient, essaieraient de retrouver l'endroit, de prendre des photos, de faire des fouilles archéologiques.

– Je me fiche de ce qui se passera une fois que je serai rentrée chez moi ! Cet endroit peut brûler ! déclara Connie.

– Arrêtez ! hurla Lila.

Sa voix résonna dans toute la cour. Ils se tournèrent vers elle, surpris.

– Fermez-la, tous les deux !

Chaque centimètre de sa personne était raide de colère.

– Vous êtes aussi répugnants l'un que l'autre. Si c'est trop tard, inutile de vous disputer. Et si vous recommencez à faire pleurer Max, je vous jure que je vous collerai mon poing dans la figure.

Max s'installa sur ses genoux et enfouit son visage dans la fourrure de Baca.

Fred déglutit. Il s'efforça de retrouver son calme et lui tendit l'assaisonnement.

– Vous en voulez ? Autant qu'on mange.

– Non. C'est peut-être empoisonné, dit Connie.

Fred retira sa viande du feu. Elle était noircie par endroits et la peau était carbonisée, fumante. Il la retira en grimaçant, parce qu'il se brûlait les doigts, et saupoudra l'oiseau d'une pincée de sel et d'herbes inconnues.

Avec défiance, en détournant les yeux du regard noir de Connie, il croqua dedans. Le goût de la première bouchée se diffusa dans tout son corps ; c'était un arôme qui imprégnait le bout des doigts ; un arôme d'animal sauvage, riche et chaud.

– C'est pas empoisonné, dit-il. C'est bon.

– J'espère que tu vas t'étouffer avec, marmonna Connie.

L'obscurité fut bientôt totale, en exceptant le feu et la lune. Les flammes illuminaient la place de la cité, dessinant d'étranges formes sombres dans les coins. Connie frissonna quand un nuage passa devant la lune, étirant les ombres. Lila se plia en deux et se mit à examiner le pelage de Baca pour chercher des tiques, en évitant le regard de Fred.

Fred jeta un coup d'œil vers le rideau de lianes. Elles pendaient dans le noir, tel un grand pan d'ombres vertes barrant le coin droit de la place.

– Qu'est-ce qu'il y a derrière ça, à votre avis ? demanda-t-il. Qu'est-ce qu'il ne veut pas qu'on voie ?

– Je ne sais pas et je m'en fiche, dit Connie.

Elle avait rabattu ses cheveux devant ses yeux, si bien que personne ne voyait son visage.

– C'est peut-être un animal, suggéra Lila.

Elle leva les yeux, puis se détourna.

– Une panthère. Comme dans *Le Livre de la jungle*.

– C'est peut-être des réserves de nourriture, dit Fred.

Max se redressa.

– De vraie nourriture ?

– Mais pourquoi il la stockerait là ? demanda Lila.

– Je me disais qu'il devait y avoir une réserve pour la nourriture, à l'époque où cette cité était active. Et c'est là que je stockerais mes provisions, moi ; dans un endroit presque invisible.

Fred regarda autour de lui pour s'assurer que l'Explorateur n'était nulle part en vue.

– Je pense qu'on devrait aller voir.

– Bien sûr, super idée ! grommela Connie. Tu l'as déjà mis tellement en colère qu'il va nous laisser pourrir ici. Autant lui voler sa nourriture par-dessus le marché... Il pourrait te tuer à mains nues, mais je suppose que ça ne t'inquiète pas.

– Je ne vais rien voler ! Ce serait un emprunt. Et seulement si on est obligés.

– Comment ça, si on est obligés ?

– S'il refuse de nous aider, on devra peut-être trouver d'autres moyens.

– De faire quoi ? voulut savoir Connie.

– De trouver assez de provisions pour s'embarquer dans le voyage pour Manaus.

Fred désigna d'un geste circulaire la cité déserte.

– Il n'y a pas grand-chose à manger ici.

Connie s'était empourprée.

– Tu te rends compte que c'est ta faute ? Tu as dit que si on suivait les indications de la carte, on rentrerait chez nous ! Et puis, dès la seconde où tu arrives ici, tu gâches tout !

– Pas du tout ! s'indigna Fred, le cou et les joues en feu. Je ne pensais pas que la carte nous mènerait à un fou avec un vautour apprivoisé, qui vit seul dans une cité antique ! Aucun d'entre nous n'avait prédit ça !

– Tu nous as promis qu'on rentrerait chez nous !

– On *va* rentrer chez nous, déclara Fred, quoique bien certain de n'avoir rien promis.

De quel droit aurait-il promis quoi que ce soit ? Mais il se contenta d'ajouter :

– Je veux savoir. Vous n'êtes pas curieux, vous ?

– Non, dit Connie.

Elle pivota sur les fesses pour lui tourner le dos. Il vit les omoplates anguleuses et maigres de la jeune fille pointer sous son chemisier.

– Il ne le saurait jamais.

S'il trouvait à manger, songea Fred, tout ce que l'Explorateur pourrait dire ou faire n'aurait plus d'importance ; ils pourraient remonter à bord de leur radeau et partir en quête de Manaus. S'il trouvait à manger, ça dissiperait peut-être la colère glaciale de Connie et la déception de Lila.

– Fais ce que tu veux. Je n'irai pas là-bas, dit Connie.

– Lila ? appela Fred.

Lila les avait regardés se disputer en les dévisageant l'un après l'autre, d'un air de plus en plus mécontent.

– Il va bientôt faire nuit. Il ne nous verra pas. Tu veux venir ?

Lila hésita.

– Je ne sais pas. Il nous faisait confiance.

– Mais non. De toute évidence, il ne nous fait pas confiance du tout. Il refuse même de nous dire son nom ! S'il te plaît, insista Fred. Juste pour jeter un coup d'œil.

Le mur de lianes pendait, telle une menace, dans le coin de la place.

Lila scruta l'autre bout de la place sombre.

– Très bien. D'accord. Je viens.

Fred sauta sur ses pieds.

– Merci ! Tu es sûre que tu ne veux pas venir, Connie ?

– Tout à fait sûre.

– Tu peux surveiller Max ? demanda Lila. Il n'a pas encore très bien pigé comment ça marche, le silence.

Connie accepta sans enthousiasme.

Fred et Lila traversèrent lentement la place en

tâtonnant dans la pénombre. Sur l'avenue formée par les deux bordures d'arbres, le sol était lisse, totalement dénué d'herbe, de feuilles et de débris de la jungle ; mais, de chaque côté, il y avait des tas de cailloux, deux maisons en terre circulaires, à demi éboulées, qui ressemblaient à des greniers à grain, et des pousses de végétation qui sortaient de partout.

– C'était quoi, ça, d'après toi ? demanda Fred.

– Je ne sais pas. Mais si c'était la place de la cité, ces statues devaient être leurs monuments. Ou peut-être leurs dieux.

– Comme nos lions à Trafalgar Square ?

En y pensant, il fut submergé par une vague de nostalgie.

– Oui ! Notre papa en parle, reprit Lila. Et tout le monde devait vivre de part et d'autre de l'avenue centrale, ou alors dans des cabanes perchées dans les arbres, en pleine jungle. C'est ce que j'aurais fait, moi, en tout cas.

– Il est dingue de nous demander de garder le secret, reprit Fred. C'est fantastique. Ça ne ressemble à rien d'autre de ce que j'ai vu de ma vie.

Il regarda Lila du coin de l'œil.

– Il ne peut pas garder tout ça pour lui tout seul.

Lila ne répondit pas. Elle regardait fixement devant eux.

Ils entendirent un bruit de course derrière eux.

Fred se retourna d'un bond ; mais c'était Connie, suivie de Max.

– On a changé d'avis, dit-elle, le souffle court. Mais on ne veut pas te parler.

– Elle m'a forcé à venir, gémit Max. Elle a vu une ombre et elle a cru que c'était un serpent.

– N'importe quoi. Cafteur !

Fred et Lila échangèrent un coup d'œil.

– Il ne faut pas faire de bruit, Maxou, souffla Lila.

– Je ne fais jamais de bruit, déclara dignement Max.

Il se tourna pour tirer la langue à sa sœur, trébucha sur une pierre et hurla si fort qu'il aurait pu réveiller les oiseaux endormis.

– Mon orteil !

– Chut ! fit Lila.

Un arbre se mit à bruisser, puis s'immobilisa brusquement. Connie regarda autour d'elle, nerveuse.

– Vous ne pensez pas qu'il faudrait revenir sur nos pas ?

Fred secoua la tête.

– Fais-le, toi, si tu veux. Mais moi, j'ai besoin d'aller voir.

Quand ils s'approchèrent de l'autre bout de la place, les nuages passèrent devant la lune, projetant des ombres noires sur le visage des statues. Elles parurent soudain vivantes.

Derrière les statues s'étirait un mur de terre et de pierre qui s'élevait loin au-dessus de leurs têtes. Le côté gauche du mur se terminait par une ruine effondrée, envahie de fleurs d'un jaune clair. Le côté droit disparaissait derrière un rideau de lianes – celles-là mêmes que l'Explorateur leur avait interdit de toucher.

Fred s'en approcha. Elles bruissèrent. Il recula ; c'était peut-être le vent, ou bien une créature vivante derrière. Il essaya de ne pas penser à des serpents.

Il tendit la main et écarta une poignée de lianes. Lila le rejoignit. Derrière se trouvait un autre rideau, plus épais ; ces nouvelles lianes semblaient tressées comme de l'osier, formant une tapisserie si dense que Fred pouvait à peine glisser une main dans cette masse verte. Il enfonça les deux bras entre les lianes, jusqu'aux coudes, et tira. On vit un éclat de couleur au milieu du vert, puis les lianes s'écartèrent.

– Je vois quelque chose ! siffla-t-il.

– Chut ! fit Connie.

– Quoi ? demanda Lila.

– Je ne sais pas. Un truc jaune… Je ne le vois plus. Il faut qu'on coupe les lianes.

Il sortit son couteau de sa poche.

– Non, attends ! dit Connie. Je ne sais pas si c'est une bonne idée.

– En effet, c'est même une idée exceptionnellement mauvaise, fit une voix au-dessus de leurs têtes.

Fred se figea. Ils entendirent des chaussures claquer sur la pierre, puis l'Explorateur sauta du haut du mur et atterrit à quelques centimètres du nez de Fred, en grognant quand sa jambe blessée toucha le sol. Il se redressa, le visage raide de fureur.

– Je vous ai *interdit* d'approcher, dit-il doucement. C'est si difficile que ça ?

Une crainte terrible glaça Fred dans tout son être ; l'expression de l'Explorateur était pire que les coups de canne qu'il recevait au collège.

– Je suis... vraiment désolé, dit-il, la bouche sèche. On a juste pensé...

– Vous avez *pensé*. Est-ce que vous êtes si ridiculement incapables de vous maîtriser que vous ne pouvez pas laisser la moindre idée vous traverser l'esprit sans passer à l'action ?

– On est vraiment désolés..., commença Lila.

– Filez d'ici ! gronda l'Explorateur, rouge de fureur.

Désespéré, Fred vit que Max tremblait de peur. Il s'avança devant lui.

– On n'allait rien prendre.

Son mensonge le fit rougir et il balbutia :

– On avait juste besoin de voir...

– J'ai dit filez d'ici ! Allez, ouste !

– C'est ma faute, reprit Fred. C'est moi qui ai eu l'idée, pas eux...

– Je me fiche de savoir qui a eu l'idée.

L'Explorateur tira un couteau de sa ceinture et le pointa vers la poitrine de Fred.

– Allez vous coucher. Si *jamais* je vous revois près de ces lianes, je vous couperai les doigts pendant votre sommeil, je les ferai frire dans de l'huile de banane et je les donnerai au vautour pour son dessert.

Fred se détourna et entraîna les autres vers le centre de l'avenue, le cœur battant de honte. Même Max n'émit pas le moindre son.

LE PIÈGE

Fred se réveilla deux fois dans la nuit, le nez collé contre le sol de pierre, le souffle court. Son père lui tournait le dos et refusait de le regarder, bien que Fred s'égosille jusqu'à avoir les poumons en feu.

– C'était un rêve, marmonna-t-il. Les rêves n'ont pas d'importance. Ce n'est pas la réalité.

Mais ça lui avait paru très réel; aussi réel que le sang.

Il regarda la canopée, au-dessus d'eux, et il plissa les yeux en essayant d'en mémoriser chaque centimètre carré. Dès la seconde où il serait de retour chez lui, il la dessinerait pour son père, en couleur. Son père lui achèterait des crayons de dix tons de vert différents.

Le garçon ne voulait pas courir le risque de

refermer les yeux. Ce fut un énorme soulagement lorsque le soleil se leva et qu'il put ramper hors de la hutte en pierre pour profiter de sa chaleur.

Une boule de culpabilité lui pesait sur l'estomac depuis la veille au soir. Il n'avait jamais rien volé de sa vie, ni même essayé. Il jeta un coup d'œil vers les lianes, dont le vert émeraude brillait dans la lumière du matin. Il repensa à l'expression de l'Explorateur. Ce n'était pas seulement de la colère. Il y avait de la peur aussi.

Il fallait lui présenter des excuses. À cette idée, Fred sentit son ventre se nouer d'humiliation ; pourtant, il ne pouvait pas laisser l'Explorateur croire qu'il avait l'habitude de voler, de mentir, de tricher. Il n'était pas certain que cet homme soit du genre à accepter des excuses ; ce serait peut-être comme présenter des excuses à l'une des statues. Mais il essaierait.

Il retourna ses bottes pour vérifier s'il n'y avait pas de scorpion ; tous les livres qu'il avait lus insistaient sur le danger des scorpions.

Fred avait les doigts gourds, et il frémissait d'appréhension.

La ruine n'avait plus la même allure au lever du soleil. Elle paraissait plus vivante. À certains endroits, les lianes avaient recouvert les vestiges de murs à demi éboulés qui bordaient l'autre côté de la place sur toute sa longueur ; ailleurs, les lianes avaient été coupées, et on voyait sur la pierre les endroits où elles s'accrochaient avant qu'on les arrache.

Fred traversa lentement la place en regardant en l'air. La canopée, qui ressemblait à une construction élaborée, était constituée par les branches des arbres qui avaient poussé entre les pavés et se nichaient contre les murs de la cité, et par un entrelacs de plantes grimpantes. C'était comme une nappe tissée par un géant, une nappe verte tendue au sommet des arbres.

Il y avait partout des trous dans la verdure par où le soleil jetait sa lumière vive, et un vaste espace, au-dessus des statues, où les pierres étaient éclairées d'une lueur jaune. Juste en dessous, un arbre solitaire se dressait, avec ses feuilles brûlées peut-être par le soleil ou par un tout petit feu de forêt.

Une minuscule bestiole avec des oreilles énormes, semblable à une souris, se dorait dans la chaleur du matin ; elle s'enfuit en trottinant à son approche.

Le ventre de plus en plus noué à chaque pas, Fred arriva aux abords des statues. Elles étaient deux fois plus grandes que lui, et tellement usées par la pluie et les années que l'expression de leurs visages ne se voyait plus – l'homme et la femme ne s'identifiaient que par leur corps, la panthère par sa queue ; malgré tout, par endroits, il distinguait l'endroit où les outils avaient taillé la pierre. Il tendit la main pour toucher la patte de la panthère. Il n'en restait que la moitié, mais il devinait encore l'emplacement de ses griffes et le jaune éclatant de la pierre quand elle était neuve.

L'Explorateur, en revanche, restait invisible.

Fred était sur le point de tourner les talons quand il entendit une forte respiration devant lui.

Un arbre avait crevé le sol de pierre, à gauche des statues. À l'ombre, l'Explorateur dormait, dans un hamac fait de lianes tressées. Il y était couché en diagonale. Ainsi tendu, le hamac était presque aussi plat qu'un lit. Fred se promit de ne plus jamais s'allonger qu'en diagonale dans les hamacs, désormais.

En dessous étaient rassemblés des objets : un petit flacon d'encre, une plume de vautour, un morceau d'écorce sur lequel on avait écrit et une paire de chaussures gigantesques.

Fred s'approcha. L'Explorateur paraissait beaucoup plus jeune quand il dormait, et plus doux aussi.

– Mon petit. J'espère que tu as une bonne raison de me réveiller.

L'homme n'avait pas ouvert les yeux; en tout cas, ce n'était pas visible.

La poitrine en feu, Fred commença à répondre :

– Désolé, je...

Comment l'Explorateur savait-il que c'était lui? Fred songea qu'il l'avait observé entre ses cils.

– J'ai senti ton odeur, dit l'Explorateur comme si

Fred avait posé la question à haute voix. Et puis vous avez tous une manière différente de respirer. La petite Anglaise respire entre ses dents. La petite Brésilienne avec les cheveux tressés respire comme si elle craignait de réveiller toute la planète. Le gamin a l'air de respirer à travers une barricade de morve. Et toi, en cet instant précis, tu respires comme si tu avais peur que j'aie l'intention de te planter un couteau dans la rotule.

Fred frémit, mais l'Explorateur ne sembla pas s'en apercevoir. Il s'étira dans un soupir.

– Ça ne servirait à rien. Je suis réveillé, maintenant.

– Ah. J'espère que vous avez bien dormi ? demanda Fred.

L'Explorateur se redressa et se gratta le menton.

– On n'est pas à Bournemouth. Inutile de parler comme une vieille dame.

Fred sentit son front prendre feu.

– J'essayais d'être poli. Mon père dit souvent : « Sois toujours poli. C'est plus facile. »

– Quel sens pratique !

L'Explorateur dégagea un insecte rouge et noir, semblable à une abeille, de l'ourlet de son pantalon et l'écrasa entre ses mains.

– À l'avenir, mon garçon, il vaut mieux ne pas t'approcher quand je dors. Si tu as besoin de me réveiller, jette quelque chose de loin. C'est plus prudent.

– Pourquoi ?

– J'ai de drôles de réflexes quand on me surprend.

La perplexité de Fred devait se voir, car l'homme ajouta :

– J'ai été fait prisonnier, un jour.

– Par des Allemands ?

– Non.

– Par des indigènes ?

– Pas par ceux que tu crois. Pas les indigènes à qui cette terre appartient. Par les propriétaires d'une exploitation de caoutchouc. Leur façon de traiter les gens qui vivaient dans la forêt des environs ne me plaisait pas.

– C'est comme ça que votre jambe…

– Je ne veux pas en parler.

Fred recula. Il y a des regards qui vous donnent envie de disparaître sous terre. Il se força à parler :

– Je voulais vous dire que je suis vraiment désolé. Pour hier soir.

Il s'était mal exprimé, il avait l'air de présenter des excuses pour ne pas lui avoir tenu la porte. Il déglutit.

– Sincèrement désolé.

L'Explorateur, guère impressionné, haussa un sourcil.

Fred se mit à bredouiller, le ventre noué par la peur.

– Ce n'était pas… On n'allait rien faire. On n'allait ni prendre ni casser quoi que ce soit. Mais…

– Mais c'était malhonnête et ça n'avait rien de productif ? Certes, coupa sèchement l'Explorateur.

Fred rougit. Pour la première fois, il croisa le regard de l'homme. Il acquiesça.

– Oui. C'est ça. Je ne voulais rien faire de tel. Mais je l'ai fait. Vous avez raison d'être en colère.

Il se détourna en regardant fixement par terre et repartit vers la cabane endormie.

– Attends.

Il se retourna. L'Explorateur attachait ses chaussures, en tirant méticuleusement sur le bout des lacets pour qu'ils aient une longueur parfaitement égale. Puis il sortit un couteau de sa poche et se mit à aiguiser la lame sur une pierre. Fred attendit, pendant que la tension montait dans sa poitrine. Il se demanda si l'homme avait vraiment l'intention de lui couper les doigts. Il plongea les mains au fond de ses poches.

Enfin, l'Explorateur annonça :

– Je vais poser un piège.

Il s'aspergea le visage d'eau.

– Autant que tu apprennes comment on fait, si vous devez vous débrouiller pour survivre en rentrant chez vous.

L'homme se rasa méthodiquement avec le couteau.

– Ça t'intéresse de venir ?

– Oui ! dit Fred. Beaucoup.

– Alors attends une minute.

L'homme plissa la bouche et tendit la peau de sa joue.

– Je te préviens : ne laisse pas trop pousser ta barbe, ici. Sinon tu vas te retrouver avec une famille de vers luisants dans tes favoris.

Il considéra Fred d'un air sévère.

– Et ce n'est pas aussi sympa que ça en a l'air.

– Merci, répondit Fred en réprimant une envie de rire. Je m'en souviendrai. Même si je n'ai pas encore de barbe.

L'Explorateur retira sa veste et l'accrocha à une branche de l'arbre. La veste était faite de diverses sortes de fourrures sombres ; sur certaines, il y avait encore des pattes. L'arbre, d'après ce que Fred pouvait voir, servait de penderie, en quelque sorte ; une chemise de rechange était également accrochée à une branche bien placée.

Fred l'examina de plus près. La branche sur laquelle la veste était suspendue avait été attachée à l'arbre par des lianes enroulées à la main avec des nœuds de cabestan. Reconnaissant la technique, il sentit son sang se glacer et frissonna.

L'Explorateur parut surpris.

– Ça ne va pas, mon garçon ?

– Si ! C'est pas ça. C'est juste que… j'ai déjà vu une branche attachée comme ça. Sur un poteau d'amarrage. À la cabane. Près des abeilles. Ça devait être vous.

– Très probable. Je me sers souvent de ce nœud. Ça tient des années, quand on le fait bien. Tu es sûr que tu n'es pas malade ?

L'Explorateur l'examina attentivement.

– Je n'ai aucune envie de m'occuper d'un enfant malade. Il y a quelque part un pardessus imperméable que j'ai fait, si l'odeur de poisson ne te dérange pas.

– Je vais très bien, je vous assure.

– Et un jour, j'ai fabriqué une écharpe avec des singes.

– Avec des singes ?

Fred, horrifié, tenta de dissimuler son émotion.

– Oui. Mais ils n'arrêtaient pas de se bagarrer et puis, vu leurs puces, ça ne valait pas la peine de se donner tant de mal.

– Vous avez fabriqué une écharpe avec des singes *vivants* ?

– Bon, une écharpe, c'est peut-être beaucoup dire. Faut pas se prendre pour Dieu non plus. J'ai enroulé une demi-douzaine de petits singes autour de mes épaules. Ce n'était pas idéal.

L'Explorateur s'engagea dans la pente raide qui entourait la place.

– Allez, suis-moi.

– Ils étaient apprivoisés ?

– Je le pensais.

Il prit une machette et fit claquer le plat de la lame contre sa paume.

– Je les dressais depuis un an. Mais ils se sont révélés moins dociles que prévu. Tant qu'un singe n'aura pas pris ton nez pour une figue, tu ne sauras pas ce que c'est que de se réveiller en sursaut.

L'Explorateur s'éloigna à grandes enjambées vers l'épaisse forêt.

– Ne traîne pas ! appela-t-il.

Fred éprouva un pincement de culpabilité en pensant aux autres, qui, à tout instant, risquaient de se réveiller et de s'apercevoir de son départ, mais il avait besoin de toute son énergie pour suivre l'allure de l'autre. Quoique boiteux, l'homme allait deux fois plus vite que Fred et faisait cinq fois moins de bruit.

– On n'a pas besoin de marquer les arbres pour retrouver notre chemin ? demanda Fred, haletant.

L'Explorateur se retourna, l'air stupéfait ; ou peut-être vexé, songea Fred.

– Pour qui tu me prends ? Non, on n'a pas besoin de les marquer, pas plus que tu n'aurais besoin de marquer le mur entre ta chambre et tes toilettes. On est chez moi, ici.

D'un geste, il désigna les arbres des alentours, plus grêles que ceux qui entouraient la cité, et d'un vert plus clair.

– Ici, on va trouver du bois pour le piège. Tu vois ça ?

Il indiqua une branche épaisse comme le poignet de Fred.

– Coupe-moi deux branches comme celle-là. Il faut qu'elles soient le plus droites possible. C'est un bon arbre, là-bas. Tiens.

Il lui tendit la machette et se mit à peler une liane pour en faire une cordelette.

La machette avait le poids idéal. Elle était d'une conception merveilleuse : son manche était sculpté et sa lame réfléchissait la lumière du soleil, en projetant des éclats verts et argentés.

– C'est magnifique, commenta Fred en lui faisant faire un moulinet hésitant.

– Attention ! Évite de te décapiter, s'il te plaît. Et coupe droit, mon garçon ! N'abîme pas les arbres.

L'Explorateur se baissa et balaya de la main quelques débris de végétation, révélant une pousse si pâle qu'elle semblait presque blanche.

– Ne coupe que ce dont tu as besoin. Pas la peine d'amasser des réserves. Laisses-en assez pour que l'arbre puisse se reconstituer. La pire menace envers le vivant, c'est l'homme. Il n'y a pas de quoi être fier.

Il désigna de la main les arbres tout proches et le feuillage qui s'étirait à l'infini.

– Ce sont les humains qui causent la perte de tout ça. Tu comprends ? La cité et les arbres qui la cachent du sol comme du ciel, il faut les protéger.

– Mais… les protéger de nous ? s'étonna Fred.

Il refit tournoyer la machette ; elle produisit une sorte de sifflement follement satisfaisant.

– Qu'est-ce qu'on pourrait leur faire de mal ?

– Tu peux parler, toi. Les enfants sont nuls pour garder les secrets. Et puis certaines informations sont aussi fragiles qu'un être vivant ; elles demandent beaucoup de soin.

– J'ai gardé des centaines de secrets ! s'exclama Fred.

Mais en se tournant vers les arbres, il se demanda si c'était vrai. Il n'avait jamais eu de secret aussi précieux. Il n'avait jamais eu de secret qui puisse obliger son père à poser son journal pour se tourner vers lui.

– Ce lieu a besoin d'être protégé des humains, dit l'Explorateur. J'ai du mal à ne pas me méfier de mes congénères. Ils ne se soucient pas de ce qui compte vraiment. Autrefois, je prenais le train avec les mêmes gens tous les jours, le train de 7 h 15 pour Paddington. Je les regardais et je me disais : « Tu te réveilles le matin, tu enfiles ton pantalon et tu ne penses même pas à la beauté de l'Amazone ! Comment tu le justifies ? »

Et je n'avais aucune estime pour notre Premier ministre. « Il est très bien habillé, pensais-je, mais, bien qu'il nous assure vivement du contraire, je ne suis pas sûr à cent pour cent qu'il sache lire. »

Soudain, sa main fusa vers le poignet de Fred, qui s'apprêtait à faire tournoyer encore la machette.

– Attention, mon garçon ! Garde la lame loin de toi. Ce serait très maladroit de te blesser. Tiens, coupe cette branche. La verte.

Fred abattit la machette sur une branche grosse comme son poignet. La lame se coinça dans le bois, et il tira dessus.

– Je te conseille de faire attention, reprit l'Explorateur. Quelles que soient nos divergences d'opinions, je n'ai aucune envie de te voir t'ouvrir une veine.

Au deuxième essai, la branche se détacha avec un bruit satisfaisant.

– Bien. Regarde. Je ne pense pas te montrer ça deux fois.

L'Explorateur choisit un arbrisseau d'un mètre cinquante de haut dont le tronc souple était à peine plus gros que le pouce de Fred.

– Attache la corde au sommet de cet arbrisseau, dit-il.

Fred s'exécuta, pendant que l'Explorateur scrutait le sol en quête d'une branche en forme de Y de la taille d'un lance-pierre.

– Bien. Donne-moi la machette.

Il tendit la main, tel un chirurgien en train d'opérer. Soigneusement, avec le manche de la machette, il enfonça la branche en Y dans le sol, près de l'arbrisseau, pour qu'on ne voie plus que le Y.

– Maintenant, attache l'autre bout de la corde autour de ta branche verte. Oui, au milieu. Mais laisse l'extrémité libre. Il faut qu'elle forme un collet – grâce à un nœud coulant. On est en train de construire un piège de printemps.

Frémissant, Fred suivit les instructions de l'homme. Il s'était entraîné à faire des nœuds dans sa chambre, sous ses couvertures, tard le soir, aux heures interdites. L'Explorateur approuva de la tête, et une bouffée d'orgueil picota les doigts de Fred.

– Maintenant, regarde.

L'homme tira sur la corde, et l'arbrisseau se coucha comme pour les saluer. Il coinça la branche verte dans le Y, corde tendue.

– Le moindre mouvement libérera la branche verte. Alors, dès qu'un animal pose la patte dans le collet, l'arbrisseau se redresse, le nœud coulant se resserre... et tu as ton dîner.

– C'est prévu pour quoi ? demanda Fred en l'examinant sous tous les angles. Qu'est-ce que ça attrape ?

– Viens, dit l'Explorateur. Allons-y. J'ai d'autres choses à faire. Ça attrape tout ce qui se traîne dedans. Des rats, des tatous...

– Vous mangez des rats ?

– Bien sûr. Quand je suis obligé. Au fil des années,

j'ai mangé des tas de choses que je n'ai pas exactement adorées, mais que j'ai appréciées quand même. Des escargots, des araignées…

– Des araignées ?

– Certaines araignées sont absolument délicieuses. Je pourrais te montrer où en trouver. Mais je n'ai aucune envie de t'aider, à moins que tu me promettes de garder le silence sur cet endroit.

Fred se mordit les lèvres.

– Non ? fit l'Explorateur. Tu préfères te ranger dans le camp des hommes qui pillent la terre et son histoire ?

– Ils ne font pas ça !

Fred pensa aux hommes qui traversaient les pages de ses livres.

– Ils ne font pas tous ça !

– En effet, certains ne font pas ça… mais combien ? Tu souhaites inviter le monde à venir regarder ce lieu avec des yeux ronds. Tu paries sur la moralité du monde au sens large, non ?

Fred sentit son ventre se nouer. Il ne dit rien. Son cœur lui martelait douloureusement la poitrine, mais il s'interdit de détourner le regard.

Brusquement, l'Explorateur lui prit la machette et se mit à couper de grosses branches pour le feu. Sa bague brilla dans la lumière du soleil.

Fred essaya de changer de sujet.

– Votre bague.

Il s'apprêtait à dire : « Pourquoi portez-vous une bague dans la jungle ? » Mais l'Explorateur ne semblait pas apprécier les questions personnelles – et puis il agitait la machette tout près des genoux de Fred.

– Euh… elle est en quoi ?

– En écailles de poisson et en os de caïman.

L'Explorateur parut partagé entre sa fierté d'avoir façonné une telle bague et sa colère contre Fred. Enfin, il ôta le bijou et le lui tendit.

– Tiens.

Des mots avaient été gravés à l'intérieur. Fred lut :

– *Nec… aspera terrent* ?

– C'est du latin. En gros, ça signifie : « Maudites soient les difficultés. » Tu trouves ça bizarre de porter une bague ici ?

C'était précisément ce que Fred pensait, mais il lui semblait que ce n'était ni le bon endroit ni le bon moment pour le dire. Il se contenta de répondre par un rire gêné.

L'Explorateur haussa les sourcils.

– À propos… pourquoi tu t'habilles comme un petit gouverneur de province pour venir dans la jungle ? Tu as l'air d'être candidat à la mairie de Tunbridge Wells.

Fred s'examina avec étonnement.

– Ça ? C'est… c'était mon uniforme scolaire. Et

mon pull de cricket. D'après mon père, il faut toujours porter un uniforme quand c'est possible. Il est comme ça. Je ne savais pas que j'allais me retrouver dans la jungle.

– Il faut toujours porter une tenue adaptée pour la jungle, *au cas où*. On ne sait jamais quand on va tomber sur une aventure.

– Je suis en pension. Dans le Norfolk. Le lycée Gresham's de Cromer Road.

– Et alors ?

– C'est juste que j'ai plus de chances de tomber sur un prof de géo que sur une aventure.

L'Explorateur regarda ce qui les environnait, puis dévisagea Fred avec insistance.

– Et pourtant, te voilà.

Avec grand soin, il détacha d'un arbre une branche couverte de baies et la lança à Fred, qui l'attrapa, comprenant une seconde trop tard que la branche était couverte d'épines. Il laissa échapper quelques mots qu'il n'avait pas le droit de dire au collège.

L'Explorateur haussa le sourcil gauche de quelques millimètres. Fred cessa aussitôt de jurer.

– Veille à ce que le petit en mange. Celui qui a le nez qui coule. Il est trop maigre. Goûtes-en une.

Fred fourra la plus grosse baie dans sa bouche. Le jus parut éclater sur sa langue ; c'était absolument immonde. Il aurait voulu la recracher, mais il soupçonnait que l'Explorateur serait mécontent. Il avala et frotta sa langue avec le dos de sa main.

– Ça a un goût de pétrole ! dit-il. Et de putois.

– Je sais. Mais il faut les manger quand même ; elles sont riches en vitamines. Et elles seront faciles à trouver sur la route de Manaus ; elles poussent près de la rivière.

– Je pense que je préfère mourir de faim.

– Mais non. C'est une longue marche. Il vaut mieux ne pas trop t'affamer si tu peux l'éviter. Si tu as faim, tu vas prendre tes mauvaises idées pour de bonnes idées. Et si tu deviens vraiment affamé, tu te prendras pour un philosophe français. Ce serait malavisé.

Là-dessus, il se remit en route parmi les arbres, obligeant Fred à courir et à sauter par-dessus les racines et les fourmilières pour rester à sa hauteur.

MYGALES

Quand Fred rentra, les autres étaient réveillés, et furieux, et en train de manger.

C'est difficile d'avoir l'air en colère et de mastiquer en même temps, alors ils posèrent leurs bananes pour le fusiller du regard.

– T'étais où ? demanda Lila.

– On a cru qu'il t'avait peut-être coupé les doigts, ajouta Connie.

Fred leur expliqua ; pour le piège et les statues, et leur tendit les baies en guise de calumet de la paix.

Quand ils eurent fini de recracher les baies et que Max eut fini de faire mine de vomir sur les chaussures de Fred, Connie et Lila ne le regardaient plus aussi méchamment.

Lila lui proposa les trois quarts d'une banane.

– On les a trouvées là-bas. Il y a un arbre, derrière ce tas de pierres… là où on voit la terre à travers. Il y en avait cinq, mais on n'en a pris que trois, au cas où elles seraient à *lui*, dit-elle avec un signe de tête en direction des statues.

La banane était un peu verte ; heureusement Fred les préférait ainsi. Il mangea le plus lentement possible, mais c'était difficile ; les bananes étaient très rares à la maison. Elles avaient un goût réconfortant.

Un bruit de pas se fit entendre à l'autre bout de la place ; c'était l'Explorateur qui traversait d'un pas lourd le centre de la citadelle. Il venait dans leur direction.

Frénétiquement, ils se mirent à s'arranger ; Connie se peigna avec les doigts, Lila lissa la fourrure de Baca, Max lécha ses avant-bras comme un chat.

À cet instant, plusieurs choses se produisirent en même temps. L'Explorateur approchait. En fait, il ne semblait pas les regarder. Les yeux fixés vers la canopée, tout en marchant, il paraissait plongé dans ses pensées.

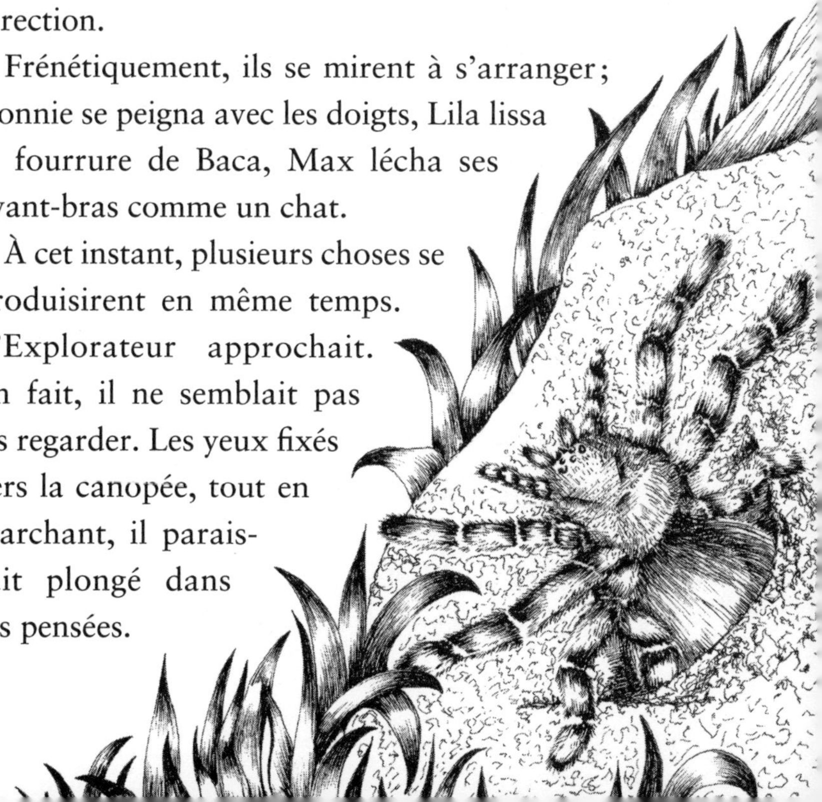

Un bruissement attira l'attention de Fred vers le sol.

Et un serpent se dressa brusquement derrière une branche tombée. Il se tenait tout droit comme le périscope d'un sous-marin. Il était d'un vert agressif avec un ventre blanchâtre. Il avait les yeux rouges. Fred siffla et fit signe aux autres, qui se figèrent.

– Ne paniquez pas, chuchota Lila. Les serpents n'attaquent pas, vous vous rappelez ?

Fred battit en retraite. L'animal monta sur le tronc, le cou toujours aussi raide, pour le suivre. Il ne semblait pas apprécier qu'on le fixe ainsi.

– Je ne suis pas sûr que le serpent soit au courant, murmura Fred.

Le serpent se mit à glisser vers eux sur la branche. Fred cessa de respirer. Paniqué, il chercha un bâton autour de lui.

L'Explorateur passa devant eux sans s'arrêter, en mastiquant un bâton avec intensité. Sans ralentir le pas, sans avoir l'air de viser, il sortit un caillou de sa poche et le jeta sur le serpent. Le caillou fendit l'air et heurta l'animal au cou. Le reptile s'affaissa sur le sol.

L'Explorateur continua de marcher. Il ne jeta pas un seul regard en arrière. Il se remit à contempler la canopée, au-dessus de sa tête.

Fred se tourna vers Lila avec des yeux ronds, puis vers Connie, et vit qu'elles étaient aussi ahuries que lui.

– Où est-ce qu'il a appris à faire ça ? souffla Lila.

– Et *pourquoi* ? siffla Connie. Je pensais qu'il préférait qu'on meure tous. Ce serait plus pratique pour lui.

– Ne dis pas ça ! protesta Max. Tu ne peux pas dire ça !

Il affichait une expression de fureur indignée.

– Il a tué ce serpent pour nous ! Et il est à *moi* !

L'Explorateur s'arrêta et tourna brusquement la tête vers eux. Connie ferma vite la bouche et se glissa derrière Fred, mais l'homme avait les yeux fixés sur Max.

Il revint rapidement vers eux, se baissa, ramassa le serpent inerte et le fourra dans sa poche.

D'un ton abrupt, sans la moindre douceur, il déclara :

– Je n'ai aucune envie d'avoir ce poids sur la conscience si vous mourez. Est-ce qu'un seul d'entre vous sait quoi faire si vous voyez un serpent ?

– Non, dit Fred, à qui cela semblait évident.

L'Explorateur soupira.

– À l'avenir, sachez qu'il faut vous éloigner, à reculons, le plus rapidement possible. Sans courir. En fredonnant.

– Vous voulez qu'on chante une sérénade aux serpents ? demanda Connie. Pourquoi ?

– Ils n'aiment pas les vibrations. Sinon, si vous pouvez le tuer, ça fait un repas correct. Si vous avez vraiment l'intention de faire le voyage jusqu'à Manaus, vous devriez le savoir. Il y a énormément de choses que vous devez savoir. Vous savez pêcher ?

– Non, admit Fred. Pas vraiment.

– Vous savez chasser ?

– Non, dit Lila.

– Vous savez poser des pièges ? À part Fred, qui devrait savoir le faire, maintenant ?

– Non, répondit Connie. Pourquoi on saurait faire ça ? Je vis avec ma grand-tante. Elle ne chasse rien, à part la poussière. Et des souris. Mais elle ne les mange pas.

Lila lui adressa un sourire complice qui dévoila sa dent branlante.

– Je vois.

L'Explorateur inspira une goulée d'air qui parut fixer une décision.

– Bon. Dans ce cas, venez avec moi.

– Juste Connie, ou nous tous ? demanda Lila.

– Vous tous. Même Fred, malgré sa stupidité.

Il avait un regard dur.

– Et même le mini cataclysme en cardigan.

– Il parle de toi, Max, précisa Connie.

– J'ai trouvé un nid, annonça l'Explorateur. Et je vais le partager avec vous. Mais soyons clairs : c'est le seul coup de main que je vous donnerai. Je n'ai pas de temps à perdre avec des enfants.

– Un nid de quoi ? demanda Lila.

Elle prit Baca et l'installa dans ses bras. Il s'agrippa à son biceps et blottit son museau dans le creux de son coude.

– Vous verrez.

« Vous verrez », songea Fred tandis qu'ils marchaient en file indienne derrière l'Explorateur, courant presque pour ne pas se laisser distancer. « Vous verrez », ce n'étaient pas des mots rassurants quand ils étaient prononcés par quelqu'un dont le manteau de fourrure avait encore des têtes et des pattes attachées aux peaux.

Le nid, quand ils l'atteignirent, trempés de sueur et les cheveux pleins de brindilles, n'avait pas l'allure que Fred avait imaginée. C'était un trou dans le sol. D'ailleurs, c'était à peine ça ; le sol était recouvert de feuilles séchées, et le trou était pratiquement invisible.

– Qu'est-ce qu'il y a là-dedans ? demanda-t-il.

Était-ce des souris ? Est-ce que les souris creusent des terriers ? Il n'était pas certain d'être prêt à manger une souris.

– Des mygales, dit l'Explorateur.

– Ah.

Soudain, les souris paraissaient bien plus appétissantes à Fred.

– C'est délicieux. Elles ont un goût de crevette.

L'Explorateur regarda Connie, qui était bouche bée.

– Tu as des projets pour ta tête, ou tu vas rester comme ça ?

– Vous ne mangez pas des mygales, quand même ? demanda Connie.

– Elles attaquent les paresseux ? voulut savoir Lila.

Baca sortit la tête de son coude.

– On va manger des araignées ! s'écria Max.

Les trois phrases avaient été dites sur un ton très différent, nota Fred : dégoût, intérêt prudent, joie absolue. Il ne dit rien, se contenta de s'agenouiller pour examiner le trou de plus près.

– Oui. On les fait griller sur le feu comme des *crumpets*.

– Mais elles ne sont pas toxiques ? demanda Lila.

– Je ne mangerai pas de mygale, déclara Connie.

L'Explorateur haussa les épaules.

– Comme tu voudras. Si tu as l'intention de te rendre à Manaus à pied, tu seras contente de savoir comment faire, un jour. Bon, on va avoir besoin de longues brindilles.

– Je n'en mangerai pas, répéta Connie. Ça ne devrait pas vous choquer !

Elle se tourna vers Lila et Fred pour en avoir la confirmation.

– C'est normal !

– J'ai envie de goûter, moi, dit Fred.

– Mais pourquoi ?

– Parce que je ne veux pas qu'on meure de faim sur la route de Manaus. Et qu'est-ce qu'on pourrait manger d'autre ? D'ailleurs, peut-être que c'est bon…

Lila affichait un air curieux.

– À ton avis, il y a combien de chances que ce soit bon ? En pourcentage ?

– Il y a peu de chances, dit Connie. Vraiment peu de chances. Beurk !

– Qui veut essayer le premier ? demanda l'Explorateur, les yeux brillants.

Fred n'avait pas totalement confiance en lui.

Il inspecta le trou et crut voir une ombre bouger à l'intérieur. Son estomac se mit à gargouiller.

– Moi, dit-il.

– Très bien.

L'Explorateur sourit. Ce n'était pas un sourire détendu ; il avait quelque chose de carnassier.

– C'est très simple : prends un bâton et enfonce-le dans le trou. La mygale va sortir pour voir ce qu'il se passe.

Fred se pencha au-dessus du trou et remua le bout de son bâton d'avant en arrière dans le nid d'araignées.

– C'est officiel, tu as dépassé la limite qui sépare le courage de la maladie mentale, lança Connie.

– Ça peut prendre un moment, alors n'abandonne pas, dit l'Explorateur. C'est la bonne saison pour les mygales. Elles devraient être charnues.

– Il est fou, chuchota Connie à Lila. On est seuls dans la jungle avec un vrai fou.

Fred continua d'agiter son bâton. Rien ne se passa. Connie se détendit visiblement.

– Il est vide ! s'exclama-t-elle. Ouf, il est vide !

Quatre pattes fines et velues émergèrent du nid. Fred se figea.

– Continue ! aboya l'Explorateur. Penche ton bâton en arrière ! Attire-la dehors !

L'araignée qui sortit était aussi grande que la main de Fred, et d'une couleur brun clair.

– C'est une femelle, dit l'Explorateur. Les mâles sont noirs.

Sa main passa devant Fred comme l'éclair et il saisit la mygale par le milieu. Il garda les doigts loin des crochets, qui s'agitaient rageusement.

– Vous voulez la caresser ? demanda-t-il.

Quand ils ont peur, les paresseux poussent des cris à mi-chemin entre celui du mouton et celui de la mouette. Baca émit un petit bêlement suraigu. Lila recula, en protégeant les yeux du paresseux avec son bras.

Une réponse sincère aurait été « Non », songea Fred. Un « non » assez retentissant pour ébranler toute la jungle jusqu'aux racines. Mais voici les mots qui sortirent de sa bouche :

– Je la caresse comment ?

– Dans le sens du poil. De la tête vers l'arrière-train.

– Ne fais pas ça, Fred ! s'écria Connie, le dos plaqué contre un arbre, clairement livide sous la couche de crasse. Il est en colère contre toi, tu te souviens ? Il essaie de te faire du mal !

L'Explorateur répondit d'une voix dangereusement douce :

– La morsure de cette espèce n'a rien de pire qu'une piqûre d'abeille.

Il tenait la mygale avec délicatesse.

– Autrefois, mon petit garçon les…

Il s'interrompit, se ressaisit et ajouta :

– J'ai connu un gamin, autrefois, qui avait une mygale apprivoisée. Elle était si domestiquée qu'elle restait sur ses genoux pendant qu'il mangeait.

Fred lui jeta un coup d'œil, mais l'homme était impassible. Il posa un doigt sur l'araignée. Elle était d'une douceur inattendue et frémit à son contact.

– Ensuite, reprit l'Explorateur en sortant un couteau de sa poche, d'un ton soudain très brusque, on découpe le dos en partant de la nuque, là, pour qu'elle ne sente pas la douleur, comme ça, mais on ne lui coupe pas la tête. Puis on l'enveloppe dans des feuilles.

Il posa l'araignée sur une grande feuille et la tendit à Lila, qui frissonna mais la tint à deux mains.

– Maintenant, attache-la avec de l'herbe comme un

paquet. Oui, c'est bien. Il y a un autre nid à l'est d'ici. Rappelez-vous, on reconnaît les nids de mygales à leur ouverture : l'avant est peu profond, et puis tout d'un coup ça s'enfonce vers un tunnel. Pour aller à Manaus, il faut traverser un terrain rocailleux ; vous les trouverez assez facilement là-bas. À une époque, je n'ai rien mangé d'autre que des araignées et des bananes pendant un mois entier. J'ai eu une épouvantable diarrhée jaune, mais j'ai survécu.

Il s'éloigna dans la jungle sans un regard derrière lui. Fred observa ses mains. Elles avaient une odeur légèrement acide.

Quand ils l'eurent rattrapé, l'Explorateur était penché au-dessus d'un autre trou. Il écartait des feuilles et des plantes avec sa chaussure en peau de caïman. Ce trou-là était nettement plus grand.

– Bien. Celle que vous avez enveloppée comme un cadeau d'anniversaire est une mygale commune. Mais ce trou-là... (Il y planta un bâton.) Ce trou-là, c'est autre chose. C'est le nid d'une araignée Goliath : *Theraphosa blondi.*

Il jeta un regard appuyé aux cheveux de Connie.

– Cette mygale a des poils sur la croupe, qu'elle perd quand elle se sent menacée. Et Dieu sait que je me sentirais menacé face à un groupe de mômes. Les poils piquent s'ils tombent sur votre peau ; comme des orties, mais en bien pire. Vous comprenez ?

– Oui.

– Bien. Ne vous trompez jamais de mygale si vous avez envie de les caresser.

Ce conseil semblait avisé, songea Fred, quoique utile seulement dans de rares circonstances.

– C'est celles-là qu'on appelle les « mangeuses d'oiseaux » ? demanda Lila.

– Exactement, confirma l'Explorateur en la regardant d'un air presque approbateur. Mais elles mangent rarement des oiseaux. Surtout des crapauds, des vers et, à l'occasion, un rat.

Ils n'eurent pas besoin d'attirer l'araignée Goliath dehors ; quand Fred se pencha pour examiner le trou, les pattes avant émergèrent. Il battit vivement en retraite.

Quatre pattes de plus suivirent, puis un grand corps rond, couvert d'un épais pelage. Connie eut un haut-le-cœur. Max émit un piaillement ravi. Lila s'avança devant son frère et le poussa derrière elle. Elle tint Baca plus fermement.

L'araignée était aussi grande que le visage de Max. Elle se déplaça lentement vers les chevilles du petit garçon.

Aussi calmement que s'il essayait de nouer ses lacets, l'Explorateur se baissa, plaqua l'araignée contre le sol avec un bâton et rassembla les pattes entre ses doigts.

– Que l'un de vous me donne des feuilles. Et faites attention à vos pieds ! Il doit y en avoir d'autres.

En fin d'après-midi, ils avaient six mygales. Ils les rapportèrent au campement pour les faire griller. Lila les disposa en rangée bien nette.

– Bien. Maintenant, vous les faites griller sur des bâtonnets jusqu'à ce que tous les poils aient brûlé, dit l'Explorateur. Elles vont émettre une sorte de couinement ; c'est l'air chaud qui s'échappe de l'espace entre les articulations des pattes. C'est le signe qu'elles sont cuites. Vous pouvez tout manger, même la tête.

– La tête, répéta faiblement Connie.

L'Explorateur s'esclaffa. Il ramassa deux des paquets, leur en laissant quatre.

– Vous êtes tout seuls, maintenant, dit-il. Ne me dérangez plus, sinon je servirai vos yeux au caïman comme des olives dans un cocktail.

Ils considérèrent avec effroi son large dos qui s'éloignait dans la jungle.

Fred piqua sa mygale sur un bâtonnet et la tint au-dessus du feu. Il la regarda virer au brun foncé dans les flammes. Lila fit griller celle de Max. Celle de Connie resta immobile dans son emballage. Elle refusait de la regarder.

– C'est une *araignée*, ne cessait-elle de répéter tout bas.

Au bout de dix minutes, les bestioles se mirent à siffler comme une bouilloire.

Fred prit son courage à deux mains. Il détacha la mygale du bâtonnet. Elle était chaude et croustillante, mais avait gardé son allure d'araignée. Il se boucha le nez et croqua une patte.

Il fut stupéfait. Elle avait un goût de poisson, un goût de sel, comme la mer. Il croqua une plus grosse bouchée.

– C'est pas mal, commenta-t-il.

Connie le considéra d'un air incrédule.

– Tu es en train de manger une araignée. Tu en as conscience ?

Max croqua la sienne.

– C'est *très* délicieux, dit-il. Je peux manger la tienne, si tu ne la veux pas ?

– Non, répondit Connie.

– Goûte une patte de la mienne, proposa Fred.

Avec cette araignée, il se sentait plus réveillé. Il arrivait à imaginer leur voyage de retour – à l'imaginer vraiment – pour la première fois : marcher le jour et manger des araignées, ainsi que tous les fruits qu'ils trouveraient, le soir. Il imagina les retrouvailles avec son père sur le port de Portsmouth ; son père se baissant pour le prendre dans ses bras. Il se rabroua et tenta de chasser cette image.

– Ça a un goût de poisson et de poulet, déclara Lila. Vraiment, sincèrement, c'est pas mal.

– Tu me jures que ce n'est pas une farce ?

– Je te le jure. Goûte la mienne. Fred a brûlé la sienne.

Lila lui tendit une patte d'araignée.

Très timidement, Connie la prit et la renifla.

– Ça ne sent rien. Ça a juste l'odeur du feu, dit-elle avec méfiance.

Elle ferma les yeux et croqua le bout de la patte. Surprise, elle rouvrit les yeux.

– C'est... Ce n'est pas affreux ! Ça a presque un goût de nourriture.

– J'adore, dit Max avec une moitié de patte qui sortait de sa bouche. Ils devraient en vendre au guignol, avec les glaces.

LA FRICASSÉE D'OISEAU RÉCHAUFFÉ

Cette nuit-là, Fred, Lila et Connie tinrent conseil. Ils s'installèrent en cercle autour du feu, les têtes rapprochées, pour parler de leurs projets à voix basse. Max était couché à plat dos sur les pierres et s'était décoré avec les petites plantes semblables à du trèfle qui poussaient à ses pieds. Baca était assis sur les genoux de Lila et les observait d'un œil attentif.

– Je pense qu'on devrait lui faire cuire quelque chose, dit Lila avec un geste en direction des statues et des lianes.

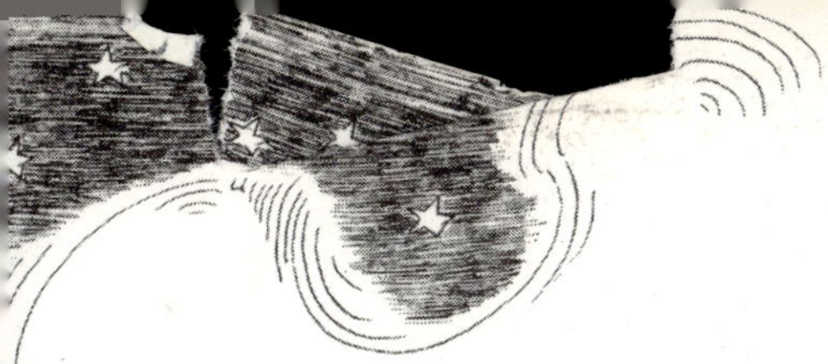

Comme ça, il pourrait nous donner un nouveau coup de main.

– Oui ! l'approuva Connie. Les hommes adorent manger.

– Non ! Je ne veux pas qu'il me prenne mes oreilles ! gémit Max.

– Il plaisantait, Max, assura Lila.

– On espère, en tout cas, marmonna Connie.

Néanmoins, pour une fois, elle dit ça entre ses dents.

– Super idée, déclara Fred, mais on ne sait pas vraiment cuisiner.

– Tu n'as pas ton mot à dire, toi, jeta Connie avec hauteur. Sans toi, on n'aurait pas à s'inquiéter de lui. De toute façon, « pour bien cuisiner, il suffit d'être attentif et de prendre son temps », récita-t-elle.

– Ça me plaît bien ! Qui t'a dit ça ? demanda Lila.

– Ma prof de gym.

– Les profs de gym sont de bons cuisiniers ? demanda Fred.

Il gratta une piqûre de moustique et fit la grimace quand elle se mit à saigner.

– Non. En plus, elle était nulle comme prof de gym. Elle nous obligeait à nous balader dans le gymnase en faisant semblant d'être à cheval. Elle disait que ça développerait notre assurance.

– Et ça a marché ?

– À ton avis ?

Lila sourit.

– On a toujours ces fameuses baies, dit-elle. On pourrait les faire griller pour lui. Avec les restes de l'oiseau.

Ils regardèrent l'oiseau. Il avait un peu séché au soleil.

– Il a vraiment une odeur de restes, commenta Connie.

– Chez nous, dit Lila, on fait frire les restes de haricots de la veille. Maman les cuisine avec des épices. C'est délicieux.

Son sourire s'estompa lorsqu'elle prononça le mot « maman ». Connie la regarda une seconde, puis se leva brusquement.

– Je vais chercher une pierre qui puisse nous servir de poêle à frire.

– On pourrait appeler ça une friture d'oiseau réchauffé, proposa Lila.

– Une *fricassée* d'oiseau réchauffé, déclara Connie. « Fricassée », c'est un mot français. Les plats gastronomiques ont toujours des noms français.

Un bruit soudain interrompit leur conversation. Un rugissement venu de l'autre côté de la place, au milieu des lianes. On aurait dit un ours, ou un tigre, ou un moteur, ou un homme qui souffre.

Lila récupéra Baca sur son épaule.

– Est-ce que c'est… lui ?

Le bruit cessa aussi vite qu'il avait commencé.

– Peut-être… qu'il va là-bas pour crier ? Pour rugir ? Peut-être que c'est ça qu'il fait ? suggéra Connie. J'aimerais bien avoir un endroit où je peux crier.

Ils restèrent assis en silence de longues minutes, mais le bruit ne revint pas. Ils se concentrèrent à nouveau sur leurs préparatifs. Le vautour s'approcha. Il s'assit sur la chaussure de Max et les regarda cuisiner d'un air lugubre, manifestement contrarié qu'ils ne lui en aient pas proposé.

– Je ne savais pas que les vautours pouvaient tellement ressembler à une tante, observa Connie.

Quand l'Explorateur reparut enfin, il semblait avoir oublié leur présence. Pendant un instant, il parut surpris, puis leur adressa un signe de tête comme s'ils étaient les passagers d'un métro. Il se détournait sans un mot lorsque Max lui courut après, en se faufilant parmi les jeunes pousses qui hérissaient les pavés de la place.

– Revenez ! On vous a préparé à manger !

C'était un ordre, pas une invitation.

L'Explorateur eut l'air étonné.

– Hein ? Oh, c'est drôlement généreux, mais je ne vais pas manger, merci.

– Vous êtes obligé ! On l'a préparé spécialement pour vous.

L'Explorateur s'accroupit devant Max.

– J'applaudis ta décision d'agir avec autorité dans le monde, mais tu as du caca de vautour sur la tête, ce qui entame un peu ton sérieux.

– S'il vous plaît, intervint Lila.

Elle avait traversé la place en silence pour l'approcher comme une bête sauvage. Baca l'observait à travers les cheveux de sa protectrice.

– S'il vous plaît. Goûtez, au moins.

Elle lui tendit une feuille sur laquelle ils avaient disposé des morceaux d'oiseau et quelques baies rôties. Ils avaient fait de leur mieux pour que ça ressemble à une assiette servie dans un restaurant. À cause d'un accident impliquant le vautour et le coude de Max, la viande était couverte de cendres, mais Fred estimait que l'on voyait encore à quoi c'était censé ressembler.

– C'est de la *frixée*, dit Max. C'est spécial.

– Ooh. Merci, dit l'Explorateur.

Il goûta, puis poussa un cri et cracha dans un buisson.

– Dieu tout-puissant ! C'est à peu près aussi délicieux qu'un coup de poing dans un cimetière.

– Oh ! Oh, désolée, dit Lila d'une petite voix. On voulait vous préparer quelque chose qui puisse vous plaire, alors on a...

– S'il vous plaît, ne nous coupez pas les oreilles, laissa échapper Max.

– Non... Je vous demande pardon. C'était une gentille attention.

L'Explorateur toucha la bague qu'il portait à l'annulaire.

– J'avais oublié que ça pouvait être si gentil, les enfants.

Puis il secoua la tête si fort que sa tignasse projeta de la sueur sur les pavés. Il esquissa une courbette et se détourna.

– Vous me pardonnerez... Je dois allumer un feu avant la nuit.

Il partit à l'autre bout de la place, près de son hamac, et s'agenouilla au milieu des branches. Il lui fallut moins d'une minute pour tirer des flammes crépitantes du bois ; il agissait si vite, et avec tant d'assurance, qu'il était presque impossible de suivre les mouvements de ses mains. Il sortit un poisson de sa poche et l'enfila sur une broche à trois pointes. Le vautour resta près de ses pieds.

Il se laissa tomber accroupi près du feu. Fred l'observait du coin de l'œil, pendant que les autres s'efforçaient de mastiquer leur oiseau réchauffé d'un air morose. L'Explorateur s'assit, les coudes sur les genoux, le regard perdu dans le vide.

– Vous pensez qu'il va bien ? chuchota Fred. Il a l'air… chais pas… triste.

Connie jeta un coup d'œil à son tour.

– Il tue des serpents à coups de pierre. Ce genre de type ne connaît pas la tristesse.

Pendant qu'ils discutaient, l'Explorateur se leva et s'approcha d'un tas de noix de coco au pied d'un arbre. Elles avaient toutes été ouvertes d'un coup de machette dans le haut, puis on avait remis le couvercle en place. L'Explorateur en prit une et but avidement, jeta la coquille et en ramassa une autre. Après la troisième, il se tourna brusquement vers les enfants.

– Vous buvez ? lança-t-il de l'autre bout de la place.

– Ça dépend de ce qu'il y a à boire, cria Connie.

– C'est ma version de la cachaça. Venez goûter.

Ils traversèrent la place avec méfiance, en surveillant attentivement le vautour. Lila fourra Baca sous son pull et posa une main protectrice sur sa tête, puis l'autre sur l'épaule de Max.

Les quatre enfants s'arrêtèrent à la lisière de la lumière du feu. Fred plia les genoux pour s'asseoir, mais aucun des autres ne l'imita, alors il s'efforça de faire comme s'il vérifiait l'état de ses articulations.

– Assieds-toi, mon garçon ! dit l'Explorateur.

Asseyez-vous tous. Vous ne savez pas pourquoi Dieu vous a donné un derrière ? Tenez… Buvez ça.

– Qu'est-ce que c'est ? demanda Fred.

– Du sucre de canne. Du lait de coco. Et d'autres trucs. Des herbes.

– Quelles sortes d'herbes ? voulut savoir Lila.

– Tu as déjà bu un truc qui te donne l'impression que ça va ou bien te tuer, ou bien te rendre immortelle ? C'est comme ça, ce truc-là.

Fred but une gorgée et se plia en deux, secoué par une quinte de toux. Ça n'avait pas vraiment de goût, en fait, c'était juste tellement piquant que ça brûlait. Il se retrouva avec les larmes aux yeux et le nez qui coule.

– Encore ? proposa l'Explorateur.

– Non, merci. Ça me donne trop l'impression de me faire électrocuter.

L'Explorateur partit d'un rire aigre.

– Ça te plaira davantage quand tu seras plus grand.

Connie renifla le liquide.

– C'est de l'alcool ?

L'Explorateur haussa les épaules.

– Techniquement, oui, mais pas le genre d'alcool auquel tu penses. Ça n'a pas le même goût que le vin, ni le même effet.

Connie secoua la tête. À la grande surprise de Fred, Lila tendit la main vers la noix de coco.

– C'est juste pour savoir. Je veux devenir une scientifique, alors j'ai besoin de faire des expériences.

Elle but. Baca essaya de boire aussi ; elle dut extraire le haut de son corps de la noix de coco. La jeune fille secoua la tête avec véhémence.

– Ça a un goût de vomi. Sauf qu'on vomit à l'envers quand on boit ça.

L'Explorateur grogna :

– Bande d'ingrats.

Il détacha le poisson de la broche, le posa sur une pierre, incisa le milieu et découpa quatre morceaux de sa chair.

– Mangez ça. C'est mieux que cet ignoble oiseau de cauchemar que vous avez concocté.

Le poisson était chaud et savoureux. Contre toute attente, il avait un goût riche et puissant, un goût de fumé. Fred mangea sa part en deux bouchées et regarda avec espoir ce qui restait.

– Du piranha, dit l'Explorateur. Plus ils sont vieux quand vous les attrapez, plus ils ont un goût de poulet.

Il semblait étonnamment disposé à parler. Avec un grand geste, il frappa le vautour à la poitrine et renversa une partie du contenu de la noix de coco sur l'oiseau.

– Dites-moi… Qu'est-ce que vous pensez de ça ?

– Du vautour ? demanda Connie d'un ton dubitatif.

Elle employa le ton qu'on prend quand on vous demande vos impressions sur un nouveau-né hideux.

– Il est... sympa. Il a une odeur très... originale.

– Je parle de la ville! De la jungle! On l'appelle « l'enfer vert ». Vous le saviez?

Fred observa l'immense étendue de pierre et le plafond de verdure, loin au-dessus de leurs têtes.

– On appelle la jungle « l'enfer vert » parce qu'on n'y trouve pas de pianos à queue. Autrefois, les hommes – et quand je dis « les hommes », je parle des imbéciles – venaient ici avec des pianos sur le dos d'éléphants. Et ils étaient furieux quand leurs tasses à thé se cassaient dans une tempête.

Il grogna.

– Mais quand on est disposé à mener un genre de vie un peu dur, un peu sauvage... je trouve ça plus proche du paradis que de l'enfer.

Il but à une autre noix de coco. Puis il soupira et son regard s'embruma.

– On a écrit beaucoup de choses sur les coups de foudre. Et qu'est-ce qu'un coup de foudre, sinon un moment où on se reconnaît? C'est une prise de conscience instantanée; on sait que cette personne va nous apprendre à aimer davantage. Un amoureux ou un enfant. Cela s'applique aussi aux lieux. C'est pour ça que j'ai voulu partir à leur recherche. C'est pour ça qu'il faut les protéger.

Il regarda fixement Fred sous ses paupières inégales.

Celui-ci scruta le feu pour éviter son regard. Ce lieu avait quelque chose de spécial, qui lui cisaillait les tripes comme un silex ; c'était la lumière, l'immensité, le soleil et le vert. Il comprenait pourquoi certaines personnes trouvaient ça trop tard, trop bruyant, trop vaste, juste *trop* ; mais pour lui, c'était comme un clairon réveillant une part de lui dont il avait toujours ignoré l'existence.

Son expression devait trahir une partie de ses pensées. L'Explorateur frappa le sol avec sa noix de coco.

– Je le sais ! Je le vois que tu es en train de tomber amoureux de cet endroit ! Comment se fait-il que tu ne comprennes pas encore qu'il faut que ça reste un secret ? Comment se fait-il que tu ne comprennes pas que ce serait folie de mettre en danger tant de beauté !

Fred hésita. Il ne pouvait pas garder le secret ; c'était impossible. Le monde avait le droit de connaître cette grande beauté. Le principal convoquerait tout le collège et le qualifierait de héros. Cependant, il n'avait jamais rencontré quelqu'un d'aussi convaincu que cet homme assis en face de lui.

– Tu ne comprends pas, continua l'Explorateur entre ses dents. Parler, c'est dangereux. Je me suis rendu compte, après coup, que je n'avais aucun droit sur ce que j'ai pu dire de plus intéressant.

Brusquement, il changea de tactique. Son ton se fit sec.

– Vous avez dit que vous aviez suivi les indications de ma carte. Ça veut dire que vous êtes tombés sur les abeilles ?

– Oui, confirma Lila. On leur a pris un peu de miel.

Elle raconta comment Max avait remarqué les singes et les fourmis.

L'Explorateur hocha la tête.

– J'ai fait pareil, pendant un moment. Les abeilles sont de bonnes alliées. J'achetais des blagues à tabac d'une fabrication particulière à un commerçant de Burlington Arcade. J'ai passé beaucoup de temps dans ce coin de la jungle, et c'est infernal de se passer de tabac trop longtemps. Mais on ne peut pas en transporter trop sur soi sans attirer l'attention des jaguars, ce qui n'est pas très recommandé. J'ai caché des blagues à tabac un peu partout le long de cette portion de la rivière. Au fait, vous avez rencontré mes dauphins ?

– Oui ! s'exclama Fred. Mais on ne savait pas que c'étaient les vôtres.

L'Explorateur eut le hoquet.

– Ce sont de bonnes bêtes, les dauphins, dit-il d'unc voix brouillée. Avant, je leur donnais des sardines. Mais j'ai bien peur d'avoir commis une erreur. Ils font trop facilement confiance. C'est une erreur d'accorder sa confiance trop facilement.

– Ensuite, il y a eu l'incendie, confia Lila. Un terrible incendie. Alors on est venus ici. On a pensé que c'était le risque le moins déraisonnable.

– Exactement !

L'Explorateur, débordant d'enthousiasme, arrosa les genoux de Fred de cachaça.

Fred réprima son envie de rire.

– Prendre des risques ! continua l'Explorateur. C'est ça qu'il faut faire. Découvrir ce qu'on ressent quand on a peur. Découvrir comment la maîtriser. Mais...

Il s'interrompit pour boire.

– Mais quoi ? demanda Lila.

– Mais il ne faut jamais prendre de risques pour impressionner autrui.

Fred fronça les sourcils. C'était le genre de choses que disaient ses professeurs au collège.

– C'est comme ça que certains finissent dans la gueule d'un jaguar. Personne ne vous admire quand un fauve mâchonne vos clavicules.

Il s'essuya les yeux et les dévisagea.

– Les risques, les jaguars, répéta Connie. Compris.

– J'ai pris un risque, un jour. J'ai aimé quelqu'un. Deux personnes, en fait. Une femme... Et puis nous avons eu un enfant. Je vous l'ai déjà dit ?

– Non, vous ne l'aviez pas dit, répondit Lila avec douceur.

Elle échangea un coup d'œil avec Fred.

– Cette fois-là, j'ai pris un risque et ça ne m'a pas réussi. Je les ai perdus tous les deux.

Il reposa la noix de coco et ferma longuement les yeux, épuisé.

– Mais je suis content d'avoir pris ce risque.

– Est-ce que vous..., commença Lila.

– J'ai aimé comme un désaxé, la coupa-t-il d'une voix rauque. J'ai découvert l'amour comme un môme qui joue à la guerre. J'ai appris à dire le prénom de cette femme en morse en clignant des yeux.

Il lâcha un rire ivre.

– J'étais très jeune. Les gens ne vous préviennent pas que c'est terrifiant, l'amour. Ce n'est pas une affaire d'arcs-en-ciel et de papillons... C'est plutôt comme sauter sur le dos d'un dragon en plein vol.

Fred hésita, tout interdit, mais il avait très envie de dire quelque chose d'assez fort pour étouffer la douleur qui contractait le visage de l'homme.

Avant qu'il ait eu le temps d'ouvrir la bouche, l'Explorateur but à nouveau, terminant la noix de coco en deux énormes gorgées.

– Vous ne savez rien faire d'autre qu'ouvrir des yeux ronds ? Je croyais que ça sautillait, les gamins. Que ça folâtrait. Allez gautiller ! Sambader...

Fred se tourna vers les autres. Il ne savait pas folâtrer. S'agissait-il de courir en cercle, les bras en l'air, en levant les genoux le plus haut possible ?

Ça ne paraissait pas particulièrement avisé dans ces circonstances.

– Je pense que nous ne sommes pas trop du genre à folâtrer, dit-il.

– C'est décevant, commenta l'Explorateur.

– Est-ce que vous êtes… ivre ? demanda Connie.

Il lâcha un rot avec un air de reproche.

– Bien sûr que non. Je suis juste… juste… Peut-être bien que le mot, c'est « ivre ». La jungle me paraît un peu plus floue que d'habitude.

– Ça doit être fort, ce truc, dit Fred.

– Tu es grossier. Ces sous-entendus m'insultent.

– Pardon.

– Bien, bredouilla l'Explorateur. Je préfère les gens qui se taisent ou qui disent « pardon ».

– Est-ce que vous avez besoin…, commença Lila, mais il ferma les yeux et se détourna.

– J'ai mal à la tête. Je n'arrive plus à associer les têtes et les voix. Je vais dormir, maintenant.

Il s'allongea sur le sol de pierre et ferma les yeux. Un bruit de moteur émana du plus profond de sa poitrine. Les enfants retournèrent auprès de leur feu sur la pointe des pieds.

Quand la nuit tomba sur la cité, une nuée de moustiques apparut. L'un d'eux se coinça dans le nez de Fred et lui piqua la narine.

– Il y a un moyen de se débarrasser des moustiques ? demanda Connie.

– Je crois que la fumée des cigarettes les éloigne, dit Lila. Certains des hommes avec lesquels mes parents travaillent font ça.

– Il paraît que ça coupe la faim, de fumer, ajouta Connie.

– On pourrait essayer, dit Fred en se grattant le nez.

Il roula des feuilles, Lila les remplit d'herbe déchiquetée et de lichen, et Connie les alluma.

– On va les fumer comme des vraies cigarettes ? s'étrangla Lila.

Une fumée âcre et brûlante piqua les yeux de Fred.

– Je n'ai jamais essayé. Est-ce que les vraies cigarettes ont un goût de jardin mort sous votre nez ?

– Je pense, commenta Connie. Vu l'odeur.

– Alors j'imagine que oui, reprit Fred.

Il posa discrètement sa cigarette dans une grande coquille d'escargot vide. Les avantages supposés ne valaient pas la peine d'endurer l'impression que sa langue allait se détacher de sa bouche.

Il regarda les deux filles, qui crachaient toutes les deux dans le feu avec dégoût. Il n'avait jamais vraiment connu de fille de son âge, mais Lila et Connie savaient cracher aussi loin que n'importe quel garçon de son collège. Leurs crachats étaient énergiques et puissants. Il les vit échanger un sourire dans la lueur du feu.

Ce fut une nuit particulière, cette nuit-là. Fred ne cessait de repenser à l'homme qui dormait près de son feu, à l'autre bout de la place de la cité en ruine, ainsi qu'au fils et à l'épouse qu'il avait perdus. L'Explorateur était si seul ; il vivait avec la verdure, les oiseaux et cette jungle infinie pour toute compagnie. « Mais je ne suis pas tellement moins seul, moi », songea Fred. Cette pensée le fit frémir.

Il sentit quelque chose toucher sa cheville et sursauta en pensant aux mygales, mais c'était une main – la main de Connie, qui l'avait empoigné dans son sommeil. Il hésita, puis se pencha et pressa son pouce contre le sien. Il espérait que ce contact signifiait clairement : « Ça va aller. Ça va aller. » Ce n'était pas facile d'être précis avec les pouces.

Cela dut néanmoins marcher un peu, car elle s'immobilisa et sa respiration se fit lourde et régulière. Lila marmonna en dormant. Baca était empêtré dans ses longs cheveux bruns. Fred regarda le toit de lianes au-dessus de lui pour repérer d'éventuels serpents, puis, en serrant son silex dans sa paume, il s'autorisa à fermer les yeux.

PÊCHE DANS LE NOIR

Au lever du soleil, l'Explorateur n'avait pas bougé. Il gisait toujours là où ils l'avaient laissé, en train de ronfler, avec un scarabée qui se baladait sur son menton.

Max se réveilla le premier. En se levant, il donna un coup de pied dans l'entrejambe de Fred. Il se gratta partout, puis partit en courant sur la place pavée, secoua l'épaule de l'Explorateur et s'assit sur lui.

L'Explorateur se réveilla en sursaut. Fred frémit en se rappelant ce que l'homme avait dit sur ses réflexes en cas de surprise, mais il se contenta d'afficher une mine légèrement, poliment horrifiée.

– Je peux manger ça ? demanda Max.

Et il tendit une poignée d'herbe sous le nez de l'Explorateur.

L'homme déplaça délicatement l'enfant par terre, se redressa et souffla sur le feu.

– Non, tu ne peux pas, dit-il.

– T'as même pas regardé !

– Il y a peu de chances que la réponse soit oui.

Il leva les yeux.

– C'est toxique, ça. Non.

– C'est sûr que c'est toxique, ou c'est seulement peut-être ?

– C'est sûr.

– Ah. Et ça ?

Max brandit le scarabée de l'Explorateur, qui était tombé de son menton.

– Ça, tu peux le manger, dit l'Explorateur.

Il lui prit délicatement l'insecte.

– Mais d'ici deux heures, tu le regretterais. En règle générale, il vaut mieux éviter de manger des choses qui remuent encore.

– Mais j'ai faim. Et puis il bouge à peine.

– Je te le déconseille quand même vivement.

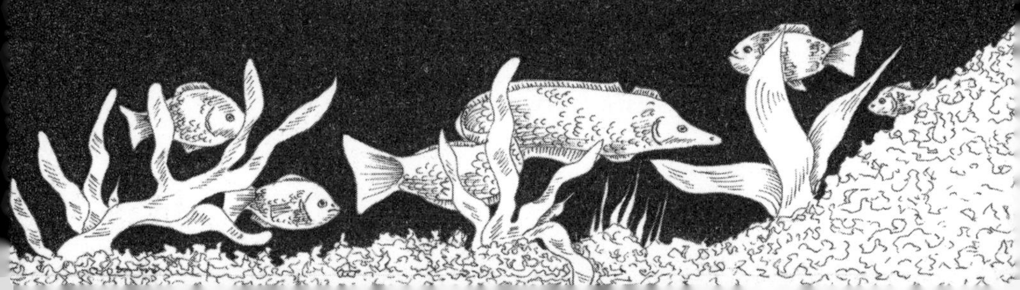

– Qu'est-ce que ça veut dire ?

– Ça veut dire non.

– Ah.

Max s'allongea sur le dos. Sans pleurer, mais son visage dénué d'expression, qui faisait plus que son âge, en disait long. Sans bruit, entre ses dents, il se mit à fredonner en portugais.

Fred racla la rosée des feuilles au-dessus de lui et s'en servit pour se nettoyer la figure. Il regarda Max – il le regarda vraiment – pour la première fois depuis des jours. Le petit garçon s'amaigrissait et ses pommettes étaient devenues saillantes sous ses yeux. Lila avait fait de gros efforts pour qu'il paraisse propre et soigné, mais il avait une traînée de morve sur le visage et de la poussière verte dans les sourcils.

L'Explorateur aussi observait Max. Son visage passa par plusieurs expressions ; il avait les yeux brillants et la bouche pincée.

Soudain, il se leva et, sur un ton d'une brusquerie artificielle, peu convaincante :

– Pourquoi vous êtes encore tous assis ? Le temps est précieux ! Vous ne devriez pas être en train de préparer votre voyage ?

– Mais comment, au juste ? On ne sait pas quoi faire ! s'écria Connie.

Elle gémissait presque. Lila lui jeta un coup d'œil.

L'Explorateur resta impassible.

– Si vous préférez survivre, vous aurez besoin de savoir pêcher à la lance. J'ai participé à des expéditions où les hommes et moi, on n'a eu que du poisson pour survivre pendant six mois.

Max s'illumina.

– Pêcher ? Tout de suite ?

– Ce soir. Il y a un petit lac pas loin d'ici.

– Mais j'ai faim maintenant ! protesta Max.

– Il faut qu'il fasse nuit. Vous pouvez passer la journée à fabriquer des lances.

– J'ai essayé, dit Fred en chassant un moustique d'une tape. Mais les lianes que j'ai utilisées pour fixer les silex n'arrêtaient pas de se casser.

– Des lianes ?

L'homme avait l'air choqué.

– On n'utilise pas des lianes pour fabriquer une lance ! Ce serait comme se servir de Scotch de déménagement pour fabriquer un train à vapeur. Imbécile ! On utilise des intestins. Où sont les tripes de votre oiseau ?

Connie pointa le doigt vers la jungle, où ils avaient enterré les intestins et autres déchets à une distance prudente.

– Déterrez-les et faites-les chauffer sur le feu, puis utilisez-les comme ficelle.

Il fit le geste de former un nœud.

– Et ne revenez pas m'embêter avant.

Il tourna subitement les talons – ils en avaient l'habitude, à présent – et s'éloigna à grandes enjambées vers l'autre bout de la cour, en direction du rideau de lianes enchevêtrées qui dérobait ce coin de la place à leur vue.

Ils déterrèrent les intestins. Ce n'était pas beau à voir, et leur séjour sous terre ne les avait pas arrangés. Connie les lava dans une demi-noix de coco, et Lila, aidée de Fred, les disposa sur les pierres en évitant de regarder de trop près ces tuyaux semi-translucides.

Max tira Lila par la cheville.

– Lila ! T'as entendu ça ?

– Quoi ?

Le silence régnait, excepté le bourdonnement permanent des insectes dans les arbres au-dessus d'eux. Puis Fred tourna vivement la tête : le grondement qu'il avait déjà entendu fendait l'air.

– Ça vient de là… derrière les lianes. Je vais voir.

– Non ! s'écria Connie. Il nous a dit de ne pas l'embêter. Et quand quelqu'un porte des griffes en guise de boutons de manchette, je pense qu'il faut lui obéir.

– Et s'il était en train de se faire dévorer ? objecta Fred. Dans ce cas, ça ne compte pas, si ?

Lila secoua la tête.

– Je suis d'accord avec Connie.

L'intéressée se tourna vers elle, surprise.

– Vraiment ?

– On ne sait pas ce que c'est, mais, en tout cas, il ne veut pas qu'on le sache, et on ne peut pas se permettre de l'énerver une fois de plus.

Lila se tourna vers le feu avec une fermeté inattendue.

– Fabriquons ces lances.

À contrecœur, Fred se rassit. C'était une matinée moite et, à midi, ils empestaient. Les intestins n'étaient pas faciles à vider et ça lui apparaissait comme une pratique étrangement médiévale de les chauffer sur le feu pour les durcir.

– C'est pas comme ça que je voyais la pêche, commenta Connie. Je pensais que c'était un truc de vieux qui s'asseyent au bord d'une rivière et qui disent aux gens de ne pas faire de bruit. Un peu comme des bibliothécaires des rivières.

Fred ouvrit la bouche pour répondre, mais les tripes gouttaient et projetèrent de la graisse brûlante sur ses dents, alors il se tut.

Il se demandait si ses doigts perdraient un jour leur légère odeur d'oiseau mort. Toutefois, quand le jour commença à décliner, il était en possession d'une longue lance, terminée par un silex qui luisait à la lumière. La lance de Lila était solide et droite. Malgré un incident lors du ficelage du silex (Baca avait essayé d'y participer et avait fini couvert de graisse), cette lance était la plus belle. Lila avait des mains habiles et précises, même quand il s'agissait de manier des tripes d'oiseau.

Fred partit en quête d'eau pour laver ses bras graisseux. Dans certaines pierres, il y avait des creux qui récoltaient suffisamment d'eau pour nettoyer une petite zone ; il traversa la citadelle en allant de pierre en pierre et, petit à petit, finit par se débarrasser du plus gros de l'odeur de graisse brûlée. À son retour, il entendit des voix.

L'Explorateur était agenouillé par terre, penché sur son casque. Lila était accroupie près de lui.

– Il faut ménager ses genoux et ses coudes, disait l'Explorateur, qui parlait à voix basse. Ses articulations sont encore très fragiles à son âge.

Lila acquiesça.

– Je sais.

Elle plongea la main dans le casque.

– Je le sens, quand il bouge. Elles sont tellement fines, comme des os de mouette.

– Pense à vérifier sous ses aisselles qu'il n'a pas de parasites. Tiens.

La tête de Baca émergea du casque et l'animal émit un gémissement de protestation.

L'Explorateur afficha quelque chose qui ressemblait à un sourire.

– Il exagère. L'eau lui fait du bien. Maintenant, tiens-le par les pattes avant.

– Comme ça ?

Lila sortit Baca de son bain. Pattes pendantes, il dégoulinait.

– Oui. Regarde s'il n'a pas de tiques sur le ventre.

Lila vérifia attentivement en passant les doigts sur le ventre du paresseux, les yeux plissés.

– Il n'y a rien.

La fourrure de Baca était plaquée sur son crâne, et il ouvrait de grands yeux indignés ; alors qu'il pendouillait entre les mains de Lila, il poussa une sorte de criaillement.

– Maintenant, il faut le sécher.

Vivement, Lila défit sa tresse. Ses cheveux tombèrent en cascade inégale jusqu'à sa taille. Elle souleva le paresseux pour le frotter doucement dessus. Baca se blottit parmi les boucles brunes. Fred vit Connie esquisser un sourire depuis la réserve en pierre. Max dormait à moitié, la tête sur ses genoux.

L'Explorateur haussa les sourcils et les coins de sa bouche se soulevèrent d'un centimètre.

– Je doute que cette technique soit recommandée dans les écoles vétérinaires. Mais c'est bien.

Le soleil descendait vers la statue de panthère. L'Explorateur leva les yeux et vit Fred qui les observait. Il sauta sur ses pieds, comme gêné d'avoir été surpris dans un moment de bonté. Il trébucha sur sa jambe blessée et reprit ses manières sèches :

– Bien ! Vous êtes prêts à y aller ? Il faut que vous ayez chacun du feu avec vous – les yeux des poissons s'illuminent en rouge dans la lumière. Trouvez du bois qui se consume lentement : quelque chose de dense, sinon ça brûlera trop vite.

Ils partirent en file indienne dans la forêt obscure, munis chacun d'une branche enflammée. Baca, toujours un peu humide, fit le voyage dans la chemise de Lila.

L'Explorateur se déplaçait sans provoquer le moindre bruissement. Les autres titubaient lourdement derrière lui, en se cognant les orteils contre des racines invisibles. Une branche fouetta Fred en plein visage et ses feuilles noircirent dans la flamme de sa torche, mais le bois était trop vert pour prendre feu.

– Ne mettez pas le feu à la jungle, s'il vous plaît, lança l'Explorateur sans se retourner.

À sa grande surprise, Fred découvrit que l'obscurité ne lui paraissait plus menaçante. Ça lui donnait encore la chair de poule, mais les ombres noires sous les arbres ne lui nouaient plus le ventre comme avant. Ce changement avait été si progressif qu'il ne l'avait pas remarqué.

– Il y a des fourmilières partout par ici, commenta l'Explorateur. Rien de trop redoutable. Les seules fourmis dangereuses sont les fourmis balles de fusil – et tant que vous pouvez l'éviter, il vaut mieux ne pas les déranger. J'ai été attaqué par une colonie de fourmis, un jour, pendant que je dormais. On aurait dit que j'avais tout le corps couvert de verrues.

– Houla ! fit Lila.

– Exactement. C'est pas bon pour le moral.

Ils partirent dans une nouvelle direction, vers le nord-ouest, et descendirent une pente raide. Chaque fois que leurs branches s'étaient consumées jusqu'à leur main, ils en arrachaient une autre à un arbre et l'allumaient. Deux fois, Fred perdit l'équilibre et dérapa pour finir contre un tronc. Max trébucha et mangea une bouchée de gadoue. Ils durent s'arrêter jusqu'à ce qu'il cesse suffisamment de hurler pour pouvoir se remettre en marche. Lila s'efforça de le consoler ; l'Explorateur se détourna et examina un bousier avec une intensité rageuse.

Le lac, quand ils le rejoignirent enfin, était plus grand que Fred ne l'avait imaginé. Les arbres qui poussaient tout autour avaient étendu leurs racines sous l'eau. L'Explorateur ôta ses chaussures et s'y avança jusqu'aux genoux.

– Venez vite. Qu'est-ce que vous attendez ?

Fred le suivit. Sentant son short s'imbiber, il pria pour qu'ils ne rencontrent rien qui ait des dents, là-dedans. Le lac était parfaitement noir, sauf à l'endroit où sa torche projetait une lumière jaune à travers l'eau, jusqu'au fond vaseux et caillouteux.

Dans la lueur des flammes, des petites lumières rouges apparurent çà et là sous la surface de l'eau, deux par deux. Max éclata d'un rire ravi.

– Plus les yeux sont gros, dit l'Explorateur, plus le poisson est gros. Avancez doucement vers eux. Tenez votre torche près de la surface. Vous enfoncez votre lance le plus lentement possible dans l'eau et puis, au dernier moment, vous la plantez. Vite. Pas dans vos pieds. Maintenant, dispersez-vous.

Lila et Connie échangèrent des regards sceptiques. Elles s'éloignèrent dans le lac, mais sans se séparer. Leur respiration était audible. C'était difficile à affirmer dans le noir, mais Fred crut voir qu'elles se tenaient par la main.

Max prit la main de Fred. Sa paume était tiède, et collante.

– Allons pêcher ! dit le petit garçon.

Fred s'efforça laborieusement de tenir sa lance correctement, tout en écartant la flamme de son visage.

– Si je te donne la torche, dit-il à Max, tu essaieras de ne pas me cramer les cheveux avec ?

Max prit la branche enflammée.

– Peut-être.

Planter la lance était plus dur que Fred ne l'avait imaginé. L'arme était fine et souple dans sa main, mais chaque fois qu'il l'abaissait vers un poisson, celui-ci disparaissait.

Un essaim de moustiques passa au-dessus d'eux – Max éternua et agita sa branche enflammée avec un enthousiasme excessif.

– Max ! Je pense que je ferais mieux de prendre la torche.

– Non ! Non, non, non ! Elle est à moi ! Je vais faire attention !

Soudain, une lance vola près d'eux, à quelques centimètres de la poitrine de Fred, et atterrit dans la vase du lac. Hors de l'eau, l'extrémité du manche vibrait.

Fred sursauta. Max poussa un cri, vacilla vers l'arrière, saisit Fred par les genoux, et les deux garçons tombèrent à la renverse dans l'eau peu profonde. La branche s'éteignit. Fred se redressa en crachant de l'eau et chercha Max autour de lui.

L'Explorateur passa devant eux et, d'une main, remit Max à la verticale.

– Ça va ? demanda Fred au petit garçon.

– Je suis mouillé ! gémit Max. Je ne veux pas être mouillé !

– Mais à part ça ?

Max grimaça, au bord des larmes. Il hésita, puis :

– Mon caleçon est trempé. Mais ça va.

L'Explorateur retira sa lance de la vase.

– C'est bien, dit-il à Max.

Un poisson gros comme la cuisse d'un homme adulte était au bout de la lance.

– Notre petit déjeuner, annonça l'Explorateur. Viens là, Fred, que je t'apprenne comment ça marche. Max, reste sur la berge et surveille le poisson. Tiens, je vais te donner une torche.

L'homme partit vers l'arbre le plus proche, sans sortir de l'eau, arracha une branche qu'il alluma avec la sienne et la tendit à Max.

– C'est beau, hein ?

– C'est vraiment une bonne idée de laisser Max avec du feu ? demanda Fred. Il a tendance à manger des trucs.

L'Explorateur se tourna vers Max.

– Mon petit, ne mange pas le feu ni rien de ce qui t'entoure, pigé ?

– Oui, dit Max.

Il reniflait le poisson.

– Tu vois ? Il comprend, dit l'Explorateur. Viens.

Fred essora sa chemise et marcha dans le lac pour aller se placer à côté de l'homme, qui semblait de bonne humeur. Fred prit le risque de lui poser une question.

– Quand vous partez dans la forêt…

– Oui ?

L'Explorateur s'avança vers le milieu du lac. L'eau clapotait au niveau de ses cuisses. Fred le suivit. L'eau noire se referma autour de sa taille.

– … Qu'est-ce que vous y faites ? Vous partez toute

la journée, mais vous revenez sans nourriture. Vous chassez ?

Pendant un long moment, l'Explorateur ne répondit pas. Il se contenta de fixer le lac. Il était tellement immobile que Fred n'aurait su dire s'il respirait.

– Là. Tu vois ?

Il désignait l'eau trouble et les racines submergées.

Fred ne voyait rien, à part des feuilles flottantes, et la lune.

Le bras de l'Explorateur bougea si vite que Fred ne le vit pas entamer le mouvement ni s'arrêter, mais soudain, il y eut un long poisson fin qui s'agitait au bout de la lance.

– *Acestrorhynchus*, déclara l'homme. Un characin. Il a un goût de brochet. Beaucoup d'arêtes, mais délicieux.

Il sortit un bout de ficelle de sa poche. Un silex fin, aussi pointu qu'une aiguille, était attaché à une extrémité. Il enfila le poisson sur la ficelle.

– Tu m'as demandé ce que je fais pendant la journée, reprit-il. Je répare les choses que j'ai cassées.

Puis il se retourna et écarta ce sujet d'un geste.

– Regarde, tu vois comment je la tiens ? Amène la lance à moins d'un pouce au-dessus du poisson avant de l'embrocher.

Fred se tenait penché sur l'eau. Des yeux rouges scintillaient dans le noir. Il embrocha beaucoup de cailloux, quelques feuilles et même sa propre cheville. Puis, à sa grande stupeur, il sentit la pointe toucher un poisson. Le premier coup ne toucha que la queue, mais le poisson en fut ralenti et Fred frappa encore, frénétiquement, jusqu'à ce qu'il sente la pointe de silex s'enfoncer dans de la chair.

– Je crois que j'ai attrapé quelque chose !

Il haussa sa lance à la lumière. Quelque chose se tortillait au bout ; ce n'était pas gros, mais c'était indiscutablement un poisson.

– Un poisson-loup. Ils appellent ça *traíra* par ici. Mets-le dans ta poche, dit l'Explorateur.

Fred le dévisagea pour voir s'il était sérieux ; comme il ne paraissait pas spécialement d'humeur à plaisanter, Fred glissa le poisson dans la poche de son short. L'animal le fixait de ses yeux morts.

Il attendit un moment, en rinçant le sang de poisson sur ses mains, avant d'oser réessayer.

– Vous réparez quoi ?

L'Explorateur s'avança dans le lac jusqu'à la taille. Il semblait trouver ça plus facile de parler ici, dans l'obscurité.

– Je faisais partie d'une mission de reconnaissance. J'étais en avion et je cherchais le moindre signe de vie en dessous. J'ai tourné autour de la cité en tâchant de comprendre s'il y avait quelque chose à voir, et mon foutu moteur m'a lâché. J'ai traversé la canopée et je me suis écrasé. Il y a eu un incendie qui a détruit une grande partie du feuillage.

– Qu'est devenu l'avion ? Vous avez pu le sauver ?

Le regard de l'homme se fixa sur l'eau et il remua sa lance parmi les algues.

Fred retenta.

– C'est ça qui a fait ce trou dans les arbres ?

– Dans la canopée. Oui. Mais la canopée était là pour une raison. Ceux qui ont bâti cette cité avaient planté les arbres de manière que leurs feuillages s'enchevêtrent. D'au-dessus, on ne la voit pas. Tu pourrais te poster au sommet de la montagne et regarder en bas, tu ne verrais qu'une étendue ininterrompue de verdure.

– Elle a été construite il y a combien de temps ?

– Je ne sais pas. Quand une cité est si entremêlée avec la jungle qui l'entoure, c'est difficile d'être sûr d'une date. Il y a au moins cent ans, voire sans doute plusieurs centaines d'années. Il faudra attendre au moins cinquante à cent ans pour que ces arbres repoussent. J'ai abattu les arbres brûlés là où je pouvais et tenté d'en replanter au même endroit.

– J'ai vu ça ! Il y a de nouvelles pousses vers le milieu de la place.

– Exactement. Mais, comme tu peux l'imaginer, couper un arbre sans scie, ce n'est pas relaxant. Ça m'a pris du temps. En attendant que les arbres repoussent, je dois réparer la canopée. Je suis en train de fabriquer une sorte de bâche avec des palmes et des lianes pour couvrir les trous que j'ai faits. Une cape d'invisibilité.

– C'est ça que vous faites, quand vous partez pendant la journée ?

– Oui. C'est long, comme travail.

Il planta sa lance, remonta un poisson et l'enfila sur sa ficelle. La lumière des flammes soulignait nettement le relief de ses coupures et de ses cicatrices aux mains.

– J'en installe de nouvelles parties à peu près tous les mois. Je suis tombé des arbres un peu trop souvent, ce n'est pas idéal. Mais ce sera un toit de verdure complet, une protection vivante pour les ruines.

– Mais une protection contre quoi ?

– Contre les gens qui quadrillent ces terres depuis le ciel, dit-il d'un ton sec. Contre les gens qui cherchent l'Eldorado. Contre les gens qui veulent emballer ce genre d'endroit dans des paquets, pierre après pierre, et les vendre aux curieux des beaux quartiers de Londres pour un prix équivalant au salaire annuel d'un conducteur de bus. Contre les gens comme moi, très exactement.

– Comme vous ? Mais vous êtes en train de les sauver !

– Non. Je répare les dégâts que j'ai causés. Mais

Dieu sait ce que j'aurais pu faire quand j'étais plus jeune. Je brûlais d'envie de voir mon nom en grosses majuscules noires à la une du *Times*.

Il jeta un coup d'œil oblique à Fred. Lequel s'agita, mal à l'aise, les yeux fixés sur l'eau.

L'Explorateur planta de nouveau sa lance. Ce poisson-là s'agitait encore frénétiquement, et l'homme dut le frapper contre la semelle de sa chaussure pour le tuer ; c'est peut-être pour cette raison qu'il s'empourpra dans la lumière des flammes.

– Les Européens ont déclaré que c'était impossible qu'il existe des cités comme celle-ci. Ils n'ont jamais cru à ce genre d'endroits. Ils pensent que la jungle n'aurait jamais pu nourrir des populations aussi importantes. Ils ont dit que la forêt n'était pas assez nourricière et ils l'ont appelée un « paradis de pacotille ».

Il s'interrompit, regardant fixement, sans les voir, les poissons embrochés sur sa ficelle.

– Les tribus que les Européens ont rencontrées étaient si petites qu'ils ne pensaient pas qu'il puisse y avoir de grandes cités influentes dans la jungle. Ils n'ont pas compris que les tribus qu'ils rencontraient sur la rivière étaient petites justement *parce que* les hommes comme moi, autrefois, les ont trouvées facilement – parce que les maladies venues d'Europe ont tué les indigènes en grand nombre. La rougeole, la grippe. Dieu sait que je l'ai assez constaté. Cette région n'a pas besoin de recevoir la visite de gens comme moi.

La colère le rendait cramoisi jusqu'au cou et aux bras.

Fred ne bougeait pas. Il se contentait d'écouter, plus attentif qu'il ne l'avait jamais été de sa vie.

– Ma femme est née dans un village de la jungle. Nous étions jeunes, nous avions à peine vingt ans. La jungle, c'était l'air qu'elle respirait, c'était sa deuxième peau. Elle est morte de la rougeole peu après la naissance de notre petit garçon.

Il parlait d'une voix neutre.

– Elle l'a attrapée à cause d'une expédition anglaise. Des explorateurs amateurs.

– Et votre fils ? Qu'est-il arrivé à votre fils ?

– Il aurait eu quatre ans une semaine après sa mort. Le choléra.

L'Explorateur scrutait l'obscurité.

– À une époque, cette terre a pu faire vivre des millions de personnes. Et un jour, le monde le saura. Ce jour viendra, j'espère, quand le monde accordera autant de valeur aux gens qu'à la terre. Mais pour le moment, nous n'avons pas besoin que d'autres hommes avec des casques d'explorateur traversent la jungle jusqu'à nous.

Il regardait le sentier qu'ils avaient emprunté.

– Les gens qui passent dans cette cité *et* la cité elle-même seraient menacés.

Le sang de Fred coulait plus vite que d'habitude dans ses veines. Il avait envie de parler – de dire quelque chose pour que l'Explorateur n'ait plus l'air si farouche et si perdu – mais il ne trouvait pas les mots.

L'homme planta de nouveau sa lance dans l'eau trouble, mais cette fois, il rata son coup et il secoua le poing avec passion.

– C'est pour ça que je te redemande de ne parler à personne de cet endroit. Je te le demande du fond du cœur.

Fred était content qu'il fasse nuit, content de ne pas voir la tête de l'Explorateur et que l'Explorateur ne puisse pas voir la sienne.

– Je vous le promets.

Il pensa : « Comment peut-on montrer à quelqu'un qu'on ne ment pas, qu'on est sincère ? »

– Je ne le dirai jamais, dit-il plus fort. Je le jure !

L'Explorateur inclina la tête.

– Merci, Fred.

– Je ne comprenais pas, avant ! Je n'avais pas pensé… Enfin, je croyais que c'était simple.

– Les choses extraordinaires sont rarement simples.

– Mais si vous avez raison au sujet de ce qui se passerait, si vous en êtes sûr…

– Je n'oserais jamais dire que j'en suis sûr. Mais je pense avoir raison. Je le crois assez pour le jurer.

– Alors je le jure aussi.

L'Explorateur poussa un soupir. Un soupir qui évoquait des choses impossibles à démêler.

– Merci.

– Je préfère mourir plutôt que d'en parler, reprit Fred. Je vais l'expliquer aux autres. Et je ne dirai jamais un mot sur vous.

– Moi non plus, fit une voix. T'es *mon* explorateur ! J'aime pas partager.

Fred sursauta. Max était revenu dans le lac, en pataugeant sans lâcher sa torche, et se dressait juste derrière l'Explorateur, dans l'eau jusqu'aux côtes, prêt à lui enlacer les genoux par-derrière.

L'Explorateur s'écarta d'un bond, surpris par les mains de l'enfant.

– Bon Dieu ! Il vaut mieux éviter les démonstrations d'affection quand tu tiens une torche, mon petit, dit-il d'un ton rogue.

Il ébouriffa les cheveux de Max.

Le garçon gloussa et partit en direction de Lila et Connie dans l'eau peu profonde, en chantant une chanson dont les paroles semblaient exclusivement composées du mot « poisson ».

L'Explorateur tendit sa lance à Fred.

– Tiens. Essaie avec la mienne. Elle est plus légère.

– Mais vous allez vous servir de quoi, vous ?

– En fait, je n'ai pas besoin de lance.

Il s'accroupit, immergé jusqu'à la poitrine, et plongea les mains jusqu'aux coudes. Une de ses mains fusa dans l'eau. Il y eut un certain remue-ménage, puis l'Explorateur brandit entre ses deux mains un poisson de la taille de son avant-bras. Ses écailles scintillaient dans le clair de lune.

– Le seul inconvénient, quand on fait comme ça, c'est qu'on tombe parfois sur un piranha. Et ça, ça peut être désagréable.

Fred imagina son père, chez eux, chaudement vêtu d'un costume trois pièces.

– Si seulement c'était vous, mon père, marmonna-t-il si bas que l'Explorateur aurait pu choisir de ne pas l'entendre.

Mais il se tourna vers lui, les sourcils haussés.

– Tu ne devrais pas souhaiter ça. Je n'ai pas été brillant, comme père, dit-il sèchement. Et puis, Fred, il est possible que ton père te surprenne. C'est dans leur nature, aux pères. Ils ne sont pas aussi prévisibles qu'ils le paraissent.

– Le mien, si, affirma Fred. J'aurais voulu…

Il s'interrompit. Toutefois, dans l'obscurité, il était plus facile de parler.

– J'aurais voulu lui parler de cet endroit. J'aurais pensé qu'il serait fier.

– Je suis sûr que ton père est déjà très fier de toi, répondit l'Explorateur.

Il l'écoutait à moitié, les yeux fixés sur le lac.

Fred fusilla son dos du regard.

– Non, pas du tout ! C'est bien simple, il aurait préféré que ma mère n'accouche jamais de moi. Comme ça, elle ne serait pas…

L'Explorateur se tourna vers lui et le regarda droit dans les yeux.

– Ce n'est pas « simple », Fred. Il faut que tu arrêtes d'employer ce mot. Supprime-le de ton vocabulaire. Tout est d'une complexité infinie. Presque rien n'est simple dans la vie.

Fred soupira. Il était déçu de l'Explorateur.

– Les adultes disent toujours ça.

– Ça n'en est pas moins vrai. Le monde est plus grand que l'imagination de n'importe quel être humain ; comment pourrait-il être simple ?

Il plongea sous l'eau. Son corps disparut sous la surface noire, et il revint en serrant dans son poing fermé quelque chose qui ressemblait à une anguille et se débattait contre sa poitrine. Il reprit comme si de rien n'était :

– Un homme peut à la fois aimer et redouter la responsabilité qui va de pair avec l'amour. Un secret peut être à la fois égoïste et nécessaire. Pour l'amour de Dieu, mon garçon, la vérité est aussi épineuse et diverse que la jungle.

Il se détourna pour s'accroupir dans l'eau. Et soudain, il se figea. Il ne haussa pas la voix ; il n'en eut pas besoin.

– Max. Fred. Vite. Sortez de l'eau. Connie. Lila. Sortez de l'eau.

Fred pivota sur lui-même pour regarder autour d'eux.

– Pourquoi ?

Cette fois, l'Explorateur haussa le ton :

– Sortez !

Connie et Lila se mirent à marcher vers eux dans l'eau.

– Qu'est-ce qui se passe ?

– Plus vite !

L'Explorateur se mit à courir dans l'eau peu profonde, en traînant sa jambe blessée derrière lui. Il saisit Max par la taille, fit tomber sa torche dans l'eau et marcha à grandes enjambées inégales vers la berge. Fred s'élança à leur suite, en trébuchant sur des racines immergées. Lila entraîna Connie dans la vase.

L'Explorateur lâcha Max sur le sol. Le gamin atterrit la tête la première, mais Lila le prit dans ses bras avant qu'il se mette à hurler. L'Explorateur se tourna face au lac, la lance en l'air.

– Qu'est-ce qui ne va pas ? Qu'est-ce qu'on a fait ? demanda Connie.

– Rien.

Maintenant que les enfants étaient sortis du lac, il semblait parfaitement calme.

– On s'en va.

– Mais c'était quoi ?

– Tu vois ces yeux ? Ces deux lumières rouges qui brillent comme les yeux des poissons, là-bas, à l'autre bout du lac ?

Lila déglutit.

– C'est... C'est bien ce que je pense ?

Elle devait avoir une vue perçante. Fred ne voyait qu'une tache rouge et une forme grise.

– Un caïman, dit l'Explorateur. Un vieux. Peut-être deux mètres cinquante de long. Je pense qu'aucun de vous ne l'intéresse. Mais...

Il ne finit pas sa phrase.

– Vous avez déjà été mordu ? demanda Connie.

– Quelquefois. Venez. Mieux vaut qu'on s'en aille vite.

Il lança Max en l'air, le saisit par une cheville et le jeta par-dessus son épaule.

– Suivez-moi, vous trois. Posez les pieds là où je pose les miens.

Max, qui pendait dans le dos de l'homme, fouilla dans sa poche.

– Fred, chuchota-t-il, la tête en bas. J'ai un truc à te dire.

– Oui ?

– J'ai mangé un tout petit morceau du poisson de l'Explorateur. En attendant. J'avais faim.

Il tendit le poisson, dans lequel les traces de ses doigts s'étaient imprimées.

– C'est pas grave ?

Fred regarda le visage plissé d'angoisse du petit garçon.

– Non, assura-t-il en s'efforçant de garder son sérieux. Mais à ta place, je ne recommencerais pas. Cela dit, ça peut se manger cru, le poisson. Je pense que tu n'as pas besoin de t'inquiéter.

– Je ne vais pas mourir ?

– Non. Je pense même qu'on est peut-être tous en sécurité, d'une certaine manière. Pour le moment.

L'Explorateur se tourna pour regarder Fred et faillit cogner la tête de Max contre un arbre.

– Oui, vous êtes en sécurité, dit-il. Enfin, vous pourriez encore mourir ici. Mais si vous faites attention, vous éviterez beaucoup de dangers.

Il s'arrêta et observa la file d'enfants trempés de sueur qui le suivaient dans le clair de lune. Il secoua la tête.

– Il n'y a pas moyen de dire ce qu'il faut dire sans avoir l'air d'être une pom-pom girl.

Il n'avait pas grand-chose d'une pom-pom girl, songea Fred. Les pom-pom girls portaient moins de dents d'animaux sur elles, d'après lui.

– Vous voyez ça, tous ?

L'Explorateur leva sa torche pour éclairer les arbres et les oiseaux endormis.

– Pas besoin d'être dans la jungle pour être un explorateur. Chaque être humain de cette planète est un explorateur. Explorer, ce n'est rien de plus qu'être attentif avec un grand A. *Soyez attentifs.* Voilà ce que le monde exige de vous. Si vous accordez une attention forcenée au monde, vous serez aussi protégés qu'il est possible de l'être.

Il les fusilla tous du regard, l'un après l'autre. Pour une fois, Fred ne frémit pas devant son air féroce.

– À propos d'être attentif… Lila, reprit l'Explorateur, ton paresseux essaie de manger tes cheveux. Ça va lui donner des problèmes digestifs, s'il y arrive.

Il se remit à marcher. Les côtes maigres de Max rebondissaient contre sa colonne vertébrale tandis qu'il le portait vers leur campement.

LE SERMENT

Personne n'avait envie de dormir, ce soir-là. Ils s'assirent autour du feu et firent cuire le poisson jusqu'à ce qu'il crépite et crachote. Fred expliqua à Lila et Connie l'histoire de la canopée et de l'homme qui travaillait chaque jour à protéger le grand secret vert enfoui au cœur de la jungle.

– On devrait faire quelque chose pour lui prouver qu'on ne dira rien, suggéra Connie.

– Tu penses qu'il ne nous croit pas ? demanda Lila.

Baca ronflait, couché sur ses genoux, et Max était roulé en boule à ses pieds, les yeux fermés.

– C'est pas ça, mais je pense qu'il n'est pas du genre à se laisser convaincre facilement, dit Connie.

– L'idée me plaît, répondit Fred. Qu'est-ce qu'on pourrait faire ?

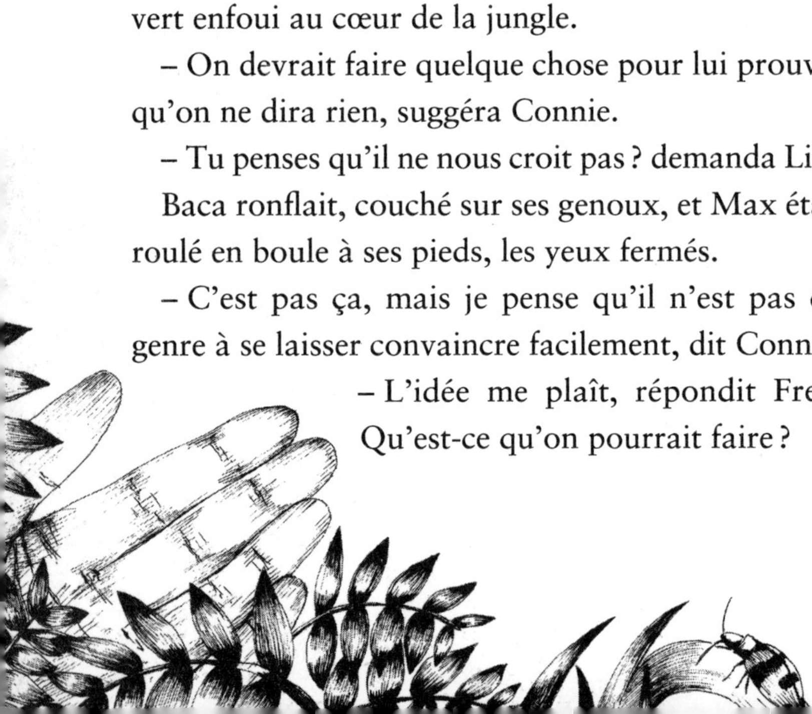

– On pourrait prêter serment, dit Lila. On pourrait faire un pacte de sang, comme dans les livres.

– Je veux quelque chose de plus permanent que ça, intervint Connie.

Elle leva les yeux vers le toit, à travers lequel on voyait briller les étoiles, points argentés qui émaillaient le vert.

– Je veux quelque chose de grandiose. Quelque chose qui permettra que tout ça dure pour toujours.

Lila se redressa, réveillant Baca en sursaut.

– Je sais ! On pourrait se faire une marque… un genre de tatouage !

– On n'a pas d'encre, objecta Fred.

– Mais l'Explorateur en a, lui ! les informa Connie. Je l'ai vue en ramassant du bois. Il dit qu'il range ses affaires les plus précieuses, celles qu'il ne veut pas qu'on lui vole, sous son hamac pendant qu'il dort.

Il y eut un silence. Puis Fred lança :

– S'il ne veut pas qu'on la lui vole, je ne sais pas si je veux essayer de le faire. Il dort avec un couteau.

L'excitation semblait avoir enhardi Connie.

– Je vais le faire, moi !

Même Baca eut l'air surpris.

– Connie ! s'exclama Lila. Tu es folle ?

Mais elle s'était déjà levée. Elle traversa la place en courant sur la pointe des pieds, à moitié pliée en deux, en se marmonnant des mises en garde. Fred et Lila échangèrent des regards ébahis.

Connie revint cinq minutes plus tard avec l'encre.

– J'ai réussi !

– Tu l'as volée ? demanda Lila d'un ton admiratif.

– Oui ! dit Connie en rougissant, triomphale, dans la lueur du feu. Enfin, plus ou moins.

– Comment ça, plus ou moins ? la questionna Fred.

– Il était plus ou moins réveillé. Il a plus ou moins dit qu'on pouvait la lui emprunter. Il a dit que c'était précieux et que si on la renversait, il me mettrait des serpents dans les cheveux. Mais je l'aurais volée, s'il l'avait fallu.

Fred sourit.

– Qu'est-ce qu'on va se tatouer, alors ?

– On pourrait écrire « Je le jure » ? proposa Lila.

– Trop compliqué. Ça nous donnerait trop d'occasions de le rater, dit Connie.

– Ou un X, dit Fred. Comme celui de la carte.

– Ça me plaît, ça, l'approuva Lila.

Connie acquiesça. Elle aiguisa la pointe du canif avec un silex, et Lila la fit chauffer dans les flammes du feu pour la stériliser.

– Qui veut passer en premier ? demanda Lila.

Il y eut un silence. Un silence alourdi par le couteau que Lila avait à la main.

– Je vais le faire, décida Fred.

Il essaya de ne pas laisser ses mains trembler. C'était plus dur qu'il ne l'avait imaginé, d'inciser sa propre peau. Il appuya avec une vive grimace et traça une ligne fine à la base de son pouce, là où il se rattachait à sa paume.

– Ça fait mal ? demanda Connie avec inquiétude.

– Un peu, avoua Fred d'une voix crispée. Mais c'est rien à côté de tout le reste.

Il ajouta un deuxième trait et tamponna le sang.

– Comment on met l'encre, à votre avis ?

– Je crois qu'on la fait simplement goutter dessus, dit Lila.

L'encre piquait. Fred serra les dents, mais Connie et Lila eurent toutes deux le tact de détourner les yeux.

– Voilà ! dit Fred.

Il brandit son pouce dans la lumière du feu : il était orné d'un petit X rehaussé d'encre et de sang.

Lila passa ensuite. Elle grimaça lorsqu'on ajouta l'encre, mais ne dit rien. Connie passa plus de temps sur le sien. Elle veilla à ce que les deux traits du X soient parfaitement droits.

– Je le garderai toujours, expliqua-t-elle en frottant

l'encre pour la faire entrer. Je ne veux pas qu'il soit de traviole.

Soudain, Max se redressa.

– J'en veux un ! s'écria-t-il.

– Max ! Je croyais que tu dormais, dit Lila.

– Je faisais semblant.

– Chut, Maxou. Dors.

– J'en veux un aussi ! Je veux faire la promesse secrète !

– Non, dit Lila. Sûrement pas. Ça fait mal. Tu pleurerais et tu réveillerais l'Explorateur. Et puis, de toute façon, papa et maman me tueraient.

– Je ne pleurerai pas !

– Mais si, tu pleurerais.

– Mais c'est mon secret à moi aussi ! Si vous voulez que je garde le secret, vous devez me laisser faire ça aussi !

Les autres se regardèrent. Lila soupira.

Max pleura, en effet, mais il fit de gros efforts pour se retenir. Lila prit le couteau. Max plissa les paupières, se mordit la lèvre et tapa du pied, et, malgré son visage ruisselant de larmes, il ne cria pas lorsque Lila ajouta l'encre sur sa main.

– On prête serment ? lança Connie. Qu'est-ce qu'on doit dire ?

– Fais-le, Fred, dit Lila. Tu es le plus âgé.

Fred sourit, légèrement embarrassé.

– Nous faisons le serment…, commença-t-il.

– Une seconde !

Connie jeta une brassée de petit bois dans le feu, qui se dressa vers le ciel en crépitant.

– OK, vas-y.

– Nous faisons le serment de garder le secret à propos de cet endroit, reprit Fred. Jusqu'à ce qu'il n'y ait plus de danger à en parler au monde entier, ou jusqu'à notre mort – selon ce qui viendra en premier.

– Je le jure, déclara solennellement Connie. Mais statistiquement, on a plus de chances de mourir avant d'avoir l'occasion d'en parler à quelqu'un, vous savez, ajouta-t-elle avec un sourire.

– Je le jure, dit Lila. Pour toujours.

– J'le jure, répéta Max. C'est *ma* ville.

Il étudia son X avec orgueil.

– Personne ne pourra la partager avec nous.

Connie regarda Lila, qui regarda Fred. Les trois aînés échangèrent un sourire au-dessus de la tête de Max.

L'ÉCOLE DES EXPLORATEURS

Le lendemain était un jeudi, douze jours après l'accident d'avion. Fred fut réveillé d'un cauchemar sur un avion en feu par le vautour, qui lui picorait le dos de la main. Il se redressa.

– Hé !

Le vautour le considéra d'un œil irrité, méprisant à cause de l'état de décadence de ce monde qui l'avait tant déçu.

– Au pied ! fit une voix de l'extérieur, suivie d'un sifflement.

Le vautour sortit de la cabane en pierre en se dandinant. Fred le suivit.

– C'est bien, dit l'Explorateur au vautour en frottant sa tête rougeâtre, sans plumes, comme s'il s'agissait d'un chien.

Devant la cabane en pierre, le feu avait déjà été allumé.

– Réveille les autres, ordonna l'Explorateur.

– Le soleil vient à peine de se lever, protesta Fred, dubitatif. Quelquefois, Max menace de nous faire pipi dessus quand on le réveille tôt.

– Réveille-le quand même. S'il décide d'utiliser son urine comme une arme, tant pis. Je vous ai observés, et il y a certaines techniques élémentaires de survie que vous ne connaissez pas encore. Je vais travailler tard aujourd'hui, alors il faut m'écouter maintenant.

Son regard tomba sur la paume de Fred et il vit la marque. Il ne fit aucun commentaire, mais Fred crut entrevoir un début de sourire au coin de sa bouche.

– Venez, dépêchez-vous ! Les cours de l'École des explorateurs commencent.

Les autres émergèrent en se frottant les yeux.

L'Explorateur leur tendit des morceaux de viande sortis d'une calebasse taillée en forme de plat.

– Pour rentrer chez vous, vous aurez besoin de connaître la rivière et la terre. Dites-moi ce que vous savez.

Ils n'auraient su dire ce que c'était comme viande – « un oiseau, pensa Fred, à moins que ce ne soit du poisson ». Il mangea le plus lentement possible, en mastiquant chaque bouchée jusqu'à ce qu'elle se transforme en bouillie dans sa bouche.

– On connaît déjà assez bien la rivière, affirma fièrement Connie. On est venus sur un radeau.

– Décris-le-moi.

– C'est Fred qui l'a fabriqué.

Connie se tourna vers le garçon. Sa joue était couverte de piqûres de moustiques, mais elle affichait un grand sourire.

– Il était obsédé par ce machin.

– Tu l'as fabriqué avec quoi ? demanda l'Explorateur à Fred.

Fred le décrivit de son mieux. Il s'efforça de ne pas paraître trop fier.

– Ça m'a l'air bien conçu, déclara l'Explorateur, et Fred sentit son visage s'empourprer de plaisir.

– Je suis venu de Manaus en radeau, par le río Negro, lors d'une de mes premières expéditions. Je me suis servi d'un modèle similaire. Ce n'est pas aussi bien qu'un canoë évidé, mais c'est plus rapide à fabriquer.

– Qu'est-ce qu'elle cherchait, cette expédition ? demanda Fred.

– Diverses choses. Certains des hommes cherchaient une ville, d'autres des plantes pour fabriquer un nouveau médicament. Moi, j'avais juste soif de découvrir le monde. Nous étions naïfs, et maladroits. Deux hommes sont morts. Mais j'ai adoré.

L'Explorateur traça un plan dans la poussière.

– Vous venez de là. Vous contournez les rapides par la pointe du Mort, puis vous vous dirigez vers le nord. Il y a de l'eau qui vous saute au visage, le radeau essaie de prendre les vagues comme un cavalier qui dirige son cheval, et moi, j'essayais d'éviter que la tige de bambou dont je me servais pour nous diriger dérape et m'empale par la cage thoracique. Ce furent là quelques-uns des plus beaux jours de ma vie.

Il leur tendit d'autres morceaux de viande. Max ouvrit de grands yeux suppliants et eut droit à une double ration. Connie ouvrit la bouche pour s'y opposer, puis la referma.

– Vous devrez effectuer une partie du trajet que j'ai fait avant d'arriver en ville. Ce sera mouvementé. De l'écume et des cailloux. Vous risquez d'être projetés à plusieurs mètres de hauteur, alors il faudra attacher le petit. Si quelqu'un tombe par-dessus bord, il ne pourra pas attraper le radeau sans le renverser, dans des eaux pareilles.

– Vraiment ? s'étonna Lila. Mais on ne pourrait pas...

– Non, la coupa-t-il d'un ton sévère. La seule chose honorable à faire, c'est de se noyer.

– Ah, firent Lila et Fred.

– Très bien, conclut Connie. Quoi d'autre ?

– Ensuite, vous avez certains préparatifs à faire. Vous avez un stylo ?

Ils n'en avaient pas, bien sûr, mais Lila prit un silex pour graver des notes sur une pierre grise.

– Dans la forêt, à quatre-vingts kilomètres d'ici, dit l'Explorateur en complétant sa carte dans le sol, vous tomberez sur un genre d'abeille ; elle est absolument minuscule, et assez belle. Elle est attirée par la transpiration et l'humidité, et ce qu'elle aime le plus, c'est faire son nid dans votre pupille. Les gens d'ici l'appellent « lèche-œil ». Note ça.

– Lèche-œil, répéta Lila en grattant la pierre avec force.

Son visage ne montrait aucune crainte, juste de la concentration. Baca grimpa sur sa tête et resta assis là, tel un chapeau curieux.

– Le mieux, c'est de mettre un bout de filet devant vos yeux.

– On pourra fabriquer un filet ? demanda Fred.

– Bonne question. C'est l'une des très rares choses qui soient pratiquement impossibles à fabriquer.

– Est-ce que je pourrais…

Fred ferma les yeux et tenta de se représenter le filet nécessaire.

– … percer des trous dans une peau de serpent ?

– Oui…

L'Explorateur regarda Fred en hochant lentement la tête.

– En fait, ce n'est pas une mauvaise idée. Mais c'est difficile de trouver des peaux de serpent par ici. Les vautours les mangent. J'ai une moustiquaire. C'est ce que j'ai de plus précieux, je pense.

Ils attendirent.

– Je suppose que je peux y découper quatre morceaux. Vous n'aurez qu'à les nouer derrière votre tête avec des lianes.

– Merci ! s'exclamèrent Fred et Lila en chœur.

– C'est gentil, déclara Connie d'un ton solennel.

L'Explorateur repoussa ces compliments d'un geste, les sourcils froncés, étonnamment gêné de tant de gratitude.

– Ensuite, il y a les chauves-souris vampires.

Il ajouta des traits à son plan, ainsi que des pointes pour indiquer des collines.

– Vous devrez trouver un moyen de les repousser.

Connie leva le nez.

– S'il vous plaît, dites-moi que c'est une blague.

– Pas du tout ! Elles vivent en horde. Pas par ici, mais de l'autre côté de la montagne. Vous en avez forcément entendu parler, non ?

– Non ! dit Connie.

Fred n'en avait pas entendu parler non plus.

– Mais Lila, sans doute, ajouta-t-il.

– Je n'en ai jamais vu, dit Lila. Je sais que leurs dents de devant sont plus tranchantes que des rasoirs, et que leur langue dégage un produit chimique qui empêche votre sang de coaguler.

– Exactement, dit l'Explorateur. C'est très impressionnant d'un point de vue évolutionniste, mais très contrariant d'un point de vue personnel.

– Contrariant ? répéta Connie. C'est *contrariant*, les chauves-souris qui vous mangent ?

– Elles ne vous mangent pas, ma chère enfant. Elles vous boivent. Je t'assure qu'il y a une différence. Quand vous arriverez de l'autre côté de la montagne, il faudra vous méfier des asticots.

– Les asticots, répéta Connie, blanche comme un linge.

– Oui. C'est déplaisant de se considérer comme le genre de créature que les asticots aiment parasiter, mais c'est comme ça. J'ai vécu un moment déconcertant, il y a de longues années, quand un asticot s'est extrait de ma peau. Il a sorti la tête de mon corps comme un suricate qui dresse la tête hors de son trou. C'était extrêmement surprenant. Je vous apprendrai à les extraire avec une épine et du feu. Il faudra m'y faire penser.

Lila inscrivit *asticots* sur la liste, et ajouta un point d'interrogation.

L'Explorateur les considéra d'un œil approbateur.

– Vous devriez partir bientôt. Vous êtes presque prêts.

Fred le regarda avec stupeur. Curieusement, cette nouvelle ne le remplissait pas de soulagement comme elle aurait dû.

– Vous feriez mieux de partir avant la saison des pluies. Vous savez pêcher, maintenant. Fred sait poser un piège. Avec ça, les mygales et des baies, vous devriez survivre. Le problème des asticots s'aggrave pendant la saison des pluies, et on avance beaucoup plus lentement quand le sol est boueux. Et puis il y a la fièvre jaune, bien sûr.

– Ah oui, bien sûr ! ironisa Connie, au bord de l'hystérie. Les asticots, ça ne suffirait pas, sans une bonne fièvre pour vous rendre jaune. Ça va être de super vacances.

L'Explorateur l'ignora.

– Et quand vous aurez regagné la ville, quand on vous demandera comment vous avez fait pour trouver le chemin, il faudra mentir.

– On dira ce que vous voulez, promit Connie.

– Et peu importe combien de personnes vous posent la question. Ne dites jamais mon nom. Compris ?

– On ne connaît pas votre nom, souligna Connie. C'est quoi, qu'on sache ce qu'il ne faut pas dire ?

L'homme émit un grognement de colère et d'amusement mêlés. Il se mit debout et souleva le vautour dans ses bras.

– Je vais travailler, aujourd'hui. Si vous retentez d'aller derrière le mur de lianes, je ferai bouffer vos petits orteils à...

– Au vautour, oui, on sait, le coupa Connie.

– Qu'est-ce que c'était, cette viande ? demanda Fred alors que l'Explorateur tournait les talons. C'était bon.

– Quoi ? Ah, du caïman. Celui du lac.

Cette nuit-là, Max vint tirer le pied de Fred.

– Fred ! siffla-t-il dans un murmure étouffé. Fred ! J'ai une mauvaise nouvelle. J'ai l'impression qu'il va se passer quelque chose d'affreux.

– Quoi ?

Fred, réveillé en sursaut, chercha à distinguer le visage de Max dans l'obscurité.

– J'ai l'impression qu'il va se passer quelque chose d'affreux, répéta Max. Beaucoup de choses affreuses.

– Chut, Max. De quoi tu as peur ?

Max parlait d'un ton gémissant, chargé d'une terreur sincère.

– Il y a quelque chose qui vient.

– Mais non, rien ne vient, assura Fred. Tu as sans doute rêvé du caïman.

Il tendit l'oreille. La forêt n'était jamais silencieuse – elle était pleine de bruissements, de bourdonnements d'insectes et de cris de singes qui retentissaient toute la nuit –, mais elle ne paraissait ni plus bruyante ni plus calme que d'habitude.

– Quel genre de chose ?

– Un animal. Il nous observe. Ou un monstre. Je le sais.

– Les monstres n'existent pas, Max.

– Ils nous observent ! Je les ai entendus !

– Les animaux vivent leur vie, Max. Je t'assure. Ils ne s'intéressent pas à nous.

– Je les entends respirer !

– Inutile de t'inquiéter. Tout ce que tu as à faire, c'est dormir.

Il faisait sombre sous le toit de lianes, mais Fred vit que Max avait les yeux écarquillés, la mine sceptique et les cheveux trempés de sueur.

– Je peux venir dormir à côté de toi ?

Fred hésita. Max n'était pas un dormeur paisible. Il remuait beaucoup, mordait et pétait dans son sommeil.

– S’il te plaît ?

– D’accord. Mais essaie de ne pas me mordre, OK ?

– Oui.

Max s’empara fermement du poignet de Fred, le fourra dans sa bouche et s’endormit.

Fred était sur le point de sombrer lorsqu’il aperçut du mouvement dans les arbres. Il se mit à quatre pattes et gagna la porte de la cabane en pierre sans se lever. Il scruta la place. Le clair de lune filtrait entre les trous de la canopée.

Quelque chose les observait, en effet. Mais ce n’était pas un animal. Ni un monstre. C’était l’Explorateur. Il était assis sur une branche basse, adossé tranquillement contre le tronc, son couteau à la main. Il montait la garde.

DES CHATS GLACÉS

Ils se réveillèrent sous une pluie si drue que Fred distinguait à peine sa main lorsqu'il la tendit devant lui. L'Explorateur avait déposé du poisson frais sur le seuil de leur cabane, mais n'était nulle part en vue. On ne voyait que la vapeur blanche grondante de la pluie. Elle passait à travers le toit et leur gouttait sur le visage. Ils attendirent, accroupis, moroses, que ça cesse. Mais le déluge continuait. Ils étaient de plus en plus trempés.

– Allons nous cacher sous les statues, proposa Fred. On peut emporter le poisson.

Ils galopèrent vers l'autre bout de la place, où se dressaient les quatre immenses statues. Baca émit une sorte de reniflement ou de miaulement quand Lila s'élança avec lui, en dérapant dans la boue.

Derrière les statues, dans le mur, il y avait un petit renfoncement suffisant pour constituer un abri. Ils s'accroupirent tous les quatre, coude à coude, pour regarder le ciel et écailler leurs poissons. Fred s'attendait presque à trouver l'Explorateur ici, au sec, mais il n'y avait aucun signe de lui.

Il lança un caillou sous le déluge et le regarda disparaître dans le mur d'eau.

– Et si on faisait quelque chose ? proposa Lila.

Elle tendit à Baca une poignée de feuilles tirées de sa poche. Baca se détourna et lécha sa fourrure humide.

– Si on allait chercher à manger ? Sinon, on pourrait faire un jeu...

Fred reposa le poisson qu'il était en train d'écailler.

– Quoi, comme jeu ?

Il était content d'arrêter de travailler. La pluie rendait le poisson glissant, ses mains étaient couvertes d'égratignures et il avait des tas d'écailles sous les ongles. Il nota qu'il avait les doigts calleux, à présent ; ils s'étaient endurcis ces derniers jours.

– Oui, quel genre de jeu ? reprit Connie d'un ton soupçonneux. Je ne connais que le bridge, et on n'a pas de cartes.

– Le bridge ? répéta Lila.

Connie se mit sur la défensive.

– On n'y jouait pas beaucoup au collège. Enfin...

les autres y jouaient quelquefois. Mais en général, je ne… (Elle s'interrompit.) Je n'en ai pas vraiment envie. C'est pour les bébés, les jeux, non ?

– Vous connaissez le jeu du chat glacé ? lança Fred. C'est un peu comme jouer au chat, sauf que, lorsque tu es touché, tu t'immobilises jusqu'à ce que quelqu'un passe sous tes jambes en rampant pour te libérer.

– Sous une pluie pareille ?

Connie gratta une de ses piqûres de moustique.

– On ne peut guère être plus mouillés que maintenant, argumenta Fred en montrant son pull, qui gouttait sur le poisson.

Connie se leva d'un bond.

– D'accord. Allons-y !

– C'est toi le chat ! lui dit Lila.

Ça ne ressemblait pas aux parties de chat auxquelles Fred avait déjà joué ; il s'agissait presque plus de nager que de courir. Ils couraient d'une statue à l'autre en glissant sur les pavés mouillés. La boue clapotait sous leurs chaussures et les éclaboussait jusqu'à la taille. Ils recevaient de la pluie dans les yeux, les oreilles et la bouche, et s'écroulaient lourdement sur les mains quand ils essayaient de se sauter dessus. Connie courait gauchement, ses talons lui martelaient les fesses, mais son visage rayonnait d'excitation.

– Je ne m'attendais pas à ce que ce jeu soit aussi… *littéral*, commenta-t-elle, haletante. Ça me plaît.

Ils coururent vers les arbres de la jungle. Fred escalada deux lianes pour échapper à son poursuivant, une dans chaque main et les genoux autour des deux pour garder l'équilibre, jusqu'à ce que Connie hausse Max dans ses bras et qu'il touche la cheville de Fred du bout des doigts.

– Tu es glacé ! s'écria Max.

La pluie martelait son petit visage levé vers le ciel et redessinait ses sourcils.

Connie le reposa par terre et se plia en deux.

– Attendez ! Fred ! Lila ! Je crois que je vais mourir.

Lila s'arrêta en dérapage, projetant une giclée de boue.

– Quoi ?

– Le côté de mon ventre ! Il est en feu.

– Ça te brûle ?

– Oui !

– Et tu as du mal à respirer ?

– Oui !

– C'est juste un point de côté.

– Quoi ?

– Tu sais pas ce que c'est, un point de côté ? demanda Max. Comment c'est possible ? T'es débile !

– Chut, Max, fit Lila.

Elle se tourna vers Connie, violacée, pour la calmer d'un hochement de tête sérieux.

– C'est juste un truc qui arrive quand on court. Le

mieux à faire, c'est de prendre une grosse branche dans chaque main et de serrer très fort les poings dessus.

– D'accord ! Merci !

– Ça marche, ce truc ? s'étonna Fred. Je n'en avais jamais entendu parler.

– Oui, ça marche carrément.

Connie courut chercher deux bâtons sous la pluie. Lila chuchota :

– Je ne sais pas, en fait. Je viens de l'inventer. Mais ça pourrait marcher sur quelqu'un qui y croit. Ça compte.

Connie réapparut, serrant un bâton dans chaque main, les joues rosies par l'effort de serrer les poings. Elle y mettait toutes ses forces, comme si elle essayait de pondre un œuf. Elle tapota Fred sur l'épaule.

– C'est toi le chat !

Quand on a une occasion de jouer au chat dans la jungle, sous un déluge tropical, il faut sauter dessus. Des années plus tard, ce moment resterait lumineux pour Fred, comme une pièce d'or qu'il aurait gardée avec lui.

Ce fut leur dernière journée lumineuse. Ensuite, tout fut mis sens dessus dessous.

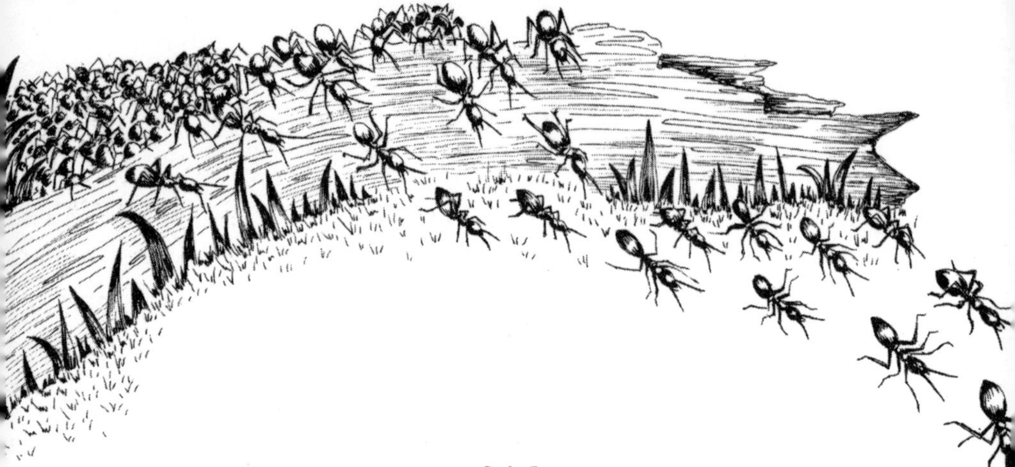

MAX

Les cris n'étaient pas dans la tête de Fred.

Il se redressa d'un bond et regarda autour de lui dans la cabane. L'aube commençait à percer. Connie écartait ses cheveux de ses yeux. Lila était déjà debout.

Max n'était pas couché sur le sol de pierre. Il avait disparu.

Fred sortit en courant sur la place pavée et scruta les alentours dans la lumière grise, en priant pour que Max surgisse de derrière un arbre et leur tire la langue.

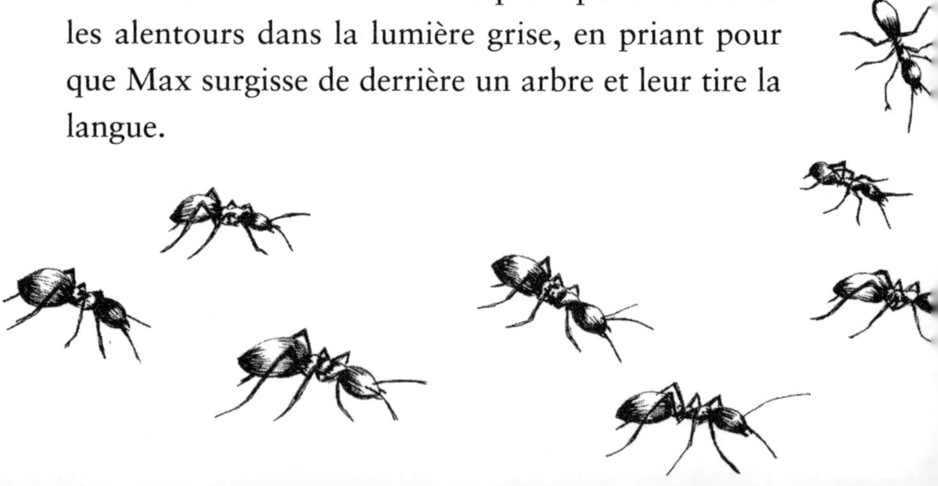

– Max ! hurla Lila. Maxou ! Où es-tu ?

– Max ? vociféra Fred.

Les cris cessèrent, et le silence lui fit un choc pire encore que les cris.

– Ne me dites pas que ça recommence ! gémit Connie.

Il n'y avait pas la moindre légèreté dans sa voix.

Soudain, le sang de Fred se glaça dans ses veines.

– C'est lui, là-bas ?

Il pointa du doigt le mur incliné d'où ils avaient dégringolé, jusqu'au pied d'un arbre. Une masse gisait là.

Fred s'élança vers le talus, mais Lila, qui courait à toutes jambes comme une furie, le dépassa.

Max était roulé en boule. Il tremblait. Sa colonne vertébrale se convulsait contre sa chemise et il avait une respiration rauque, irrégulière.

– Max ? appela Lila. Max, tu es blessé ? Tu m'entends ?

Ses cheveux tombèrent devant le visage de son frère.

– Dis quelque chose !

Max gémit et trembla de plus belle. Ses lèvres remuèrent mais il ne prononça pas un mot.

– Qu'est-ce qu'il a ? demanda Connie.

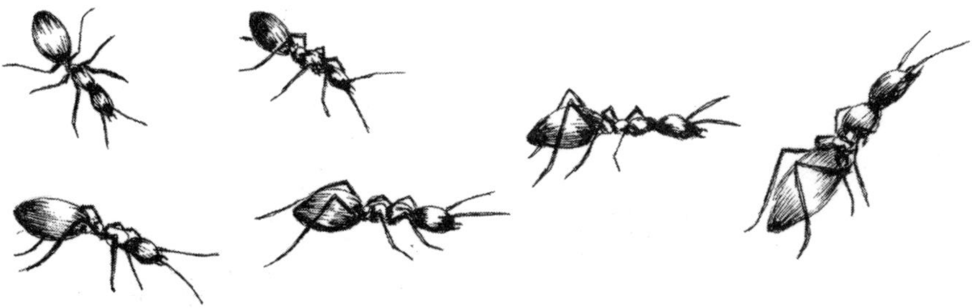

– Je ne sais pas.

Lila rassembla ses bras et ses jambes autour de son petit corps et s'avança en titubant.

– Je ne sais pas ! Venez !

Elle trébucha sur une pierre et faillit lui tomber dessus.

Fred tendit les bras.

– Tu veux que je le porte ?

Elle serra Max plus fort contre elle.

– Non ! Où est l'Explorateur ? fit-elle, désespérée, en balayant la cité du regard.

– Il doit être en train de travailler derrière le rideau de lianes, dit Fred.

Lila y courut en hurlant :

– Hé, l'Explorateur ! Hé, vous ! Où êtes-vous ?

Baca, empêtré dans ses cheveux, se cramponnait à son cou de ses deux pattes avant. Elle ne semblait pas se rendre compte que le paresseux était là.

Fred la suivit au pas de course, suivi de Connie, qui glissa sur les pavés luisants de pluie, se releva tant bien que mal avec un genou en sang et se remit à courir encore plus vite. Fred arriva près des lianes avant Lila et les écarta péniblement pour traverser le mur épais jusqu'à l'endroit où il avait vu l'Explorateur disparaître.

– Au secours ! cria-t-il. Vous êtes là ? Il y a une urgence !

Il avait une petite voix grêle.

Les lianes s'écartèrent et l'Explorateur sortit la tête, rouge de fureur.

– Qu'est-ce que je vous ai dit sur cet endroit ?

– La ferme ! aboya Lila en pivotant brusquement pour lui faire face, Max blotti contre sa poitrine.

Elle lui ratissait la peau avec les doigts pour le retenir dans ses bras malgré ses tremblements.

– Max est malade ! Aidez mon frère, sinon je vous tue.

La colère de l'Explorateur se dissipa aussitôt.

– Qu'est-ce qui s'est passé ? Il est mort ?

Lila poussa un hurlement. De sa vie, Fred n'avait jamais entendu de son pareil. C'était un son sanglant. Elle en postillonna, et elle recula.

– Non ! NON ! Je vous interdis de vous approcher de lui si c'est pour dire qu'il est mort !

Dressée du haut de son mètre quarante, elle n'avait jamais paru aussi grande. Elle avait l'air d'un pirate avec un perroquet sur l'épaule, même si c'était un paresseux. Ses yeux lançaient des éclairs.

– Je te demande pardon. J'ai juste été pris au dépourvu, dit l'Explorateur. Il n'est pas mort. Viens, donne-le-moi.

Le visage ruisselant de larmes, Lila posa Max dans les bras de l'homme.

– Va chercher une branche dans le feu. J'ai besoin de plus de lumière, dit-il.

Fred courut chercher une torche. Lila resta plantée au-dessus d'eux, sans ciller.

L'Explorateur posa Max sur le sol. Il lui retira sa chemise et en fit un oreiller pour lui surélever la tête. Le petit garçon marmonna mais n'ouvrit pas les yeux. Ses tremblements faisaient tressauter ses jambes, et il avait de la salive autour de la bouche.

– Il va s'en sortir ? demanda Lila.

– J'ai l'impression d'avoir mangé un gobelin, dit Connie.

Elle hoqueta et toussa.

– Qu'est-ce qu'on peut faire ?

– Qu'est-ce qui lui arrive ? voulut savoir Fred.

– Il a été mordu.

– Par quoi ?

– Des fourmis.

– Des fourmis ? Ouf ! J'ai cru que c'était un serpent !

Connie lâcha un rire soulagé.

L'Explorateur secoua la tête.

– Un serpent, ce serait mieux. Il a dû marcher sur une colonie de fourmis balles de fusil.

– Des fourmis balles de fusil ! gémit Lila. Mais elles sont…

Elle ne put se résoudre à prononcer le mot.

– Mortelles ? Elles peuvent l'être, surtout en cas d'allergie. Il faut l'envoyer à l'hôpital. Ils pourront le soigner. Mais seulement s'il y arrive vite.

– Vite ? Quand ? demanda Lila.

– Il va trembler une journée de plus, puis il aura la fièvre. On ne peut pas laisser la fièvre durer plus de cinq jours. Une semaine maximum. Elle va faire enfler le cerveau.

– Alors... Alors il va juste mourir ? C'est tout ? siffla Lila. Vous allez le laisser mourir ? Vous ne pouvez pas faire ça ! Je vous tuerais !

Elle avait des yeux fous.

– Non. Bien sûr que non.

Dans la lumière matinale, ils virent que l'Explorateur avait le visage grisâtre et, soudain, l'air vieux.

– Je ne vais pas le laisser mourir. Pas un de plus.

Fred repensa à sa tête le soir où il avait parlé de l'amour, autour du feu.

– Comment, alors ? le pressa Lila.

– Laisse-moi réfléchir, dit l'Explorateur d'un ton mesuré.

– Non ! On n'a pas le temps de rester assis là à réfléchir ! s'énerva Lila. Vous vous en fichez ! Vous ne comprenez pas ! Il faut faire quelque chose *tout de suite* !

– Je ne m'en fiche pas. Et je comprends.

Il prit Max dans ses bras et se mit à lui frotter les pieds et les mains, pour essayer d'accélérer la circulation.

– Je vous ai dit que j'ai eu un petit garçon.

Il se leva et serra Max contre sa poitrine.

– Venez. Celui-là ne mourra pas.

– Mais on fait comment pour aller à l'hôpital ? demanda Fred.

– Vous avez dit que ça prendrait un mois, à pied ! dit Connie.

– Il y a un autre moyen.

– C'est quoi ? Quoi que ce soit, je le ferai ! assura Lila. Je ferai n'importe quoi ! *N'importe quoi !*

– On peut y aller en avion.

DERRIÈRE LES LIANES

L'Explorateur passa Max à Lila, en gardant une main sous la tête de l'enfant.

– Reste ici avec lui. On sera rapides.

– Non ! s'écria Lila. J'ai besoin de savoir ce que vous mijotez.

Elle réinstalla Max dans ses bras, pour le serrer contre elle, avec une affection maladroite.

– Allez !

L'Explorateur ouvrit la bouche pour protester, puis croisa le regard de Lila et la referma. Il se tourna vers le mur de feuillage vert.

– C'est plus profond que vous ne l'imaginez. Venez, écartez les lianes, vite.

Fred poussa sur le côté une énorme brassée de lianes. Certaines avait bruni avec le temps, d'autres étaient aussi grosses que son poignet.

Elles semblaient trop entremêlées pour avoir poussé ainsi. De près, il était clair qu'elles avaient été tissées ; elles formaient un rideau uniforme, impénétrable.

– Ça a poussé ici, ça ? Ou c'est vous qui l'avez planté ? demanda Fred, pantelant, en écartant les lianes.

Il avait l'impression d'essayer de traverser une haie.

– Je l'ai planté, tressé et taillé. Ça valait le coup, pour avoir un endroit secret.

L'Explorateur dépassa Fred et sortit sa machette pour taillader le branchage.

– On est presque de l'autre côté.

Il élargit un espace et retint les lianes pour Lila. Elle fit tourner Max pour que la tête du garçon repose sur son épaule, puis elle traversa. Fred l'entendit lâcher un hoquet de stupeur.

Il poussa la dernière couche de vrilles et de plantes grimpantes, et s'arrêta net.

Les lianes tombaient du toit d'une grande salle en pierre fermée sur trois côtés. Elle était bâtie avec les mêmes pierres que leur dortoir, mais son

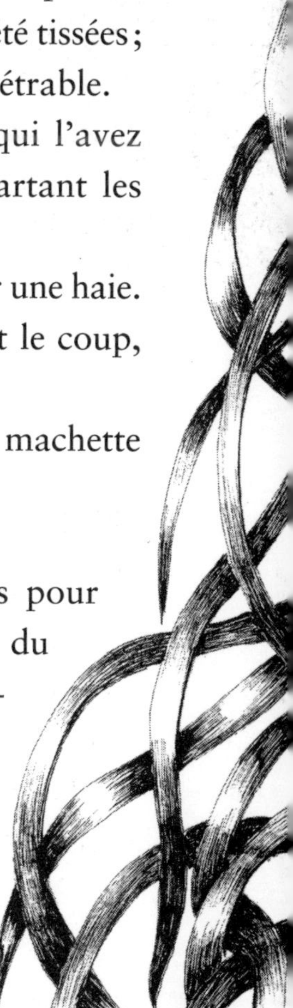

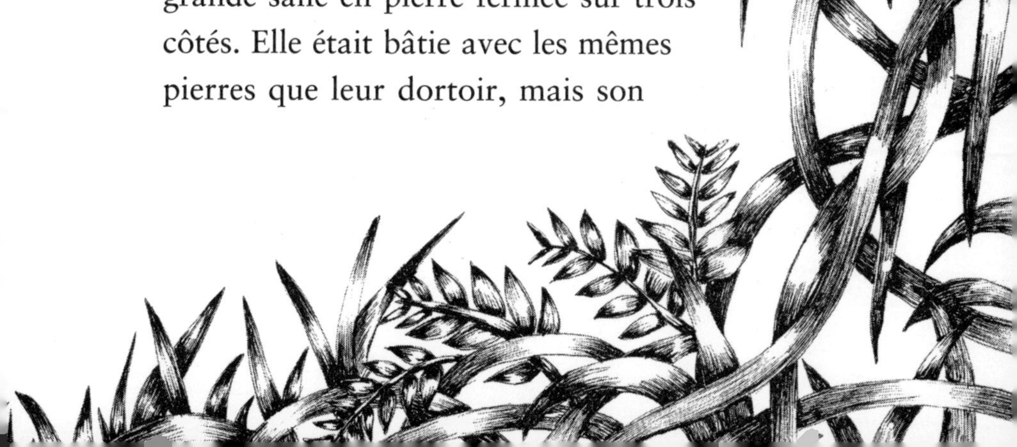

plafond était pratiquement intact. Il était presque aussi haut que celui d'une cathédrale, et il sentait la mousse et les plantes qui poussent sans bruit.

Les murs étaient couverts de lianes, et, dans un coin, quelque chose s'était aménagé un nid – une boule d'herbe et de plumes.

Au milieu du sol en terre battue, quelque chose de jaune et argent brillait dans la lumière verte.

– Un avion, lâcha Fred dans un souffle.

– Exactement.

L'Explorateur marcha à grandes enjambées vers l'avion.

– Venez. Vite.

Ils s'approchèrent, serrés les uns contre les autres. Lila tenait fermement son frère dans ses bras.

– Le voilà.

L'Explorateur tapota le flanc de l'avion : il était petit, avec deux sièges disposés l'un derrière l'autre.

– Mais vous avez dit qu'il avait brûlé ! s'indigna Fred.

– Non. C'est toi qui l'as supposé. J'ai dit qu'il y avait eu un incendie, ce n'est pas la même chose. J'étais parti en reconnaissance quand il s'est mis à fumer. On a atterri en catastrophe. On est passés à travers la canopée et on est tombés pile sur la cité de pierre. Il m'a sauvé la vie. J'ai mis cinq ans à le réparer.

Très lentement, Connie tendit une main et caressa l'aile de l'avion.

– Depuis mon arrivée, j'arrache l'herbe de l'avenue entre les arbres, au cas où. Ça fera une bonne piste de décollage.

Il s'interrompit et rectifia :

– Ça fera une piste de décollage *correcte*. J'espère.

– On va tous rentrer chez nous en avion ! s'exclama Connie, les yeux brillants.

– Pas moi. Je ne peux plus piloter.

Il donna une tape sur sa jambe blessée.

– Il faut deux pieds pour piloter un avion. C'est vous qui allez le piloter.

– Vous voulez qu'on pilote un avion ? demanda Fred.

– Pas tous les trois. L'un de vous.

– Non ! refusa Connie. Jamais. C'est impossible. Absolument pas ! On a déjà eu un accident d'avion. Vous avez une idée de nos chances de survivre à deux accidents d'avion ?

– Qu'est-ce que vous voulez faire d'autre ?

Connie regarda Max. Puis l'avion.

– C'est bien plus simple que ce que vous imaginez, de piloter, assura l'Explorateur.

Max gémit et se tortilla dans les bras de Lila.

– Il y a assez de kérosène pour un cours de pilotage et le trajet jusqu'à l'hôpital. Lequel d'entre vous le pilotera ? Lila ? Comme Max est ton frère, ce droit te revient en premier.

– Je ne peux pas ! dit Lila, les yeux pleins de larmes. J'aimerais bien ! Mais je n'arrive pas à respirer quand je suis en hauteur !

– Connie ? reprit l'Explorateur. Fred ?

– C'est absolument hors de question ! tonna Connie. Je ne voudrais pas tous nous tuer !

L'Explorateur se tourna vers Fred. Fred regarda l'avion. La peur lui brûlait et lui glaçait le ventre tout à la fois. Le bout de ses doigts se mit à trembler.

– Je ne peux pas, dit-il.

– Pourquoi pas ? demanda l'Explorateur. La seule chose dangereuse pour un pilote, ce sont les autres pilotes. Il n'y aura pas d'autres avions.

– Après un seul cours ?

– Il va falloir que tu apprennes vite.

– Et si je m'écrase ? demanda Fred.

– Il va falloir éviter.

– Mais...

– Je remarque que tu n'as pas dit que tu ne veux pas. Tu as juste dit que tu ne *peux* pas. Moi, je dis que tu peux.

– Fred, le supplia Lila.

Elle le regarda dans les yeux avec un mélange de terreur et de courage que Fred n'avait jamais vu avant.

– D'accord, dit-il. Je vais essayer.

– Bien sûr que tu vas essayer ! dit l'Explorateur. Lila et moi allons installer Max confortablement. Je reviens dans une heure. Je compte sur vous pour m'attendre ici.

L'Explorateur tendit les bras pour prendre Max, mais Lila le garda serré contre sa poitrine.

– Je viens avec vous, dit Connie. Je pourrais vous être utile. Je m'occupe de ma grand-tante, quand elle est malade.

– Ne perds pas de temps, lança l'Explorateur à Fred. Monte sur le siège avant et commence à étudier les manettes. Mais n'appuie pas sur le bouton noir – c'est le démarreur. Je ne te conseille pas de traverser le mur de pierre en avion.

Et ils tournèrent les talons, laissant Fred seul dans l'immense cathédrale de pierre avec l'avion prêt à décoller.

UN CIEL VERT

Une heure plus tard, Fred aida l'Explorateur à trancher et arracher le rideau de lianes, suffisamment pour faire sortir l'avion de son hangar en pierre, afin de le tirer sur l'avenue de la cité antique.

Fred remonta sur le siège avant et regarda par le pare-brise. Le rembourrage du fauteuil sortait par des trous dans le cuir noir, mais l'intérieur de l'avion était d'une propreté impeccable.

– Comment va Max ? demanda-t-il.

– Il dort. Lila le rafraîchit avec de l'eau de pluie.

– Il va s'en sortir ?

L'Explorateur prit un air grave.

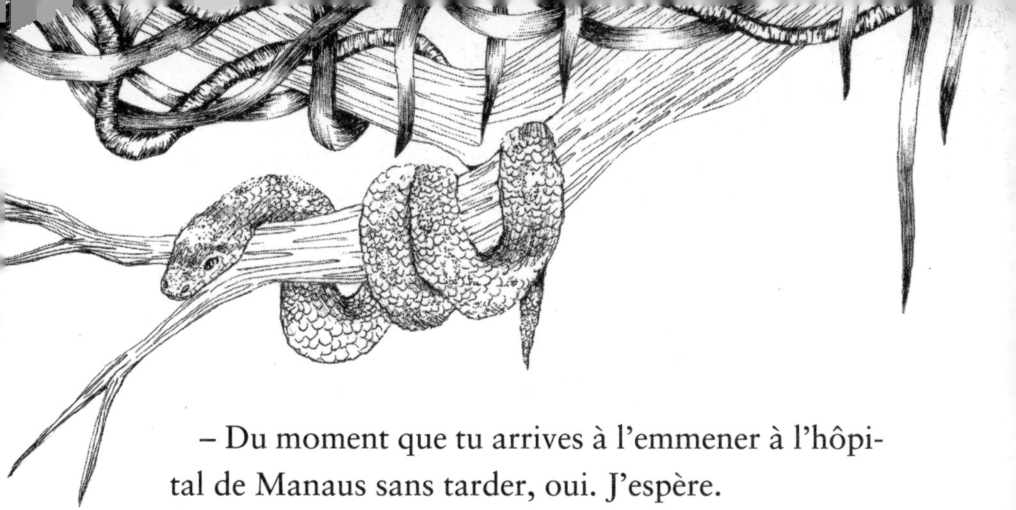

– Du moment que tu arrives à l'emmener à l'hôpital de Manaus sans tarder, oui. J'espère.

– Et si…, commença Fred.

Mais il s'arrêta là.

– Sinon, non, dit l'Explorateur, laconique.

Un muscle de sa mâchoire tressautait.

Ça paraissait totalement anormal d'être assis là, pendant qu'à l'autre bout de l'avenue pavée Max peinait à respirer. L'Explorateur dut remarquer la raideur de Fred, et ses tremblements, car il reprit d'un ton moins bourru :

– Pour le moment, il est vivant. Mais il faut l'emmener voir un médecin. Alors concentre-toi.

Fred se mordit la langue et serra les poings. Il regarda les boutons alignés en rangée devant lui, puis le manche entre ses genoux. Tout brillait : il n'y avait pas un grain de poussière, pas un bout de plante.

– Je nettoie le moteur tous les jours pour éviter qu'il rouille. Et je le fais tourner de temps en temps pour vérifier qu'il marche. Il faut veiller sur ce qu'on aime, sinon, on ne mérite pas d'aimer quoi que ce soit, déclara l'Explorateur en hissant sa jambe blessée derrière sa jambe valide pour s'installer sur le siège arrière.

– Je crois qu'on a entendu le moteur ! dit Fred. Deux fois. On a cru que c'était un animal. Une panthère ou un ours. Ou quelqu'un qui grondait.

– Possible. Ça aurait aussi bien pu être une panthère. Il y en a quelques-unes par ici.

– Mais pourquoi vous l'avez caché ?

– Pour bien des raisons. Notamment parce que cet avion particulier est facile à identifier. Les gens savent qu'il appartenait à l'homme que j'étais autrefois. Par conséquent, je dois vous demander d'y mettre le feu en arrivant, si l'impact avec le sol ne s'en est pas déjà chargé.

Fred se retourna pour le considérer d'un air stupéfait.

– Y mettre le *feu* ?

Mais l'Explorateur désignait déjà les boutons.

– Voilà ce que tu as besoin de savoir. Ces boutons-là règlent la vitesse et l'altitude ; et ce niveau à bulle t'indique si tu voles droit. Tu veux que la bulle du niveau soit pile au milieu.

Fred répéta ces paroles entre ses dents, en tâchant de les graver dans sa mémoire :

– Vitesse, altitude, niveau à bulle.

– Les pédales t'inclinent vers la gauche et vers la droite.

Fred posa les pieds sur les pédales. Elles étaient beaucoup plus petites que les pédales de la Ford de son père. Il les essaya. Deux fils tendus de part et d'autre de l'intérieur de l'avion bougèrent quand il appuya sur les pédales.

– Le manche, reprit l'Explorateur en remuant le manche du siège arrière, va vers le haut, le bas, la gauche et la droite.

Fred prit le manche. Il était noir, avec un bouton rouge au bout. Il bougea facilement entre ses doigts.

– J'en ai un aussi, à l'arrière, alors je peux reprendre le contrôle n'importe quand. Cette manette – qui ressemble à une manivelle pour ouvrir une vitre – contrôle les gaz, c'est-à-dire l'accélération. Et c'est à peu près tout. Maintenant, tu vois le bouton sur lequel je t'ai dit de ne pas appuyer, le noir, sur la droite ?

Ce n'était pas vraiment un bouton. Il était oblong, comme le capuchon d'un stylo-plume dépassant du tableau de bord.

– Oui.

– Appuie dessus.

Fred s'exécuta, les mains tremblantes. Rien ne se produisit.

– Encore, dit l'Explorateur.

Fred appuya plus fort.

Le moteur gémit, toussa puis gronda en se mettant en marche. L'avion trembla. Fred le sentit vibrer. Il en eut encore plus la chair de poule.

– Tu entends ça ? C'est le bruit de la vie ! lança l'Explorateur.

Une lueur de folie brillait dans ses yeux.

Fred murmura entre ses dents :

– Au secours.

– Bien. Le décollage, c'est le plus facile. Tu n'as qu'à orienter l'avion dans la direction que tu veux – vers le haut, pour traverser le trou dans la canopée –, mettre les gaz, lever le manche et t'envoler.

Fred avait totalement cessé de respirer, à présent.

– Et le reste ? demanda-t-il en montrant les boutons.

– Je t'en parlerai quand tu seras en l'air. On va devoir crier : s'il y a du vent, ça va faire du bruit, et la radio est l'une des choses que je n'ai pas pu réparer. Par chance, nous n'avons pas besoin de tour de contrôle. Maintenant... vas-y.

Tout le corps de Fred s'était changé en métal et en pierre. Il dut forcer ses pieds à bouger pour enfoncer la pédale gauche et faire pivoter l'avion vers le bout de l'avenue muée en piste de décollage.

– Maintenant, mets les gaz, vociféra l'Explorateur pour couvrir les grondements du moteur.

– Comment ? hurla Fred.

– Tourne la manivelle ! Sur ta gauche !

L'avion prit de la vitesse. Les roues sautaient sur les antiques pavés.

– Tire le manche ! Tire le manche !

Fred tira de toutes ses forces sur le manche. Il sentit le nez de l'avion se soulever, les roues avant quitter le sol, son estomac faire un bond, et soudain, ils foncèrent vers le haut de la canopée. Au-dessus de lui, le ciel était entrecroisé de vert.

Fred poussa un cri de terreur, mais l'Explorateur tira encore plus son manche à lui et la queue quitta la verdure de la jungle.

– Ce serait une bonne idée d'ouvrir les yeux, dit l'Explorateur. C'est plus facile pour piloter.

Fred ouvrit les yeux. Ils étaient dans les airs.

– Comment vous saviez qu'ils étaient fermés ?

– Moi aussi, j'ai fermé les yeux, la première fois que j'ai piloté un avion, confia l'Explorateur.

Il y avait toujours cette note de folie dans sa voix.

– Tu es en l'air.

Fred regarda vers le bas. La jungle formait une étendue de verdure infinie ; un tapis persan pour les dieux. Son cœur grondait encore plus fort que le vent qui lui sifflait aux oreilles.

L'Explorateur se pencha vers lui et lui hurla :

– Sers-toi du manche pour tourner à gauche. Il faut que tu t'habitues aux commandes.

Très timidement, Fred inclina le manche.

– Plus que ça ! Tu peux voler sur le côté sans renverser l'avion. Il faut que tu sentes que tu peux prendre des risques.

Fred tira fortement le manche vers la gauche. L'aile s'inclina et l'avion descendit en piqué. Son estomac aussi.

– Moins ! Moins que ça ! hurla l'Explorateur.

Un oiseau passa devant eux. L'avion fonçait droit dessus.

– Ne heurte pas d'oiseaux ! tonna l'Explorateur. C'est mauvais pour l'hélice !

Fred tira brutalement sur le manche et l'avion se redressa brusquement, tout frémissant d'avoir pris tant d'altitude si vite.

– Et maintenant ? Vous n'êtes pas censé piloter ? demanda Fred d'un ton paniqué.

– Bien sûr que non ! Avance un peu ton manche ! cria l'Explorateur.

L'avion se remit à l'horizontale.

– Suis l'affluent du fleuve.

Avant que Fred ait eu le temps de reprendre son souffle, ils survolèrent des arbres, au-dessus d'une gigantesque volée de perroquets. Et puis, tout à coup, il n'y eut plus rien entre ses pieds et l'Amazone, à part de l'air et un millimètre de sol en aluminium.

– Oh là là ! marmonna Fred.

En dessous d'eux, l'eau était d'un bleu violacé. Il voyait l'ombre de l'avion glisser sur la surface.

L'Explorateur émit une sorte de grognement – un soupir guttural.

– Mon Dieu, ce que c'est beau ! J'avais oublié.

Le fleuve était magnifique. Fred en vibrait de la tête aux pieds.

– C'est très facile de ne pas avoir envie de redescendre, dit l'Explorateur. Si les avions ne finissaient pas par manquer de kérosène, je serais encore ici. On se croirait presque dans un conte de fées. Bon, si tu maîtrises à peu près les commandes, tu peux essayer de traverser ce nuage.

Fred resserra sa main sur le manche.

– Je crois que je n'en ai pas envie.

– Il faut que tu saches le faire. C'est important.

– Je ne peux pas me contenter de faire ça pour le moment ?

– Non. Monte ! Monte !

Fred tira sur le manche et orienta le nez de l'avion vers le nuage. L'air était mordant, d'une froideur et d'une humidité surprenantes, et soudain le monde, si précis et détaillé jusqu'alors, cessa d'exister.

– Continue à monter ! dit l'Explorateur. Sors par le haut.

Fred tira sur le manche, et le nez de l'avion s'éleva. Ils montèrent de plus en plus haut dans l'étendue bleue. Le manche se mit à vibrer plus fort sous sa main. Il le serra fortement pour essayer de l'empêcher de trembler.

L'Explorateur se pencha vers lui.

– Il faut avoir la main plus légère, Fred ! Je sais que je t'ai dit de le tenir fermement, mais tu le serres comme un couteau de boucher. Sers-toi du bout de tes doigts. Les frémissements du manche te permettent d'évaluer la force du vent.

Fred desserra son emprise. Il sentit l'avion bourdonner sous ses doigts.

– C'est mieux ! commenta l'Explorateur.

Le vent faiblit et le grondement qui résonnait aux oreilles de Fred s'estompa.

Il regarda le monde vert en dessous d'eux.

– Vous êtes sûr qu'il n'est pas temps de retourner auprès de Max ?

– Le petit est en sécurité pour le moment, répondit l'Explorateur d'un ton sec. Je ne serais pas ici, dans les airs, si je pouvais faire quelque chose pour lui là-bas.

– Désolé, marmonna Fred.

– Il ressemble tellement à mon fils, lâcha soudain l'Explorateur. Ces sourcils…

Fred hésita.

– C'était… le choléra, vous avez dit ?

– Ça arrivait souvent, dit l'Explorateur.

Il s'efforçait de garder un ton dégagé. Mais sa voix était voilée par l'émotion ; Fred l'entendait à peine sous le bruit du moteur.

– J'ai enterré ma chevalière en or avec lui, pour qu'on sache que c'était mon fils si on découvre ses ossements, et qu'il était aimé. Je me suis fabriqué une bague de remplacement.

L'avion frémit ; Fred n'aurait su dire si c'était le ciel ou l'homme assis derrière lui.

– Quand un adulte te dit que tu comprendras tout quand tu seras plus grand, il te ment. En fait, je pense qu'il y a des choses qu'on ne comprend jamais.

– Je suis navré pour vous, dit Fred.

Cette phrase lui semblait terriblement insuffisante.

– Tourne à gauche. Le gouvernement ne se souciait guère de sa population indigène à l'époque. Je voulais que sa mort compte. Tout ça, en dessous…

L'Explorateur pointa le nez de l'avion vers le bas.

– J'ai fait des réserves de plantes, de racines, de champignons. De choses qui auraient peut-être pu le sauver. La jungle peut guérir les malades, quand on sait comment s'y prendre. J'ai des tonnes de médicaments, d'herbes, d'informations. Tu pensais que je ne faisais que boire de la *cachaça* et me curer les dents ?

– Non, assura Fred. Je n'ai jamais pensé ça.

L'Explorateur baissa la voix. Fred dut tendre l'oreille pour l'entendre.

– J'aurais volontiers donné tout ce que j'avais – ma vie, bien sûr, mais c'est tellement évident que ça ne vaut même pas la peine de le dire ; j'aurais brûlé toute la forêt pour pouvoir le tenir dans mes bras rien qu'une minute. Quand vous avez dégringolé sur la place de la cité, vous quatre, j'aurais échangé vos quatre vies pour la sienne en un clin d'œil. J'aurais été content de vous regarder mourir en échange d'un moment avec lui dans mes bras.

Il fit brusquement tourner l'avion, et Fred s'agrippa à son siège avec les ongles.

– Ce n'est plus le cas. J'avais peur que mon cœur se soit tout simplement… desséché. Mais apparemment, le cœur a sa propre station d'essence, son propre charbon, son propre savon. Il se renouvelle, alors utilise-le sans compter.

L'Explorateur coucha encore brusquement l'avion sur le côté gauche et se mit à descendre en cercles.

– Maintenant, tu vas poser l'avion. Je commence la manœuvre d'approche.

Fred murmura un juron entre ses dents, suivi d'un autre. L'atterrissage lui semblait être le moment le moins amusant du pilotage – essentiellement parce que, en cas d'erreur, on risque de finir éparpillé en petits morceaux.

– Je vais faire comme si je n'avais pas entendu, dit l'Explorateur. Je vais traverser le trou dans la canopée pour toi, et ensuite, tu termineras l'atterrissage. Il faut poser les roues avant et la roue arrière simultanément. Mais si tu ne peux pas, il faut poser les roues avant d'abord ; celle de l'arrière est très fragile.

Fred se servit de sa main libre pour mettre le col de sa chemise dans sa bouche. Il le mordit fortement. Ça l'aida à empêcher ses mains de trembler, même si le tissu avait un goût de miel, de boue et d'oiseau mort.

L'Explorateur orienta l'avion vers le trou dans la canopée. Fred tendit le cou pour le regarder. Il avait l'air concentré, et radieux. Ils piquèrent du nez dans le trou.

– Maintenant, prends les commandes ! lança l'Explorateur.

Fred visa l'avenue et la panthère. Alors qu'ils fonçaient vers le sol, il pensa à Max, quelque part sur les pavés, en dessous d'eux, et il poussa le manche pour s'éloigner de l'endroit où l'enfant était étendu.

Les roues avant heurtèrent la pierre et décollèrent à nouveau. L'impact projeta Fred vers l'avant et il se cogna la tête contre le tableau de bord. L'Explorateur reprit les commandes en main et fit pivoter l'avion ; l'appareil rebondit une fois sur le sol, tourna, prit de la vitesse et décolla de nouveau dans les airs, pour retraverser le trou. Désorienté, Fred s'ébroua. Ils étaient retournés dans le ciel.

– C'était pas mal ! cria l'Explorateur.

– Comment ça ? C'était catastrophique, vous voulez dire ! J'ai failli nous tuer ! hurla Fred.

– Pas mal pour un premier essai. Notre instinct nous dicte d'abaisser le manche pour poser le nez sur le sol.

L'Explorateur parlait calmement.

– Mais il faut le tirer vers l'arrière et le haut. Tu pourras t'exercer plus tard, au sol. Il faudra enseigner ce réflexe à tes doigts. Maintenant, je vais faire demi-tour et redescendre.

Cette fois, quand ils s'approchèrent des pavés, Fred releva le manche. Il le tint solidement entre ses mains ; le nez était trop redressé pour qu'il voie le sol par le pare-brise, alors il se pencha sur le côté pour regarder devant lui, le cœur battant.

L'avion toucha le sol, redécolla, rebondit et, soudain, voilà qu'il était en train de rouler à vive allure sur les pavés, en direction du mur, qui semblait se rapprocher beaucoup trop vite.

– Ralentis ! Ralentis et arrête-toi ! Bien !

L'Explorateur tendit la main devant et baissa les gaz, puis reprit le contrôle des commandes.

– Bien.

L'avion s'immobilisa.

Toujours assis, Fred serra ses genoux à deux mains, le visage ruisselant de sueur. C'était ahurissant, songea-t-il. Ça ne ressemblait à rien d'autre. Il se sentait chancelant, novice.

– Bien. Qu'est-ce que c'était, ce mot que je t'ai entendu dire dans les airs ? demanda sévèrement l'Explorateur.

– Pardon, dit Fred.

– Où l'as-tu appris, d'ailleurs ?

– Au collège.

– Les pilotes ne disent jamais de gros mots. Ça leur donne l'air de paniquer. Je te prie de t'en souvenir. Je ne veux plus jamais t'entendre dire de gros mots, en aucune circonstance.

– Pardon, répéta Fred.

Mais c'était difficile de le regretter vraiment, difficile de ressentir quoi que ce soit d'autre que le grondement qui résonnait à ses oreilles et la morsure de l'adrénaline dans son sang.

– Mais bravo. C'était un atterrissage dont tu peux être fier.

Fred secoua la tête.

– J'ai rebondi.

– Mais tu as rattrapé le coup. C'est la seule chose qui compte.

EN ATTENDANT L'AUBE

Assise, Lila avait la tête de Max sur les genoux. L'enfant s'agitait en gémissant. Baca était posé sur son ventre et respirait doucement contre sa peau. Lila avait les yeux rouges et s'était mordu la lèvre tant de fois qu'elle saignait.

Quand la lumière du soir se teinta de bleu, Fred sentit la peur faire crépiter ses nerfs. Max paraissait si maigre, allongé dans la lueur du feu, qu'on aurait dit que la moindre secousse de l'avion risquait de le tuer. Fred compta les inspirations de Max jusqu'à ce qu'il n'en puisse plus. Il se leva d'un bond et partit en quête de l'Explorateur.

Il le trouva penché sur le moteur de l'avion, une torche à la main pour s'éclairer.

– Vous devrez décoller le plus tôt possible demain,

dit l'homme. Max est conscient, mais brûlant de fièvre. Suis le fleuve en direction du nord-est.

– C'est de quel côté, le nord-est ?

Fred se força à cesser de gratter nerveusement ses piqûres aux bras, qui étaient déjà enflées et en sang.

– Il y a une boussole dans l'avion. Connie sera ta copilote : elle a une bonne mémoire de la topographie. Le fleuve vous conduira à Manaus ; la ville est construite au bord de l'eau. Vous ne pouvez pas la rater. Il y a un grand opéra, avec un dôme de verre et des murs roses. Le toit réfléchit le soleil, vous le verrez briller à des kilomètres.

« Mais si vous manquez de kérosène avant d'atteindre la ville – et je dois vous prévenir que ça risque fort d'arriver –, rentre vers l'intérieur des terres ; il y aura des élevages de bétail avec des prés. Pose-toi dans le pré le plus plat que tu trouveras. Et n'oublie pas : les roues avant d'abord.

– Les roues avant d'abord.

– Et les autres devront baisser la tête, derrière les sièges, les mains posées sur la nuque.

– Et si j'oublie ? Si je pète les plombs et que je panique ?

– Ça n'arrivera pas. Fred, je suis peut-être excentrique, mais je ne suis pas fou.

Il regarda Fred : c'était le genre de regard qui

vous transperce et voit votre cœur dans votre cage thoracique.

– Je ne te demanderais pas de faire ça si je n'étais pas absolument certain que tu en es capable.

Fred se tordit les mains.

– Vous êtes sûr que vous ne pouvez pas venir avec nous ? Après tout… votre jambe ne vous empêche pas de grimper aux arbres.

– Petit insolent, dit l'Explorateur.

Il plongea la main dans le moteur et resserra un boulon. Sa pince avait été sculptée dans un os.

– Non. Vous ne pourriez pas tous tenir à l'arrière.

– On pourrait y aller en deux fournées !

– Il n'y a assez de kérosène que pour un seul voyage. Aller simple. Et l'avion ne décollerait pas avec le poids de cinq personnes… Il faudrait que je laisse l'un d'entre vous ici.

– Je pourrais rester ici ! Avec vous ! dit-il en se demandant s'il le pensait vraiment.

– Non, Fred, tu ne peux pas. Il y a des gens qui ont besoin de toi, chez toi.

– Les adultes n'ont pas besoin des enfants.

– Mais si !

Il eut soudain un air si farouche que Fred recula.

– Vous avez dit que les enfants étaient des adultes pas cuits.

– Je sais. J'avais oublié certaines choses que je

n'aurais jamais dû oublier. Crois-moi. Ton père a besoin de toi, plus que tu ne l'imagines.

Fred ne dit rien. Il se contenta de fixer l'avion, en restant immobile.

– Fred, écoute-moi. Même si je pouvais emmener Max en avion moi-même, ça voudrait dire que je ne reviendrais jamais ici. Ils me reconnaîtraient et ils reconnaîtraient l'avion. Il y aurait des questions, des interviews, la presse.

– Pourquoi ? Pourquoi y aurait-il des interviews ? C'est parce que... parce que vous vous appelez Percy Fawcett ? ou John Franklin ? ou Christophe Maclaren ? Vous êtes l'un de ceux-là ? Les explorateurs perdus ? Vous êtes l'un d'eux, pas vrai ?

– John Franklin aurait plus de cent cinquante ans s'il était encore en vie, souligna l'Explorateur avec douceur. Ce n'est pas très flatteur, Fred.

– Mais vous êtes forcément l'un d'entre eux !

– Je te l'ai dit, je suis seul depuis si longtemps que je n'ai plus besoin de nom.

– Vous êtes un lâche, voilà tout ! Vous avez peur de partir.

– Je ne veux pas partir, c'est sûr. Et c'est mon choix, Fred.

Le garçon fit la grimace.

– Je sais. Mais crois-moi, c'est ici que je suis le plus heureux.

Fred eut la surprise d'être submergé par une vague de fureur. Il refoula toutes les choses impardonnables qu'il aurait pu dire.

– Vous ne semblez pas si heureux que ça, marmonna-t-il.

– Le mot « heureux » est un mot particulier. C'est l'un des rares mots qui me rendent triste. J'aurais dû dire : C'est ici que je me sens le plus honnête.

Fred sentit qu'il s'enflammait. Chaque centimètre de sa peau brûlait de rage, y compris ses gencives.

– C'est de la folie !

– D'où te vient cette colère, Fred ?

– Je ne suis pas en colère !

Il le fusilla du regard.

– J'ai peur, d'accord ?

– Bien sûr que tu as peur. Mais tu avais peur depuis le début, et tu as continué.

– C'était différent !

– Pourquoi ?

– Les autres faisaient tout avec moi. Le radeau, la nourriture, tout.

– Il faut bien que ce soit l'un d'entre vous. Pourquoi pas toi ?

– Si je me plante…

Il ne dit pas « Si on meurt », mais c'était là, en suspens.

– … ce sera ma faute. C'est pire.

– Alors tu prendras la décision de te diriger vers ta peur. Je pense que tu en es capable. Je pense que tu es fait pour courir après ce qui te fait peur. La peur est une panthère. Les êtres humains sont plus forts que les panthères. Tu la combats, avec tes griffes et tes dents. Mais tu ne t'arrêtes pas quand tu es fatigué. Tu t'arrêtes quand la panthère est fatiguée.

Fred acquiesça. Puis, juste pour vérifier, il demanda :

– C'est une métaphore ou… ?

– Oui, une métaphore. Mais quelquefois… dans le cas de ma jambe, par exemple… c'est au sens littéral.

Quelqu'un toussota derrière eux.

– Je peux vous parler ? demanda Connie.

L'Explorateur se pencha sur la réserve de kérosène.

– Oui, bien sûr. Qu'y a-t-il ?

Connie jeta un coup d'œil à Fred.

– J'aimerais vous parler seul à seule.

Sans lever le nez du moteur, l'Explorateur fit un signe de tête à Fred.

Fred fusilla Connie du regard, mais tourna les talons. Il était au milieu de la place quand il entendit la jeune fille parler. Elle essayait de chuchoter, mais elle avait une voix perçante qui portait dans l'air nocturne.

– Je ne pars pas.

Fred se retourna, stupéfait. L'Explorateur vérifiait

toujours méthodiquement le moteur. Fred se glissa derrière un des arbres qui bordaient l'avenue centrale.

– Je reste avec vous, continua Connie. J'ai pris ma décision. Max a besoin d'aller à l'hôpital, mais pas moi.

– Désolé, mais non, tu ne resteras pas, dit l'Explorateur.

Il serra un boulon dans le moteur.

– Je ne vous ferais pas d'histoires. J'ai économisé mes provisions de nourriture, et je peux manger des araignées. J'ai de la viande séchée dans les poches.

– Je sais, je sens l'odeur. Et ton expression t'a trahie il y a des heures. Il y a un indice, et ensuite une alarme se déclenche au rez-de-chaussée de la Banque d'Angleterre. Ton visage, c'est une sirène. Je suis désolée, mon enfant. Mais tu vas monter dans cet avion.

– Je ne peux pas ! Je ne peux pas, c'est tout.

– Je sais, dit l'Explorateur d'une voix très douce. Mais il le faut.

– Je suis mieux ici. Chez moi, quelquefois, je souhaite que les gens soient morts.

L'Explorateur acquiesça en silence. Il attendit.

– Vous ne comprenez pas ! reprit Connie. Je le souhaite de tout mon cœur. Quelquefois ça me rend presque malade, tellement je le souhaite fort.

L'Explorateur acquiesça une fois de plus.

– Le cœur humain fait ça, Connie. Il mord. Ce n'est pas une raison pour paniquer. Ça passe, ce genre de souhait.

– Comment vous le savez ?

– Entre dix et seize ans, j'ai passé une grande partie de mon temps à souhaiter que la moitié de ma classe et la majeure partie de mes professeurs meurent, et, pour ma plus grande frustration, ils sont tous restés indubitablement vivants. Il ne leur est rien arrivé de mal. L'un d'eux, cela dit, est parti vivre en Belgique, me semble-t-il. Mais il n'y a rien eu de pire.

– J'ai besoin de rester ici ! insista Connie, les joues rouges. Tout est plus logique ici.

– Je comprends. Quoique… Entre vous quatre, je croyais que tu étais celle qui appréciait le moins cet endroit…

– On a le droit de changer d'avis !

Elle devenait de plus en plus cramoisie : elle avait les oreilles rouges, le cou rouge, et le rouge lui montait au front.

– J'*adore* cet endroit. Je n'avais jamais rien aimé autant ! Chez moi, c'est juste… C'est juste « Reste assise tranquille et ne touche à rien ». Tout est couvert d'une housse pour que je ne le salisse pas. Il y a même des housses qui ont une housse ! Les gens veulent que je sois quelqu'un d'autre ; quelqu'un que je ne peux pas être.

– Oui. Je sais ce que ça fait, commenta l'Explorateur.

– Mais ici, si j'ai envie de hurler, je peux. Si je veux manger avec les doigts, ou grimper dans un arbre, personne ne m'en empêche. Je peux dormir quand je veux, et je peux *courir* si je veux.

Elle afficha une mine particulièrement rebelle en disant ces mots, comme si elle confessait un péché.

Il parut réprimer un sourire.

– Tu n'es pas obligée d'aller dans la jungle pour faire ces choses-là. Tu peux faire bien plus de choses que vivre dans la jungle. Sois attentive au monde comme tu l'as été ici. Ça changera ce que tu ressens. L'attention et l'amour sont des alliés si proches qu'ils sont presque indifférenciables.

– S'il vous plaît, chuchota Connie.

Il soupira.

– Tu dois rentrer chez toi parce que je ne veux pas que des gens viennent à ta recherche et te trouvent ici. Je ne peux pas laisser des gens découvrir cet endroit.

Il s'accroupit pour la regarder dans les yeux.

– Mais sache ceci : c'est la première de tes aventures, et non la dernière. Ça ne va pas être facile pour toi. Tu vas devoir être honnête, résister à la tentation de présenter tes peurs et tes colères sous leur jour le plus attrayant. Tu n'es pas le genre de fille née pour chevaucher le monde à la légère. Tu sais ce que c'est, un cœur de lion ?

– Je n’en suis pas sûre, dit-elle.

Elle clignait vivement des yeux.

– Les gens pensent que ça veut dire « courageux » – et c’est vrai –, mais ça désigne aussi un cœur armé de griffes. C’est toi. Connie Cœur de Lion.

Fred débarqua dans leur champ de vision. Il toussa bruyamment. Connie fit volte-face et lui jeta un regard noir, un regard de gêne furibonde.

– Je croyais que tu étais parti, dit-elle. Je ne savais pas que tu étais du genre à écouter aux portes.

Elle s’éloigna à grandes enjambées.

Fred lui courut après. Il n’était pas certain que ce soit une bonne idée de faire ce qu’il voulait faire. Ça lui vaudrait peut-être un coup de coude dans la figure.

– Connie, dit-il. Tu vas où pendant les vacances ?

– Je vis avec ma tante. Tu le sais bien, jeta-t-elle d’un ton agressif.

Puis, après un long silence :

– Pourquoi ?

– Eh bien, reprit Fred, c’est juste que… qu’on a une chambre d’amis. Et mon père me dit tout le temps d’inviter plus d’amis à la maison.

– On est amis ? fit Connie en rougissant.

– Évidemment qu’on est amis, dit Fred.

LE VOL DE RETOUR

Lila réveilla Fred juste avant le lever du soleil. La lumière était gris-bleu, et son visage était livide. Elle semblait plus près de quatre-vingts ans que de douze.

– Il faut faire tout ton possible pour qu'il arrive là-bas, Fred, dit-elle.

Elle lui prit le bras et y planta ses ongles pour s'assurer qu'il l'écoutait.

– Tu n'as pas le choix.

Fred sentit la chaleur que dégageait sa peau ; la chaleur de l'espoir, du désespoir et de l'amour.

– Je sais bien, dit-il.

Il eut à peine le temps de se laver la figure avant que l'Explorateur les appelle.

– Vite, venez tous !

Il se tenait au milieu de la cité de pierre, dans une tache de soleil. La lumière faisait briller les écailles de sa chevalière.

– Le moment est venu.

Ils se rassemblèrent autour de l'avion, comme ils l'avaient fait à l'aérodrome. Fred avait l'impression que ça s'était passé des années plus tôt. Les quatre enfants étaient moins propres à présent ; leurs vêtements étaient brûlés, tachés de boue, déchirés et aromatisés au poisson. Leurs visages et leurs mains étaient couverts de piqûres de moustiques et d'égratignures. Ils étaient un peu plus maigres, un peu plus grands, un peu plus endurcis.

Les mains tremblantes, Lila prit Baca et le posa autour du cou de l'Explorateur.

– Il fait une bien meilleure écharpe que les singes.

Elle avait les yeux brillants, mais ne laissa pas couler une seule larme.

– Vous prendrez soin de lui ?

– Quoi ? fit l'Explorateur, pris au dépourvu. Sûrement pas.

– Mais… s'il vous plaît ! Il n'est pas encore assez grand pour être tout seul. Il a besoin…

– Il n'a pas besoin de moi. Il a besoin de toi. Il est à toi. C'est toi qui l'as sauvé, qui l'as nourri. Tu as besoin de lui.

– Mais mes parents…

– Tes parents comprendront. Ils verront que ce ne sont pas des circonstances ordinaires.

Il posa Baca juste en dessous de l'épaule de Lila, comme s'il lui remettait une médaille.

– Vous devez être ensemble.

L'Explorateur souleva Max et l'étendit sur le siège arrière.

– Ça va ? C'est confortable ?

Max avait les yeux fermés et une respiration très superficielle. Ses doigts s'étaient mis à enfler.

– Ça ne sera plus très long, maintenant, petit cataclysme.

Il toucha la tête de Max et se tourna vers Lila.

– C'est une énigme très bruyante. Mais je suis content de l'avoir rencontré. Très content.

– Il vous adorait, dit Lila. Vous *adore*, se corrigea-t-elle en pâlissant.

L'Explorateur déglutit, puis hocha la tête. Il colla ses mains l'une contre l'autre pour qu'elle y appuie son pied. Elle grimpa dans l'avion et prit Max sur ses genoux.

– Écoutez.

Il regarda les joues rouges de Max.

– Quand vous serez rentrés chez vous, dites-leur combien le monde est vaste, combien le monde est vert. Et dites-leur que la beauté du monde nous donne des devoirs. Ils auront besoin qu'on le leur rappelle. Quand on croit que le monde est petit et minable, c'est plus facile de l'être soi-même. Mais le monde est un endroit immense et magnifique.

« Quant à vous... n'oubliez pas que, lorsque vous étiez perdus ici, vous avez été courageux, même dans votre sommeil. N'oubliez pas de prendre des risques. Des acclamations attendent votre courage.

Connie déglutit.

– Mais j'ai peur, moi, murmura-t-elle.

L'Explorateur hocha sa tête poussiéreuse et couverte de cicatrices d'un air dégagé.

– Tu as raison d'avoir peur. Sois courageuse quand même.

Il tendit une main à Connie, qui la prit comme une reine pour grimper dans l'avion. Elle se serra contre Lila sur le siège arrière. Elles installèrent Max ensemble sur leurs genoux.

L'Explorateur regarda longuement Fred. Puis il désigna le siège avant d'un geste du menton. Fred sauta dans l'avion.

– Lila, tiens bien Max. Je vais fermer la porte.

Il claqua la porte en aluminium jaune de l'avion et ferma le loquet.

– Encore une chose ! N'oubliez pas... Si vous n'apprenez rien d'autre, n'oubliez pas de vérifier tous les jours que vous n'avez pas d'asticots. Un jour, j'en ai trouvé toute une colonie dans le creux de mon coude.

– Dans votre coude ?

Fred en eut le vertige.

– Exactement. Mon orgueil en a pris un sacré coup.

Il tourna les talons.

Fred écarquilla les yeux.

– Attendez ! Je crois savoir qui vous…

Mais l'Explorateur repartait déjà à grandes enjambées vers la jungle. Fred le regarda partir avec des yeux ronds.

Max lâcha un grognement de douleur et Lila se pencha sur lui.

– Il faut qu'on y aille, dit-elle.

Fred acquiesça. Il s'ébroua et posa les pieds sur les pédales. Il jeta un dernier coup d'œil à l'Explorateur.

– Prêts ? lança-t-il vers le siège arrière.

– Prêts, dit Connie.

Elle avait la mâchoire si contractée qu'il entendit ses dents grincer, mais elle parvint à sourire.

– Prêts, dit Lila.

Elle serra Max plus fort et abrita sa tête entre ses bras.

Fred jeta un coup d'œil par-dessus son épaule. Max était immobile et respirait faiblement. Connie et Lila se tenaient la main, et leurs jointures avaient blanchi.

Fred appuya sur le bouton du démarreur. Le moteur se réveilla, crachota et rugit comme un animal.

Il mit les gaz et orienta le nez de l'avion vers la peur et vers la maison.

UN AUTRE GENRE D'EXPLORATION

Le pré sur lequel ils atterrirent était grand et servait de pâturage pour du bétail. Il était long et aussi vert que l'Amazone. Ils heurtèrent brutalement le sol, redécollèrent et se posèrent à nouveau. Les vaches meuglèrent de terreur et s'égaillèrent. Les roues avant tremblèrent, la roue arrière tressauta. Pendant un moment, ils eurent l'impression qu'ils allaient se retourner, mais l'avion frémit, gronda et s'arrêta.

Les vaches ne s'en remirent jamais tout à fait.

Tout le reste de sa vie, Fred éprouverait de la gratitude quand il sentirait une odeur d'herbe fraîchement tondue.

La suite était floue : Fred et Connie mirent le feu à l'avion en lâchant une branche enflammée dans le moteur. Lila se tenait bien en retrait avec Max dans les bras. Ils s'assirent dans l'herbe pour regarder les ailes jaunes virer au rouge, et attendirent. Avant peu, l'incendie attira une foule. Il y eut des hordes de gens qui vociféraient dans des langues que Fred ne connaissait pas, et Lila s'efforça de faire l'interprète.

Puis un voyage à cheval pour rejoindre une famille motorisée ; les médecins ; un trajet en bateau ; Manaus. Un hôpital pour Max. Des télégrammes, des coups de téléphone. Un homme et une femme entrant dans une chambre d'hôpital sur la pointe des pieds et serrant Max et Lila si fort dans leurs bras qu'ils leur coupèrent le souffle.

Puis un énorme paquebot avec une salle à manger aux murs dorés, des steaks et de la glace, et un piano sur lequel Lila joua, avec hésitation, superbement, assise entre ses deux parents avec Baca autour du cou, pendant que Connie et Max virevoltaient dans la salle de bal tapissée de miroirs, scandalisant les autres passagers.

Fred, les genoux remontés contre sa poitrine, était assis sur une des chaises au dossier tapissé de soie et les regardait. Il essaya de donner des instructions fermes à son corps, mais chaque fois qu'il pensait à son père, ses doigts et ses genoux se mettaient à trembler d'appréhension et d'espoir.

– Arrête, se dit-il. Arrête. C'est un jour de bureau. Il doit travailler. Il enverra la gouvernante.

Chaque jour, d'heure en heure, l'air se refroidissait ; la mer prenait une odeur bleue, et non plus verte. Puis, avant que Fred ait eu le temps de mettre de l'ordre dans ses idées, de balayer le vert de l'Amazone de son cœur, le bateau entra dans le port.

Une rangée de personnes attendait au bord de l'eau, les poings serrés, les yeux brillants de tension et d'amour. Fred les balaya du regard, cherchant un visage familier.

L'équipage abaissa la passerelle, et Lila et Max poussèrent un cri. Leur grand-mère se tenait à la barrière, les bras tendus vers le bateau. Les deux enfants dévalèrent la passerelle et furent soulevés dans son étreinte. Leurs parents suivirent, hilares. La vieille dame avait les mêmes sourcils malicieux que Max.

– Connie ! appela une voix.

Connie tourna la tête et, soudain, son visage s'illumina. Fred fit volte-face à temps pour voir la grand-tante, raide, émaciée et tremblante d'émotion, regarder sa petite-nièce descendre la passerelle. Il vit la grand-tante de Connie tendre les bras et lui saisir le poignet. Elle le tint à deux mains comme pour s'assurer que Connie était bien réelle.

Fred la suivit à bonne distance. Personne ne cria son nom.

Il s'immobilisa au milieu de l'agitation dans la cabine des douanes, le regard tourné vers le bateau. Il s'efforça de calmer les pincements de déception qui lui comprimaient la poitrine.

Soudain, il vit son père dans une jaquette chiffonnée, méconnaissable. Les basques de son habit voletaient derrière lui, il courait vers Fred, écartant des marins et des dames coiffées de chapeaux sophistiqués, filant plus vite qu'un avion.

– J'ai cru que je t'avais perdu, dit-il.

Il le serra si fort que Fred sentit ses côtes craquer près de son cœur.

– Je ne l'aurais pas supporté. Jamais. Je n'aurais pas pu.

Fred enfouit son visage dans la jaquette de son père. Il pensa à l'homme, de nouveau seul, qui marchait dans la jungle. Il entendait presque sa voix. *Chaque être humain de cette planète est un explorateur.*

Quelquefois, le verbe « explorer » désigne le fait de s'aventurer dans l'inconnu. Quelquefois, il désigne un retour à la maison.

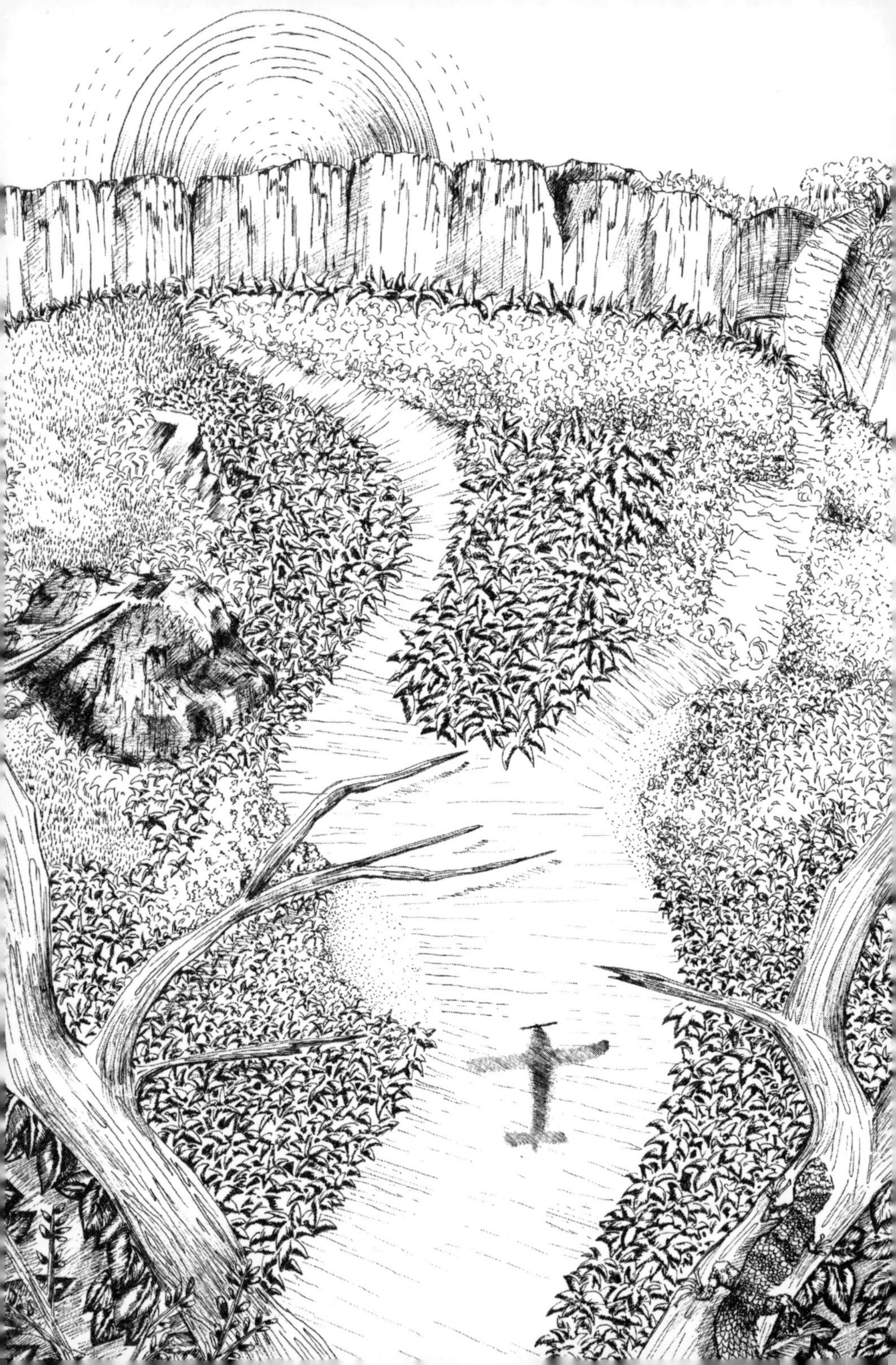

ÉPILOGUE
DOUZE ANS PLUS TARD

Fred poussa la porte du *Ritz* et marcha vers le salon de thé le plus vite possible sans courir. Il ne prêta aucune attention aux murmures excités d'une horde de garçons qui le suivirent à travers le hall.

Max se leva d'un bond quand il vit Fred arriver, et renversa le sucrier. Il était grand, à présent – aussi grand que Fred –, et son visage avait perdu ses rondeurs de bébé, mais le commencement de ses sourcils était toujours pointé vers le haut.

– Tu es venu ! On a pensé que tu étais peut-être encore en expédition !

Il enlaça Fred en lui écrasant les bras.

– Fred !

Lila était devenue très belle en grandissant – si belle que Fred hésitait toujours, chaque fois qu'ils se retrouvaient, étrangement embarrassé jusqu'à ce qu'elle lui sourie. Sa dent de travers, légèrement plus oblique à présent, était toujours là. Elle le serra fort dans ses bras.

– Comment s'est passée ton expédition ? Tu étais dans tous les journaux. *Un nouveau genre d'explorateur*, ça disait.

Avant qu'il ait eu le temps de répondre, une voix retentit derrière eux.

– Vous êtes tous super chics. Vous auriez dû me prévenir… J'aurais mis mes froufrous.

– Connie ! dit Max.

Au premier coup d'œil, Connie avait à peu près la même allure que ce premier matin à l'aérodrome ; elle avait toujours la mâchoire en avant et un corps anguleux. Mais ses boucles blondes avaient disparu, de même que son air méfiant. Elle avait les cheveux coupés au carré, un pantalon taille haute et un chapeau en feutre qui faisait un peu penser à un casque d'explorateur.

D'ailleurs, ce chapeau était un cadeau de Noël que Fred lui avait offert l'année précédente. Le père de Fred appelait toujours la chambre d'amis de l'étage « la chambre de Connie ».

Une serveuse s'approcha avec des cartes plein les bras.

– Merci, dit Connie, mais nous avons déjà choisi depuis longtemps.

– Est-ce qu'on peut avoir tous les gâteaux de la carte ? demanda Fred. Un de chaque.

– Et quatre chocolats chauds, ajouta Max avec un grand sourire. En l'honneur des crêpes aux larves.

Dès que la serveuse fut partie, Lila tendit la main sous la table.

– J'ai amené quelqu'un pour faire la fête avec nous. Il est très, très vieux. Mais ça risque de ne pas plaire à la serveuse... Vous pouvez le cacher avec vos manteaux ?

Elle sortit une boule de fourrure grise du panier en osier posé près d'elle. Très, très lentement, l'animal ouvrit les yeux.

– Baca ! s'exclama Fred.

– Il est devenu tellement énorme ! commenta Connie.

– C'est un vieillard très respectable, désormais, dit Lila. Mais il était terrible, avant.

– Terriblement lent, rectifia Max.

– Il n'arrêtait pas d'essayer de manger les couvertures de mes manuels de biologie.

Ils se passèrent Baca de main en main. Sa fourrure était moins duveteuse et il se déplaçait avec difficulté, mais ses yeux noirs étaient brillants et il avait toujours son museau fouineur. Il haussa lentement une patte avant et attira un morceau de sucre brun vers lui.

Fred tendit la main, paume vers le ciel. Elle était très estompée désormais, la marque, mais on la voyait encore.

– C'est toujours un secret ?

Lila tendit sa main.

– Toujours un secret.

Max étala sa main sur la nappe.

– Bien sûr.

– Toujours, dit Connie.

Fred regarda leurs quatre mains tournées vers le ciel ; la sienne était toujours couverte de brûlures et de cloques depuis sa dernière expédition ; celle de Lila était mouchetée de griffures d'animaux ; celle de Connie, tachée d'encre.

Max rompit le silence.

– Vous pensez qu'il est toujours là-bas ?

– Je ne sais pas, dit Fred. Mais je vais bientôt le savoir. Je retourne en Amazonie, dès que la saison des pluies sera terminée. Je vais essayer de retrouver la cité perdue.

– Mais tu n'emmèneras personne d'autre la voir ? voulut s'assurer Connie.

– Non ! s'écria Fred. Bien sûr que non. C'est juste pour lui dire qu'on a survécu. Et qu'on a continué à explorer.

NOTE SUR LES EXPLORATEURS

Bien que l'explorateur et la cité perdue de ce livre soient fictifs, je me suis inspirée, pour l'un et l'autre, de la réalité. Percy Fawcett, l'homme que cherchait notre explorateur, a vraiment existé. C'était un officier d'artillerie, de constitution extraordinairement robuste et au visage barré d'une énorme moustache. Il a passé une grande partie de sa vie à chercher ce qu'il appelait la « cité de Z », qu'il imaginait extraordinairement complexe et émaillée d'or.

En 1925, peu après avoir traversé le río Xingu, un affluent du sud-est de l'Amazone, ses deux compagnons et lui ont disparu. On n'en a plus jamais entendu parler.

Des dizaines d'explorateurs comme celui de cette histoire, qui, encore une fois, est fictif, sont partis à sa recherche. Certains sont revenus bredouilles ; d'autres ne sont jamais revenus du tout.

Ce que l'Explorateur apprend aux enfants, à propos des peuples indigènes décimés à cause des Européens qui les ont attaqués ou leur ont transmis des maladies contre lesquelles ils n'étaient pas immunisés, est malheureusement vrai aussi. En 1500, avant l'invasion espagnole, les indigènes du Brésil actuel se comptaient par millions ; à présent, ils ne sont plus que 300 000. La forêt tropicale aussi est gravement menacée. Ces cinquante dernières années, 600 000 kilomètres carrés de jungle ont été détruits. Il faut la protéger sans attendre.

L'Amazonie est la région la plus éblouissante que j'aie jamais vue. Avant de m'y rendre, je croyais savoir ce qu'est la beauté. En réalité, je l'ignorais. Si vous voulez en savoir plus sur ce qu'on peut faire pour aider à la protéger, le site internet de Greenpeace est un bon point de départ : https://www.greenpeace.fr/amazonie-un-inestimable-patrimoine-ecologique-en-danger/

Ce qui est vrai aussi, c'est que les forêts tropicales du monde entier sont chargées d'histoire et de secrets. En 2016, un collégien de quinze ans a mis au jour ce qui semblait être une cité maya grâce à des images satellites et des cartes du ciel. Une étude de ces images a révélé une pyramide et des dizaines de bâtiments. On peut sans doute s'attendre à de nombreuses autres découvertes à l'avenir ; certains archéologues pensent qu'il reste des sites mayas à découvrir dans toute la région – des sites qui pourraient se compter par centaines.

C'est une idée étourdissante. Il reste tant de choses à découvrir sur notre planète.

REMERCIEMENTS

Il me faut remercier un grand nombre de personnes pour ce livre, parmi lesquelles :

D'abord, merci à mon éditrice, Ellen Holgate, dont le regard d'une perspicacité extraordinaire n'a d'égal que sa générosité. Et à tous chez Bloomsbury, en particulier Emma Bradshaw, la meilleure attachée de presse du monde.

Merci au formidable David Gale ainsi qu'à toute l'équipe de Simon & Schuster, aux États-Unis. Sans oublier mon super agent, Claire Wilson.

Merci à mon frère, qui lit tous mes premiers jets et ne manque jamais de les accueillir avec une extrême gentillesse.

Merci, décidément, à mes parents.

Merci à mes amis, en particulier à Daisy Johnson, qui a lu une des premières versions et l'a racontée à sa classe.

Merci à la fabuleuse communauté d'auteurs pour la jeunesse en Angleterre, émulatrice au plus haut point.

Merci au guide Tariq Shariff, qui m'a appris les meilleurs moyens d'éviter de mourir dans la forêt tropicale, y compris au milieu des caïmans du Brésil.

Merci à Simon Murphy, qui m'a accompagnée en Amazonie, qui s'est baigné malgré les caïmans et qui s'est révélé incomparablement meilleur que moi à la pêche aux piranhas.

Enfin, merci à Charles Collier, qui m'a conseillé de mettre plus de feu.

TABLE

L'auteure

Katherine Rundell, née en 1987, a grandi entre l'Europe et l'Afrique. Elle a été nommée en 2008 membre du All Souls College à Oxford, l'un des plus grands honneurs universitaires au Royaume-Uni. À 31 ans, elle est déjà une auteure de référence, cheffe de file de la littérature jeunesse, et connaît un grand succès critique et public. Son premier roman en publié en France, *Le Ciel nous appartient*, s'inspire à la fois de ses nombreux étés passés à Paris et de ses errances sur les toits d'Oxford. Pour *Cœur de Loup*, elle a été acclamée par les plus grands écrivains de littérature de jeunesse. Avec *L'Explorateur*, Katherine Rundell a voulu faire découvrir aux enfants l'un des endroits les plus extraordinaires qu'elle ait visité de sa vie : l'Amazonie. *L'Explorateur* a notamment remporté les prestigieux Costa Book Award 2017, le Children's Book Award 2018 et le London Book Fair Children's Travel Book of the Year.

Du même auteur chez Gallimard Jeunesse

FOLIO JUNIOR

Le Ciel nous appartient, n°1767

Cœur de loup, n°1854

GRAND FORMAT LITTÉRATURE

Cœur de loup

ALBUM JUNIOR

Rêve de Noël

Découvrez les autres titres de **Katherine Rundell**

Cœur de loup

Féodora a grandi parmi les loups. Ils sont tout pour elle et, bientôt, elle deviendra maître-loup, comme sa mère. Mais ce destin extraordinaire est anéanti quand surgit l'armée du tsar, dévastant tout sur son passage. Alors que sa mère est faite prisonnière, l'intrépide Féo part avec sa meute à travers les forêts enneigées de Sibérie. Bravant l'ennemi, le froid, les tempêtes, elle est prête à tout pour la sauver…

Le Ciel nous appartient

Rescapée d'un naufrage, Sophie a été retrouvée sur l'océan, flottant dans un étui à violoncelle. Elle s'entend à merveille avec Charles, son tuteur anglais, un érudit farfelu, mais les services d'Aide à l'enfance décident de l'envoyer à l'orphelinat. Charles et Sophie prennent la fuite, destination Paris. Sans le savoir, Sophie a rendez-vous avec le mystère et l'aventure… jusque sur les toits de la capitale !

Rêve de Noël

C'est la veille de Noël. Théo est seul. Il aperçoit une drôle d'étoile filante par la fenêtre : « J'aimerais tant avoir un ami ! » souhaite-t-il. Soudain les petits personnages du sapin s'animent comme par magie : commence alors une belle aventure en compagnie de quatre amis extraordinaires. Théo ne sait pas encore qu'au bout de la nuit une merveilleuse surprise l'attend…

Le papier de cet ouvrage est composé de fibres naturelles, renouvelables, recyclables et fabriquées à partir de bois provenant de forêts gérées durablement.

Mise en pages : Maryline Gatepaille

Loi n° 49-956 du 16 juillet 1949
sur les publications destinées à la jeunesse
ISBN : 978-2-07-059984-4
Numéro d'édition : 367186
Premier dépôt légal : avril 2019
Dépôt légal : janvier 2020
Imprimé en Italie par Grafica Veneta S.p.A.